서금석 장편 체험소설

연구하는 돌팔이 힐러의 생존비법!

| 서금석 장편 체험소설 |

Healing

한누리미디어

힐링; 연구하는 돌팔이 힐러의 생존비법

　'힐링'은 우리 몸안에 숨겨져 있는 원자로인 암얼로에서 나오는 암얼기공으로 은하우주선 피폭장애 증후군 및 그 후유증을 힐링하며 터득한 연구하는 돌팔이 힐러의 생존비법이다.

　돌팔이 힐러노릇을 하면서 살아남으려면, 그 사람이 뭔가를 힐링시키는 능력이 있어야 하고, 또 20년간 연구를 했다고 하니 뭔가 그 사람만의 특별한 힐링비법이 있을 것이다.

　필자는 1977년 한국원자력연구원의 분소였던 한국핵연료개발공단에 입사하여 우리나라 핵연료 국산화에 이바지하다가 1996년 사업이관으로 한전원자력연료(주)로 이적한 후 1998년 말에 IMF의 여파로 명예퇴직을 한 전직이 한창 잘 나가던 연구원이었다.

　1999년 초부터 어머니의 병을 고치기 위하여 돌팔이 힐러가 되어 이런저런 병으로 고생하는 분들에게 뭔가 도움을 주는 돌팔이 힐러노릇을 하면서 그동안 겪었던 사연들을 모아 '비얼로 간다' 1권과 2권을 2020년 12월에 출간하였다.

　이 책에는 필자가 힐링을 해준 분들의 사연 중에서 뭔가 읽을거리가 있는 것을 골라 수록을 하였는데, 대부분 특이한 힐링효과가 있어서 그것을 필자가 경험한 그대로 적었다.

　그 당시에 힐링을 받던 분 중에서 힐링비법을 전수할 수 있을 것으로 생각되는 분들에게 힐링의 기본원리를 설명해 드리고, 필자가 하는 것을 잘 보고 그대로 따라서 하면 된다고 누누이 이야기하였지만 그분들은 필자가 특별한 능력을 타고나서 직접 해주어야 힐링효과가 나온다고 말하면서 배울 엄두조차 내지 않았고, 가끔 따라서 해보던 분들도 일주일을 넘기지 못하고 포기하였다.

그분들의 말처럼 필자가 특별한 능력을 타고났던가 아니면 감추어둔 특별한 힐링비법이 있다고 믿는 것인데, '비얼로 간다'에 올린 사연들을 재검토하면서 연구하는 돌팔이 힐러의 20년 힐링비법을 밝혀 본다.

'힐링'의 제1부는 〈소망 풍등 암얼로 간다〉인데, '비얼로 간다'의 속편 격으로 풍등에 자기의 소망을 담아 몸안에 숨겨져 있는 꿈의 원자로인 암얼로로 보내면 은하우주선 피폭장애 증후군 및 그 후유증을 힐링시키는 비법과 요즈음 유행하는 코로나19 바이러스에 효과적으로 대처하는 방법이 나타난다.

제2부 〈연구하는 돌팔이 힐러〉에서는 초창기 힐러들의 실제 경험담을 소개하였다.

제3부 〈힐링〉에서는 연구하는 돌팔이 힐러의 20년 힐링비법을 전격적으로 대공개하였다.

이에 은하우주선 피폭장애 증후군 및 후유증으로 고생하고 있는 모든 분들에게 힐링비법을 제공하고 코로나19 바이러스에 효과적으로 대처하는 안내서로서 본서 '힐링'이 확고하게 자리하길 기대하면서 일독을 권해 본다.

2021. 2. 3. 입춘지절에

서금석 살바토르 올림

Healing

제 1 부

소망 풍등 암얼로 간다

Healing

서금석 장편 실화소설 '비얼로 간다'의 에필로그에서 속편은 '잠얼로 간다'라고 예고했는데, 요즈음 코로나19 바이러스가 극성을 부려 이것에 효과적으로 대처할 수 있는 '소망 풍등 암얼로 간다'를 먼저 소개한다.

암얼로는 풍등으로 가동시키는 꿈의 원자로이다

서금석 장편 체험소설 · 힐링

꿈의 암얼로를 그린 앞의 그림을 보면, 동굴 안에 떠 있는 암얼로의 내부에 수많은 풍등이 떠다니고 있는데, 이것은 풍등놀이를 하면서 우리가 꿈이나 소망을 적어서 하늘나라로 날린 것들이 모두 암얼로 안으로 들어가 암얼로를 동굴 중앙에 둥둥 뜨게 한 것이다.

이러한 소망 풍등은 매일매일 우리가 밤하늘로 보내는 것들인데, 이것이 있어야 암얼로의 불길은 계속되고 우리의 꿈도 조금씩 이루어진다.

현재 전 세계적으로 가장 큰 소망은 코로나19 바이러스를 완전히 퇴치하여 팬데믹(pandemic, 세계적인 대유행) 상황을 종료시키고 정상적인 일상으로 돌아가는 것일 것이다.

그래서 지금 하늘로 올라가는 풍등에는 이러한 소망이 가장 많이 적혀 있을 것이고, 지금 떠 있는 암얼로의 가장 큰 임무는 코로나19 바이러스의 퇴치이다.

우리가 풍등에 소망을 적는 가장 큰 이유는 그 소망이 이 땅에서는 쉽게 이루어질 수 없지만, 하늘나라에서는 모두 이루어지기 때문이다.

이것은 주님의 기도에 나오는 한 구절로 '아버지의 뜻이 하늘에서와 같이 땅에서도 이루어지소서'에 나오는 것과 같이 풍등에 적은 소망이 하늘에서 이루어지면 자연스럽게 땅에서도 이루어지기 때문이다.

그래서 우리 주변에서 설치고 돌아다니는 코로나19 바이러스를 모두 긁어모으고 풍등에 고이 담아 하늘로 띄워 보내면, 그 풍등들이 거리두기를 하며 한 줄로 길게 늘어서서 차례를 기다리다가 암얼로 안으로 들어가는데, 거기에서는 코로나19 바이러스를 아예 미세한 조각으로 분열시키는 암얼기공 연쇄반응이 일어나서 모든 코로나19 바이러스를 두 조각이나 세 조각으로 쪼개서 사라지게 한다.

암얼로는 우리 모두의 몸안에 있는 꿈의 원자로이다

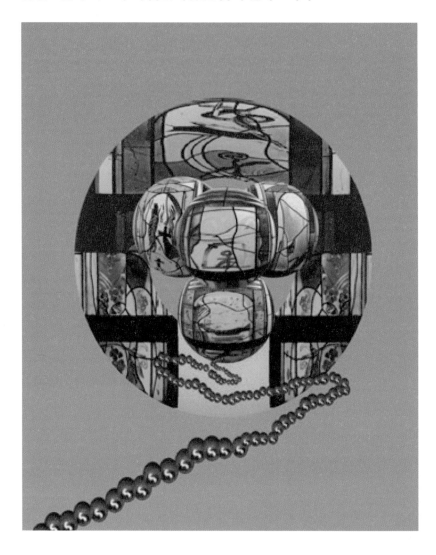

우리 모두의 몸안에는 위 그림과 같은 '암얼로' 라는 꿈의 원자로가
있는데, 이것을 잘 이용하면 우리 몸안에 숨어 있는 암얼을 탐색할 수
있고, 발견된 암얼을 잘 활용하면 우리 몸안에 노화된 세포들을 활성화

하는 환상의 암얼로를 만들 수 있다.

　암얼은 최진규 기자의 '발로 찾은 향토 명의'에 나오는 걸인 명의 김종수 옹이 손가락으로 급성환자의 몸안을 더듬어 찾아냈던 아시혈이며, 이것을 김 옹은 구리선의 끝을 돌에 갈아서 뾰쪽하게 만든 동침으로 치료를 했는데, '암얼힐링'을 터득한 사람이 암얼을 손으로 잘 감싸고 있으면 어느 순간부터 '환상의 암얼로'로 바뀌는 놀라운 변신을 한다. 이 '환상의 암얼로'로 요즈음 극성을 떠는 코로나19 바이러스에 대처하는 방법을 찾아가 보자.

도룡동성당 제3번 성화 '예수님의 세례'

이 길은 앞길을 잘 알 수 없는 아주 멀고 험난한 길이어서 괴나리봇짐에 짚신도 넉넉히 챙겨서 큰맘 먹고 길을 나서야 한다.

도룡동성당 제3번 성화 '예수님의 세례'를 잘 묵상하면 세례의 참 의미를 알 수 있고, 어쩌면 이 안에서 코로나19 대처법을 발견할 수 있을지도 모른다.

이 성화에는 예수님이 세례 요한에게서 세례 받을 때의 모습이 성경에 나오는 그대로 묘사되어 있는데, 예수께서 세례를 받으시고 물에서 올라오시자 홀연히 하늘이 열리고 하느님의 성령이 비둘기 모양으로 당신 위에 내려오시는 것이 보였다.

그때 하늘에서 이런 소리가 들려왔다.

"이는 내 사랑하는 아들, 내 마음에 드는 아들이다." (마태3:16-17)

성화의 예수님 이마 부근에 그려진 붉은색 문양이 바로 '하늘이 열리고 하느님의 성령이 비둘기 모양으로 당신 위에 내려오시는 것이 보였다'를 묘사한 것이다.

17절 말씀은 귀 부근에 그려진 십자가 문양인데, 예수님이 우리를 원죄에서 구원해 주시기 위하여 십자가에서 돌아가신 것이 묘사되어 있다. 또 예수님의 어깨 부근에는 세례 요한이 예수님에게 세례를 주고 포옹하는 모습이 묘사되어 있다.

그 외에도 여러 가지 문양이 여기

저기 그려져 있는데, 이것들이 세례의 숨겨진 의미들이다.

이 중에서 가장 신비한 것이 입에 씌워진 감청색 마스크인데, 마치 요즈음 유행하는 코로나19 바이러스 때문에 예수님도 마스크를 쓰고 계신 듯 보인다.

즉, 도룡동성당의 제3번 성화는 지금의 우리를 위하여 그려진 것으로서 이 안에 우리가 코로나19 바이러스를 극복하기 위해서 무엇을 해야 할지가 그려져 있는 것이고, 어쩌면 이것이 오늘날 우리가 세례를 받아야 하는 참 의미가 아닌가 싶다.

그러면 마스크는 코로나19 확산을 방지하는 데 큰 역할을 하고 있으니 이것은 그대로 계속 쓰고 있으면 되고, 다른 문양 속에 담긴 신비들을 묵상해 보자.

세 번째 그림을 보면 예수님에게 세례를 주고 포옹하는 요한의 팔에 성령이 가득하고 이리저리 길게 뻗어나오는 모습이 그려져 있는데, 이러한 성령이 코로나19에 감염된 사람에게 전해지면 어떠한 중환자라도 바로 나을 것 같다.

그러나 요즈음 강조하는 '거리두기' 때문에 포옹을 직접 할 수가 없어 이것이 해결책으로 바로 선정되기에는 아직도 쉽게 풀 수 없는 신비가 많아 좀 더 두고 지켜보아야 할 것 같다.

그럼 다음 신비를 더 찾아보자.

누군가를 포옹하려면 상대와 거의 얼굴을 마주 대어야 한다. 세례 요한이 예수님을 포옹하려면 예수님의 얼굴 앞 어딘가에 요한의 얼굴이 있어야 한다.

성화를 다시 들여다보면 예수님의 감청색 마스크 맞은편에 옅은 검록색의 마스크가 그려져 있는데, 이것이 바로 요한이 쓰는 마스크이다. 즉, 요한도 코로나19에 대비하여 마스크를 쓰고 있는 것이다.

역시 두 사람이 모두 마스크를 쓰고 있으면 거리두기를 안 해도 된다는 의미인데, 이것도 공개적으로 하기는 어려우니 다른 답을 찾아보자.

다음에 눈여겨보아야 하는 문양은 등쪽 어깻죽지에 그려진 것인데, 이것은 반석 위에 세워진 십자가, 즉 교회를 상징한다. 그리고 등쪽에 교회가 있으니 교회에 갔다가 집으로 돌아가는 모습인데, 요즈음 교회에 가도 거리두기를 해야 하고 참석하는 교우의 숫자도 많으면 안 되고, 더구나 코로나19 확진자가 되면, 절대 교회에 갈 수 없으니 이것도 대책은 아닌 것 같다.

그러면 남은 문양 중에서 그럴듯한 것은 왼쪽 그림에 있는 예수님 목뒤에 그려진 이상하게 생긴 문양인데, 이것은 아주 난해하기는 하지만 잘 묵상하면 코로나19 해결책이 될 수도 있다.

앞에서 제시한 문양의 의미는 필자의 소견으로는 믿음 안에서 신비로운 힘을 내는 성령의 4단계인데, 본래는 믿음이 깊어 성령이 충만하면 어떠한 병도 다 이길 수 있으니 당연히 코로나19도 이길 수 있는 것이다.

그런데 이러한 성령이 4단계나 있다는 것은 필자도 들어본 적이 없다.

그러면 왜 '예수님의 세례'를 묘사한 성화에 4단의 성령 문양이 그려져 있을까?

시몬 조광호 신부님이 그린 도룡동성

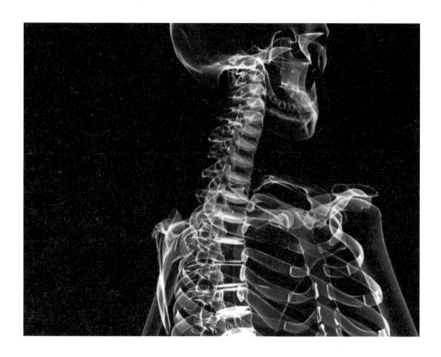

당의 다른 성화들을 살펴보면 그 이유를 어느 정도 짐작할 수 있을 것 같다. 이 글을 쓰면서 다시 한 번 모든 성화를 살펴보았는데, 오로지 제 3번 성화에만 4단 성령 문양이 그려져 있다.

'왜일까?'

이것이 바로 코로나19에 대한 정답일 것이란 느낌이 은근히 온다.

위에 올린 인체의 골격 사진을 보면 턱, 뒷골, 목뼈, 등뼈의 4단 성령 뼈에 교회 문양이 새겨진 날개뼈까지 포함된 전체 부위가 붉은 기운으로 가득한데, 이것은 이들 부위에 '세례 노젓기'를 하여서 생기는 것이며, 이 노젓기를 하여서 목 주변 구조물들이 정상적인 관계를 회복할 수 있도록 해주는 것이 아주 중요하다.

이 '세례 노젓기'를 한동안 하면 코안, 입안, 기관지, 폐 속이 모두 깨끗하게 물청소되는 느낌이 들며 이것만으로도 코로나19의 예방과 치료에 큰 도움이 될 것으로 판단된다.

이 세례 노젓기는 목 주변에 생긴 이상 증상을 해소하는 부드러운 스트레칭과 유사하여 누구나 쉽게 할 수 있는데, 좀 더 은근하고 깊숙하게 하여 느긋한 힘이 전달되고 모든 뼈가 서로 살짝살짝 엇갈리면서 편안하게 숨을 쉬는 느낌이 들게 하는 것이 마치 골프에서 가끔 나오는 1m 퍼팅처럼 '아쉽은어' 한 즉, '**아주 쉽고도 은근 어려운**' 듯이 하는 것이 바로 핵심 요령이다.

코로나19 바이러스는 기저질환이 있어서 목 주변 조직이 망가지면 아주 위험하고, 그렇지 않으면 가벼운 감기 정도로 비교적 쉽게 지나간다. 따라서 코로나19에 대처하기 위하여 세례 노젓기를 하는 것도, 목 주변 조직의 상태와 그 사람의 마음 상태에 따라 '아쉽은어' 하게 된다.

이 '세례 노젓기'는 코로나19의 확진 판정을 받기 전에 미리 잘 해서 목 주변 조직을 건강한 상태로 유지하는 것이 최선의 예방책이며, 이것을 미리 연습한 사람은 혹시 차후에 확진 판정을 받아도 꾸준히 세례 노젓기를 하면 쉽게 완치가 될 것이다.

P.S.

참고로 도룡동성당은 대전광역시 유성구 도룡동에 있는 성당이며, 본당인 한빛당 주변 벽에 23개의 아치형 창문이 있고 거기에 시몬 조광호 신부님이 30여 년 전에 제작한 스테인드글라스 성화가 있는데, 제3번 성화의 주제가 '예수님의 세례'이다. 관심이 있는 분은 성당에 가서 직접 보시면 묵상에 큰 도움이 될 것이다.

*P.S.*의 *P.S.*

위에 올린 사진의 동그라미 안에 있는 문양이 코로나19 바이러스의 모습이다. 현대의 현미경 사진 속의 모습하고 조금 다르지만, 이 그림이 30여년 전에 그려진 것을 고려하고 보면 너무나도 똑같다는 것을 느끼게 된다.

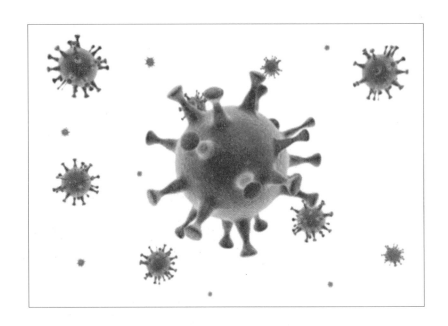

P.S.의 P.S.의 P.S.

필자의 견해로는 우리가 '세례 노젓기'만 열심히 하여도 코로나19 바이러스의 공포로부터 충분히 벗어날 수 있다고 생각한다. 그러나 우리는 간단한 운동법보다도 항상 뭔가 더 환상적인 힐링법이 있어야 코로나19 바이러스로 인한 팬데믹에서 벗어날 수 있다고 생각하니까 여기에서도 좀더 환상적인 대처법을 찾아가 볼 예정이다.

상기 글은 도룡동성당 성화 안에서 코로나19 대처법을 찾는 과정에서 쓴 글인데, 사실은 이 안에 '환상의 암얼로'가 숨어 있다.

앞에 쓴 글에서 '그러면 왜 예수님의 세례를 묘사한 성화에 4단의 성령 문양이 그려져 있을까요?'라고 물었는데, 이 4단의 성령 문양이 바로 암얼로 본체이다. 이 암얼로는 우리의 뇌간에 해당하며 우리 몸의 모든 것을 통제하는 중추기관이다.

이 암얼로를 앞에서 '암얼로는 우리 모두의 몸안에 있는 원자로이다'

라고 한 것은 필자가 원자로 설계 전문가로 이미 일회용 원자로인 '비얼로' 와 아직 공개는 하지 않았지만 잠수함에서 사용되는 '잠얼로' 를 설계하였고, 그 후속으로 '암얼로' 는 이것을 주제로 이 책을 쓰는 동안에 설계할 예정이어서 일단 원자로라고 했다.

이것은 우리의 몸안에 만드는 어떤 것이어서 일반 원자로에서 일어나는 연쇄 핵분열 반응 대신에 우리의 몸안에 들어와서 문제를 일으키는 모든 것을 분해하는 연쇄 암얼기공이 일어난다.

암얼로를 우리의 몸안에 만들려면 우선 몸안에 이미 있는 것을 잘 활용하고, 거기에서 새로운 기능을 수행할 수 있도록 모종의 조치를 양념으로 살짝 첨가하면 된다.

앞에서 코로나19 바이러스의 대처법을 설명할 때에도 뇌간과 그 주변 조직을 잘 이용하면 뭔가 특별한 효과가 있다고 했는데, 이번에는 우리의 미간과 뇌간을 통합하여 도룡동성당 제1번 성화 '주님의 기도' 에 나오는 암얼로를 만들어 보고자 한다.

사실 제1번 성화의 코위에 그려진 시커먼 문양은 그동안 뭘 의미하는지 잘 몰랐다. 그러다 이번에 대학 동창인 송 교수에게 '비얼힐링' 을 해 주면서 이런저런 이야기를 나누다가 눈 치료 사례 중에서 송 교수도 1997년 여름에 골프를 치다가 갑자기 눈앞이 어릿하며 뭔가가 이리저리 지나가는 증상이 생겨 안과에 가보니 비문증이라고 모기가 눈앞에서 이리저리 날아다니는 것처럼 느껴지는 증상인데, 이것은 치료법이 없다고 하여 불편을 감수하고 살았다는 것이다.

하지만 그 후로 차츰 증상이 완화되어서 지금은 거의 잊고 살고 있다는데, 필자 또한 최근에 힐링한 사례로서 눈에 갑자기 이상이 생겨 백내장 증상이 나타나는 것도 은하우주선 피폭장애 증후군 중 하나라고 말하자 자기의 경험담이 갑자기 생각났다고 이야기한다.

　그래서 송 교수의 눈 주변에 원격으로 비얼힐링을 해보니 아직도 눈 주변, 특히 미간에서 고약한 냄새가 진동한다.

　그렇다면 송 교수가 20여 년 전에 미간에 은하우주선을 맞고, 또 최근에 혀, 복부, 전립선을 관통하는 은하우주선을 맞아 작년 가을에 설암이 생겨 바로 수술을 받았다는데, 이 두 번의 피폭이 서로 어떤 상호작용을 했을 것 같은 생각이 들지만 아직도 자세한 내용은 모르겠다.

　이렇게 생각하는 중에 미간과 최근에 코로나19 대처법을 찾으면서 글로 올린 뇌간이 서로 '간' 자 돌림이어서 이 두 개의 '간'을 연결하면 뭔가 특별한 기능이 생길 것 같아 이리저리 생각하던 중에 이것이 어쩌면 제1번 성화에 그려진 문양이며 바로 암얼로의 2차원 홀로그램이고, 동시에 제3번 성화에 그려진 4개의 성령 문양의 홀로그램이 된다는 것을 깨닫게 되었다.

　그런데 미간과 뇌간은 '간' 자 돌림이기는 하지만 생태학적으로 완전히 다른 조직인데, 이 두 개를 통합하여 제1번과 3번 성화의 2개의 2차원 홀로그램이 암시하는 암얼로를 만들려면 우리가 알지 못하는 특별한 뭔가가 더 있어야 한다. 이것이 바로 미간과 뇌간 사이에 보이지 않는 웜홀이 있어서 바로 주님의 기도에 나오는 '아버지의 뜻이 하늘에서와 같이 땅에서도 이루어지소서' 라는 구절이 말씀대로 이루어진다.

그런데 문제는 우리가 모두 미간과 뇌간이라는 두 개의 조직을 가지고는 있지만 이 두 개를 연결하는 웜홀을 설치하려면 조금 특별한 기술이 필요하다.

전통적인 기공을 수련하신 분 중에는 새로 입문하는 제자를 받을 때 백회혈을 열어주는 의식을 하는 경우가 있다는데, 이것이 미간과 뇌간을 연결하는 웜홀의 역할을 하는 것으로 추측된다.

또 믿음이 깊은 사람 중에는 어느 날 갑자기 신기한 능력이 생기는데, 이것도 믿음을 통해서 모종의 웜홀이 그 사람에게 만들어져서일지도 모른다.

이러한 특별한 일이 우리 일반인에게 일어날 가능성은 극히 낮으니 일단 필자가 하는 조금 멍청한 방법을 따라 해보길 바란다.

제1번 성화에 그려진 암얼로의 2차원 홀로그램을 좀 더 자세히 살펴보면, 암얼로는 기다란 검정 메뚜기가 앞으로 뛰어가는 모습인데, 이 메뚜기의 이마에는 더듬이가 2개가 있고, 어깨 부위에 길고 가는 다리가 등위를 지나고 엉덩이를 가로질러 다리 옆으로 아주 길게 그려져 있다. 이것이 우리의 미간에서 뇌간으로 연결된 기존 연결망이다.

이 메뚜기의 배 아래에서 다리 아래로도 작은 시냇물이 흐르는 것이 그려져 있고, 그 주변을 확대해서 보면 아주 작은 사람들이 냇가를 거슬러 순례길을 가는 것이 보인다.

이러한 것들이 우리 몸안에서 미간과 뇌간 사이를 연결해 주면서 우리의 생명 활동을 주재하는데, 굵은 검은색으로 그려진 암얼로 본체는 우리가 어떻게 하여야 가동할 수 있는지 아직은 그 방법을 모른다.

암얼로의 이마에 있는 더듬이는 본래 우리와 하늘에 계신 아버지 사이의 교신을 위하여 만들어 놓은 것 같은데, 이것을 가동해 하느님의 예언을 들을 수 있는 성령의 은사를 받은 분은 극히 적으니 우리는 그저 메뚜기처럼 바로 앞에 어떤 위험이 있지나 않은지 더듬더듬하는 것으로 만족을 해야 한다.

다만 명색이 암얼힐러라면 그 더듬이로 환자의 암얼을 찾아 힐링시키는 정도는 해야 하는데, 이것도 칠순을 넘기는 나이가 되면 절대 쉽지가 않다.

그래서 필자는 은하우주선에 피폭된 사람들의 몸안에 있는 세포들이 활성화되는 것을 이용하여 암얼로를 부분적으로 가동하는 일회성 암얼기공을 시도 중이다.

필자는 수개월 전에 오른쪽 엄지발가락 바로 1치(약 3cm) 위에 은하우주선을 피폭 받았고, 약 2개월에 걸쳐 얼손힐링을 하여 완치시켰으나 그 부위에 검정 멍울이 생긴 것을 그대로 버려두었는데 며칠 전부터 암얼로를 가동하는 방법을 찾기 위하여 다양한 시도를 한 것이 오히려 검정 멍울에 명현현상을 일으키고 어제부터는 거동이 불편하여 집에 앉아 그 부위에 암얼힐링을 온종일 하여 주자, 미간과 뇌간 사이의 웜홀 주변에 뭔가 새로운 통로가 생기는 느낌이 은근히 온다.

이것은 은하우주선 피폭부위 주변 세포에 생긴 활성화 신호가 뇌간과 미간으로 전해져서 그곳에서도 일부 세포가 활성화 되면서 생긴 현상으로 추정된다.

즉, '은하우주선 피폭에 따른 세포 활성화 현상'을 잘 이용하면 암얼로를 부분 가동할 일회성 방법을 찾을 수 있을지도 모른다.

자기 자신이 지금까지 살면서 맞은 은하우주선 피폭은 필자의 경우에는 14번이어야 하는데, 그동안 열심히 찾았어도 그 절반 정도에 불과하고 가장 최근에 맞은 오른쪽 엄지발가락 주변은 지금 활성화가 되어 심한 통증을 3일째 유발하고 있지만 다른 것은 앞으로 더 시험 사용을 해볼 예정이다.

이것이 끝나면 다른 사람들을 암얼힐링시키면서 그 사람의 몸속에 피폭된 은하우주선의 세포 활성화 현상을 일부 빌려 나의 암얼로를 부분 가동하는 일회성 방법을 찾아볼 예정이다.

이 방법은 물론 환우에게 설명하고 동의를 받은 후에 시행하겠지만, 지금까지 20여 년에 걸친 돌팔이 생활을 시작한 초기부터 지금까지 환우의 몸속에 있는 나쁜 기운을 비워내 주고 일부를 내 안으로 들어오게 하여 내 안의 나쁜 기운에 대한 내성을 증강시키는 데 사용하면서 그러한 사실을 환우에게 이야기해 주어도 대부분은 그 의미를 잘 모르고 그저 자기 몸을 건강하게만 만들어 달라고 부탁한다.

자기의 암얼로를 조금이라도 가동하기 위하여 이렇게 복잡한 방법을 쓰는 이유는 필자의 생각으로는 이들 암얼로는 주로 어머니 뱃속에서 태아로 있을 때 완전 가동을 하여 온몸의 기본 구조를 만드는 데 사용되다가 아이가 이 세상에 '응~아!' 하고 태어난 이후에는 사용하지 않고 미간과 뇌간 사이에 버려둔 블랙박스 모양의 2차원 홀로그램으로 제1번 성화에 그려져 있기 때문이다.

이러한 블랙박스는 우리가 분해하여 그 내용을 살펴보아도 추가로 알아낼 수 있는 것이 거의 없으니, 그 모양 그대로 그 자리에 두고 신호를 주고받는 방법만 알아내기로 한다.

이 블랙박스는 이마에 더듬이 2개, 어깨에 긴 앞다리모양의 오솔길, 배에 작은 시내모양의 물길, 엉덩이 위에 작은 꼬리, 앞다리에 가려져 있는 뒷다리가 외부로 보이는데, 이것을 종합하면, 더듬이 2개, 앞다리 2개, 배꼽 1개, 꼬리 1개, 뒷다리 2개가 있는 것으로 여겨진다.

여기에 제3번 성화에 그려진 문양을 첨가하면 암얼로의 내부는 4개의 격벽 구조의 방으로 나누어져 있고 각각의 방안에서는 삼각형 안에 여러 개의 동그라미가 그려진 성령의 역사가 이루어지고 있는 것으로 여겨진다.

즉, 암얼로는 블랙박스 모양으로 그냥 방치된 것이 아니라 지금도 그 안에서는 4단계의 성령의 역사가 이루어지고 있는데, 다만 우리가 그런 사실을 모르고 있을 뿐이다.

성당이나 교회에 열심히 다니는 신자들은 성령의 역사가 하늘나라에서 이루어지고 가끔 기도를 통해서 우리가 알 수 있다고 생각하는데, 지금까지 제1번 및 3번 성화의 홀로그램을 종합하여 분석한 결과로 우리의 몸안에 만들어지는 암얼로에는 4단계의 성령의 역사가 이루어지고 있다는 것을 알 수 있다.

암얼로 안에 그려진 4단계의 성령은 암얼힐링의 관점에서는 4단계의 힐링 암얼기공에 해당한다.

따라서 우리가 앞으로 은하우주선 피폭장애 증후군 및 그 후유증으로 고생하는 사람들에게 '암얼힐링'을 해주면서 4가지 단계의 힐링 암얼기공을 찾아내면 암얼로의 비밀에 싸인 설계도를 어느 정도는 복원할 수 있게 된다.

제1단계 '암얼힐링'은 나 자신의 암얼을 힐링시키는 암얼기공이다.

필자는 어제저녁에도 오른쪽 엄지발가락 주변에 생긴 암얼로 인한 통증 때문에 밤늦도록 잠을 이루지 못하고 양손을 모두 동원하고 왼쪽 종아리까지 이용하여 암얼이 다리 위로 확산하는 것을 차단하고 12시경에 암얼이 활성화되면서 퍼져나가는 것을 겨우 끄고 비로소 잠자리에 들 수가 있었다.

필자는 앞에서 은하우주선 피폭으로 인하여 주변 세포들이 활성화되는 성질을 이용하여 암얼로를 부분 가동하는 일회성 방법을 찾아본다고 했다.

그것을 시험해 보려고 오른쪽 엄지발가락 주변에 생긴 암얼이 활성화되는 것을 그대로 버려두었다.

이것이 이른 봄에 논두렁이나 밭두렁의 마른 풀을 태우려고 불을 놓았는데, 봄바람이 불어 불길이 도깨비불처럼 이리저리 날아가서 번지는 것을 잡지 못하여 주변 야산까지 홀라당 태우는 꼴이 되어 발가락 위쪽에서 시작된 활성화가 발등까지 번지는 것은 거의 1시간이 걸렸지만 거기에서 무릎으로 가는 것은 5분 정도 걸리고 몇 초 후에 무릎에서 물총을 쏘듯이 뜨거운 줄기가 쏟아져서 허벅지 가운데가 뜨끈해진다.

이렇게 우리 몸안에서 암얼이 번지는 속도도 도깨비불 못지않게 빨리 번진다.

깜짝 놀라 양손으로 오른쪽 허벅지를 감싸서 암얼이 더 위로 번지는 것을 막고 생각해 보니, 5년 전에 왼쪽 새끼발가락에 은하우주선을 피폭 받았을 때도 자리에서 일어날 수가 없어 그냥 주저앉아 발가락을 손으로 감싸고 있었는데도 그때에는 은하우주선에 대하여 잘 모르고 있던 때라 느슨하게 감싸고 있어서인지 잠깐 사이에 온몸으로 그 여파가 미쳐서 그것을 모두 힐링시키는 데 두어 달을 크게 고생한 생각이 난다.

암얼이 활성화될 때에는 손으로 잘 감싸서 그것이 격막 밖으로 번지는 것을 막아라

그런데 우리의 손은 2개인데, 암얼로의 홀로그램에는 격막이 4개이고, 동그라미 문양으로 표시된 활성화된 암얼이 4개가 있으며, 그것을 감싸주는 손을 상징하는 삼각형이 4개가 그려져 있다.

이것을 암얼힐링을 할 때 온몸이 암얼로 활성화된 환우에게는 두 명의 힐러가 동시에 암얼을 잡아주어야 한다는 의미인 듯하다.

작년 가을에 지리산에서 몇 달 머물면서 주인집 아저씨하고 아주머니를 돌보아 드린 적이 있는데, 그때에도 주인집 아주머니에게 3가지 종류의 암얼이 동시에 나타나서 그것을 잡는 데 아주 애를 먹은 것이 생각난다.

3가지의 암얼이 나타나도 다루기 힘든데, 4가지의 암얼이 동시에 나타나는 환우도 있는 모양이다.

하기야 필자가 돌팔이 초년병 때에 만난 20년 경력의 기공도사가 어쩌면 4가지의 암얼을 동시에 가지고 있었을지도 모르겠다.

내가 이 도사님을 처음 만난 것은 2004년경 초여름 한국원자력연구원 화학분석실에서 교통사고로 목을 다친 후배 직원을 돕기 위하여 실험실에 있는 빈 작업대에 눕게 하고 한창 비우기 안마를 해주고 있던 순간이었다.

후배 직원은 자동차를 몰고 가다가 뒤차가 들이받는 바람에 목이 꺾이는 상처를 입고 병원에서 치료를 받고 겉은 다 나았는데, 수시로 목 부위에서 칼로 에이는 듯한 날카로운 통증이 와서 큰 고통을 겪는다고 하면서 그 실의 실세 선임 중에 나보다 연구원에 1년 늦게 들어온 동료가 소개해 줘서 한 번 시험 삼아 비우기 안마를 해보는 중이었다.

내가 비우기 안마 2단계에 들어설 무렵에 조금 마르고 자그마한 체격에 흰 가운을 걸친 직원이 실험실 입구 쪽으로부터 뒷짐을 지고 들어오면서 눈을 살짝 찌그러뜨리고 주변을 이리저리 둘러보다가 우리가 있는 작업대 옆으로 천천히 오더니 또 고개를 갸우뚱거리면서 우리 주변을 서서히 한 바퀴 돌고 뭐라고 구시렁거리는데, 지금 하는 오른쪽 다리가 아니고 왼쪽 다리가 문제라고 하면서 또 한 바퀴를 돈 후에 어기적거리며 나간다.

그 순간에는 무슨 뜻인지 몰랐는데, 30분쯤 지나 2단계를 마치고 비우기 안마 3단계로 왼쪽 다리를 잡고 안마를 하려고 하다가 환자의 다리가 뻣뻣하게 경직되어 비우기 안마를 제대로 할 수가 없어서 비우기 안마의 핵심 기술인 노젓기를 포기하고 일단 양손과 내 가슴으로 경직된 왼쪽 다리를 감싸고 무작정 얼싸안고 있으니 약 20여 분이 지나면서 경직된 다리가 서서히 풀린다.

그때에서야 아까 '별 괴상한 친구도 다 있네~' 하고 이상하게 생각을 하였던 흰 가운을 걸친 괴짜가 한 말의 의미를 명확하게 알 수 있었고, 한 눈으로 대충 훑어보고 뭐가 문제인지를 정확하게 알아내는 그 친구의 놀라운 재주가 내심 부러웠다.

내가 해야 할 비우기 안마의 나머지 단계를 모두 마칠 무렵 소개하여 준 동료가 와서 마침 작업대에서 일어나는 후배에게 어떠냐고 물어보니, 오늘 나에게서 비우기 안마를 받은 친구가 고개를 이리저리 돌려보다가 전혀 통증이 없고 고개도 잘 돌아간다고 아주 좋아한다.

그리고 오늘 수고 많이 하셨다며 저녁에 식사를 대접하겠다고 하면서 연구원 앞에 있는 어느 식당으로 몇 시까지 오라고 한다.

그 시간에 맞추어 식당에 들어가니 식탁에 동료와 후배가 있고, 또 실험실에서 얼쩡거리던 그 괴상한 사나이도 함께 앉아 있었다.

식사하고 술이 한 순배쯤 돌았을 때 괴상한 사나이가 자기 소개를 하는데, 자기가 나이는 어려도 어렸을 때부터 고명한 도사로부터 기공수련을 전수받은 20년 경력의 기공사라고 한다.

자기는 평소에 도사로부터 배워 터득한 기공술로 수많은 사람의 병을 고쳐 주었으나 어찌 된 일인지 몇 년 전부터 자기에게 병이 생겼는데, 스스로 고칠 수가 없어서 지금은 그저 평범하게 살고 있다고 한다.

그런데 오늘 실험실에서 내가 자기 동료를 치료하는 모습을 찬찬히 살펴보니, 내 몸에서 아주 부드러운 기운이 끊임없이 나오면서 아픈 환자의 몸속에 있는 나쁜 기운들을 서서히 몰아내는 것을 보고, 어쩌면 내가 자기의 병도 고칠 수 있을 것 같다고 하며 치료를 부탁한다.

나는 그동안 어머니하고 주변의 몇몇 사람을 치료해 준 정도의 초짜 돌팔이인데, 기공수련을 20년간 한 도사가 나를 좋게 평가해 주고, 또 자기의 병을 치료해 달라고 부탁을 하기에 바로 좋다고 하고 대신 내가 5번으로 나누어 치료할 터인데, 치료를 받는 도중에 도사님이 알고 있는 기공술에 대하여 설명을 해달라고 하자 그 도사님도 좋다고 하며 바로 자기가 어렸을 때 기공을 배우게 된 사연을 이야기한다.

자기는 어디어디 출신인데, 그곳에는 유명한 무슨무슨 산이 있고, 그 산에서 도를 닦은 아주 고명한 도사님이 있어서 자기가 어렸을 때 자기 삼촌을 제자로 입문시키면서 자기도 함께 덤으로 입문례를 치렀다고 한다.

입문례는 간단하여 자기와 삼촌이 무릎을 꿇고 있는데, 그 도사님이 등뒤로 돌아가서 삼촌과 자기의 머리 뒤에 잠깐 손으로 이리저리 가리키고 있는 것이 전부라고 하면서 자기는 도사님이 삼촌에게 하는 것을 몰래 엿보아서 어떻게 하는지 알게 되었다고 자랑한다.

이 입문례에서 도사가 입문자의 뒤에서 머리를 손으로 가리키는 것은 필자의 견해로는 백회혈에 기를 보내 그 혈을 열어주면 기수련을 할 때 하늘의 기운을 잘 받을 수 있기 때문일 것이다.

그래서 연구원 도사는 아주 젊은 나이에 좀 더 쉽게 도를 터득하고, 그 후로 사람들을 치료해 주는 것을 포함하여 여러 가지 신묘한 능력이 생겼다고 자랑한다.

그런데 그 후로 학교에 다니고 한국원자력연구원에 취직한 후에도 주변의 많은 사람을 고쳐 주었는데, 젊은 나이에 기를 과도하게 사용한 것이 탈을 일으켰는지 몇 년 전부터 자기가 이리저리 아프기 시작하기에 자기가 알고 있는 모든 방법을 다 써보아도 아픈 것이 더 심해지기만 해서 지금은 다른 사람을 치료하지는 못하지만 그래도 보는 눈은 그대로 살아있어서 내가 치료 중에 좋은 기운을 끊임없이 내뿜는 것을 알아볼 수 있었다고 한다.

어쨌든 다음 날부터 5회를 하기로 약속하고 헤어져 집에 와서 다시 생각해 보니 어쩌면 그 도사가 주변의 환자들을 무분별하게 치료를 해 주다가 역살을 맞아 병이 된 것으로 짐작이 되었다.

기공을 사용하여 누군가를 치료할 때에는 역살을 맞는 것을 방비하는 모종의 방도를 마련하곤 하는데, 아마도 그 도사는 그것을 소홀히 하여 악성 환자를 치료할 때에 강한 역살을 맞아 그것이 쌓이면서 괴상한 병으로 발전한 것 같았다.

나는 비우기 안마로 누군가를 치료해 줄 때 역살에 대비한 모종의 조치를 일절 하지 않고, 환자에게서 들어오는 모든 종류의 기운을 모두 받아들이고 대신 그날 저녁에 잠을 자는 동안 그들 기운 중에 나쁜 것은 골라서 비워내고 재활용이 가능한 기운들은 내가 활용하는 방법을 사용한다고 생각하면서 사람들을 치료해 주고 있었다.

그래서 생활 쓰레기를 수거하는 수거차의 예를 들어 매일 동네를 돌아다니며 쓰레기를 수거해도 그것을 쓰레기 처리장으로 보내면 다시 쓰레기를 수거하는 작업을 할 수 있듯이, 다른 사람의 몸속에 있는 나쁜 기운도 낮에는 수거하고 밤에 모두 처리하면 된다고 생각하였는데, 어쩌면 내가 누군가를 치료한 것은 아마추어 돌팔이 정도의 수준이어서 강한 역살을 맞지 않았기 때문인 것 같다.

어쨌든 그러한 신묘한 능력이 있는 기공도사가 원자력연구원에 있다는 것이 신기하였다.

오늘 들은 내용 중에 자기는 정좌 수련을 하면서 유체이탈하여 주변 산으로 유람을 나가면 자기의 항렬이 아주 높아서 주변의 산신령들이 모두 나와서 절을 한다고 한다. 유체이탈을 할 수 있다는 것을 그대로 믿을 수는 없지만, 그러한 고수가 자기의 병을 고칠 수 없는 것이 당시에는 아리송하기만 하였다.

그런데 이 이야기의 도입부에서 이야기한 그것처럼 실제로 이 연구원 도사에게 4가지 종류의 암얼이 동시에 나타나서 뭔가 문제를 일으키는데, 이 문제는 유체이탈 정도의 도술로는 힐링을 시킬 수 없다는 의미로 여겨진다.

그러한 중병을 돌팔이 5년 차의 초짜를 겨우 면한 내가 고칠 수 있다고 꼬드기는 연구원 도사도 엄청 궁지에 몰리고 많은 고통에 오래 시달렸던 것 같다.

다음 날 다시 그 작업대에 연구원 도사를 눕게 하고 먼저 오른팔을 중심으로 하는 비우기 안마 1단계를 시작하는데, 도사는 열심히 자기가 아는 기공수련의 1단계 과정을 설명하면서 기공의 기본과 기를 감지하는 법을 설명한다.

기공의 기본은 바로 '기가 존재한다는 것을 스스로 인정하는 것'이고, 이 기를 감지하려면 자기의 한쪽 손바닥을 펴고 그 가운데에 조금 떨어져서 다른 손의 손끝으로 가리켜 보면 손바닥이나 가리키는 손의 손끝에서 '짜릿~' 하는 느낌이 나오는데 이것이 바로 기가 움직여서 나타나는 현상이라고 하여 바로 해보니 그런 느낌이 아주 살짝 난다.

그러면 나도 기공을 할 수 있다는 것이고, 지금 내가 연구원 도사에게 비우기 안마 1단계를 하는 중에도 '나에게서 나오는 부드러운 기운이 연구원 도사의 몸에 있는 나쁜 기운들을 몰아내고 있구나~' 하는 생각을 하고 있는데, 이것을 알아차렸는지 연구원 도사가 나보고 자기의 오른쪽 다리를 보라고 한다.

그래서 보니 도사의 오른쪽 다리가 갑자기 김장철 청운무처럼 커다랗게 부풀어 있는데 왼쪽 다리는 단무지무마냥 비리비리하다.

내가 놀라면서 풍선처럼 부풀어 올랐다고 하자 내가 보내서 온 부드러운 기운이 빠져 나가지 못해서 그런다고 하며, 이러한 변화를 자세히 알아보는 것이 기수련에 중요하다고 한다.

둘째 날에는 비우기 안마 2단계를 시작했는데, 이것은 오른쪽 다리를 중심으로 비우기 안마를 하는 것이다.

그리고 도사는 기공수련 2단계를 설명하는데, 조금 떨어져서 기를 보내는 법을 설명하다가 이번에는 자기의 왼쪽 엄지발가락을 보라고 해서 살펴보니 마치 코브라가 머리를 들고 있는 것처럼 빳빳하게 서 있다. 이것 역시 그쪽으로 기가 빠져 나가지 못해서 그렇다고 한다.

셋째 날에는 비우기 안마 3단계로 왼쪽 다리를 중심으로 비우기 안마를 해주었다.

도사는 기공수련 3단계를 설명하는데, 이것은 아주 멀리 원격으로 떨어진 사람에게 기를 보내는 방법으로써 이것을 설명하다가 자기의 어깨를 보라고 해서 보니, 소프트볼 크기의 알통이 튀어나와 있고 내가 보는 중에도 이리저리 불룩거리며 움직여 다닌다.

도사는 이것이 자기를 괴롭히는 원흉인데, 자기는 몸 밖으로 내보낼 수 없으니 나에게 주먹으로 두들겨 패서 쫓아내달라고 애걸한다.

그런데 나는 너무나도 놀라 아무것도 못하고 그냥 도망치듯 나왔는데, 그 후로는 도사한테서 아무런 연락이 없어 그것으로 나의 기공수련은 중도에서 그만두게 되었다.

중도에서 그만두기는 했어도 3일간 도사에게서 배운 기공수련 덕분에 그 이후부터 나의 비우기 안마에도 상당 부분 기공기법이 가미되었다.

그 당시를 되돌아보면 도사의 몸속에 나타난 커다란 알통은 아주 많이 아픈 환자에게서 가끔 나타나는 움직이는 담의 일종인데, 이것이 아주 크고 이리저리 불쑥불쑥 움직여서 그런 것을 처음 본 나를 놀라게 한 것이다.

나는 작년 가을에 지리산에서 달걀 크기만한 담을 가진 여자분을 치료한 적이 있는데, 그것도 효과적인 방법을 찾지 못해 한 달 이상 헤매던 기억이 난다.

내가 예전에 도사님에게 3일차에 배운 원격기공의 요령은 상대방을 자기 앞으로 데려와 직접 마주 보고 기치료를 한다는 것이었는데, 내 생각에는 이런 방법은 너무 일방적이어서 중세 군주제에서나 통용이 될지 모르지만 모든 사람이 평등한 현대사회에서는 다른 방식으로 원격기공을 해야 할 것 같아서 다른 방법을 이것저것 해보다가 중대한 사고가 발생하여 원격기공은 개발을 안 하는 것으로 생각을 바꾸었다.

그런데 암얼힐링을 잘하기 위해서는 암얼로의 복원이 필수적일 것 같은데, 여기에서 두 개의 더듬이를 조금이라도 성능이 좋게 하려면 원격 암얼기공기법을 조금은 장착해야 할 것같이 생각된다.

그런다고 예전에 도사에게 배운 일방적인 방식은 마음에 들지 않지만, 그것을 현대적 기법으로 조금 바꾸면, 즉 상대와 나 사이의 간격을 '암얼더듬이'로 더듬어 주면 순간 이동이 가능하여 내가 원하는 순간에 상대방과 접선할 수가 있으니 원하는 원격 암얼기공을 '암얼더듬이'를 통해 어느 정도는 자유롭게 할 수가 있게 된다.

그리고 암얼로에는 '암얼더듬이'가 두 개가 있어서 동시에 두 명과 원격 암얼기공을 할 수가 있으며 암얼로를 원격 암얼기공 중개소로 사용할 수도 있다.

이것은 그룹 구성원들 간에 모든 회원이 '암얼더듬이'로 서로 연결하면 동시 집단 암얼기공도 가능할 것도 같다. 어쨌든 암얼로에 '암얼더듬이'가 두 개가 있는 것은 매우 쓸모가 많다.

예전에 연구원 도사님이 설명한 방법은 누구나 자기 앞으로 원격 호출, 진단, 치료할 수가 있다고 했는데, '암얼더듬이'로도 누구에게나 원격 접촉, 진단, 치료가 가능할까?

이것이 가능하다면 지금 당장이라도 예전에 만났던 소녀들이 어디에 있는지 '암얼더듬이'로 찾아보고, 요즈음 유행하는 코로나19 바이러스에는 걸리지 않았는지 살펴보고, 걸렸으면 몰래 치료해 주어야겠다.

'그런데 누구부터 찾아볼까?'

어디에서 살고 있는지 아는 사람은 너무 쉽게 찾을 수 있으니, 시험 대상에서 제외하고 오늘 저녁에는 수십 년간 전혀 소식을 모르는 '딜쿠샤의 불꽃 소녀'를 '암얼더듬이'로 찾아보자.

다음 날 아침에 자리에서 일어나는데 왼쪽 앞머리가 '쐐~' 하니 최루가스를 마신 것처럼 아프다.

어제 저녁 '딜쿠샤의 불꽃 소녀'를 찾으러 '암얼더듬이'를 몇 시간 가동했고 딜쿠샤 궁전의 정원 터가 있는 방향인 왼쪽 더듬이에서 뭔가 접속 신호가 잡혀 그 주변을 정밀 탐색하였는데, 접속 신호가 그 소녀를 처음 보았던 돌담 아래에 붙어 있던 작고 허름한 만홧가게로 가더니 주변으로 스르륵 몇 갈래로 나뉘어 흩어진다.

두 개의 더듬이로 일단 형체가 비교적 또렷한 두 갈래 그림자를 쫓아가는데, 이것들도 큰길 쪽으로 몇 백 미터쯤 가다가 사라진다.

아마도 그 근방에 새로 생긴 아파트단지로 간 것 같은데, 그럼 '딜쿠샤의 불꽃 소녀'는 지금 독립문 근처의 아파트에서 사는 것일까(?) 싶은 그런 생각을 하다가 잠이 들었다. 하지만 이것이 모두 헛된 꿈이어서인지 아침에 머리만 아프다.

'쳇!'

전에 '인생이라는 광산에서는 책이 몇 권이나 나올까요? 그것이 궁금하면 일단 뭔가가 나올 때까지 파서 글로 써보고, 바닥이 드러나면 폐광을 하면 되겠지요'라고 생각한 적이 있는데, 내 인생의 사춘기 한때를 파서 글로 써보고자 하니, 코로나19 때문에 어디에 가는 것도 불편한데, 내 인생의 광산에서 노다지를 캐는 것도 소일거리로 나쁘지는 않을 듯하다.

예전에는 자기 주변에서 어떠한 일이 벌어져도 대부분 세월이라는 망각의 흙속에 일단 묻어두고 내일 떠오르는 태양을 바라보았는데, 이제는 고희를 넘겨서 할 일도 별로 없으니 내일의 태양이 뜨는 것을 기다리기보다는 과거의 광산에 묻혀 있는 광석들을 캐서 갈고, 닦고, 이리저리 꾸며서 돌팔이 글쟁이 흉내라도 내며 소일한다.

내 인생의 사춘기 한때를 파서 글로 쓰려면 내가 보는 앞에서 들고 있던 숟가락을 내동댕이쳐서 내 흑역사의 출발 시점을 알린 그녀의 이야기를 하여야 한다.

그녀를 처음 본 그것은 1963년 12월, 중학교 3학년 겨울방학 때인데, 서울 종로구(당시는 서대문구) 행촌동에 사는 작은고모네 집에 와서 지내면서 고등학교 입학시험 준비를 하러 서울 광화문 근방에 있는 서울학원에 한 달간 다닐 때였다.

하루는 학원에 다녀와서 저녁식사를 하고 동네 산책하러 나갔다가 이번에는 좀 멀리 산 비탈길을 내려가 차가 다니는 포장도로까지 가서 도로를 따라 300여 미터쯤 가는데, 커다란 축대 밑에 반 평쯤 되는 허름한 판잣집이 붙어 있었고 겉모습을 얼핏 보아도 만화방처럼 보인다.

나는 평소에 만화 보기를 좋아하여 군산에 있을 때는 매주 서너 번은 만화방에 들러 만화책이나 소설책을 빌려 보았는데, 서울에 와서 근 열흘 만에 허름한 만화방을 보니 반가운 마음에 서슴없이 판자문을 열고 안으로 들어갔다.

밖은 벌써 어스름이 깔리고 작은 만화방안은 더욱 어둡다. 그나마 30W의 백열전등이 천장 가운데에서 달랑거려 벽에 줄을 매고 그 사이에 꽂아놓은 각종 만화, 책들이 불빛에 반사되어 흔들거리고 있고, 먼 쪽 구석에서는 빨간 코트를 입고 검은색 단화를 신은 단발머리 어린 소녀가 서서 만화책을 보다가 고개를 들어 나를 쳐다보는데, 갑자기 눈앞이 환해지고 커다란 해바라기가 나를 보고 방긋 웃는 것 같다.

나는 멍하니 그녀를 보았는데, 그녀도 보조개 주변이 발그스레하게 변하면서 다시 책을 보러 고개를 숙인다.

고개를 숙이고 있으니 그녀의 넓은 이마 위에 두르고 있는 뿔로 된 머리띠가 선명하게 보이고 그 위에 장식한 노랑나비가 나에게로 훌쩍 날아올 듯 흔들흔들 날갯짓한다.

나는 손에 잡히는 만화책을 하나 뽑아 보는 척하며 곁눈질로 그녀의 모습을 이리저리 살펴보는데, 어쩜 이렇게 완벽하게 허름한 만화방에 어쩜 이처럼 작고 고운 꽃이 피어 있는지 마치 웜홀을 통하여 순식간에 암얼의 세계로 빨려 들어온 것 같다.

내가 1m 거리에서 그녀를 본 것은 그때가 처음이자 마지막이었다.

그 후에 만 4년을 그녀 주변에서 멀리 맴돌기만 하다가 1968년 1월 말경에 대학교 합격 소식을 받자마자 바로 그녀의 집을 찾아갔고, 2층 그녀의 오빠 방에서 혼자 두어 시간을 멍하니 앉아 기다리다가 저녁식사 시간이 되어 그녀가 기다리고 있다는 식당으로 내려갔는데, 식탁에는 2인분의 밥상이 마주 보고 차려져 있고, 그녀는 한쪽 편에 앉아 막 숟가락을 들고 밥을 먹다가 맞은편으로 다가오는 나를 보더니 벌떡 일어나 숟가락을 내동댕이치고 휙 나가버린다.

그녀는 웜홀을 타고 내 앞에 나타났다가 웜홀을 따라 사라졌을 뿐인데, 그 충격으로 나는 대학생활 5년간 암얼의 세계에 홀로 남은 짝 잃은 떠돌이별처럼 정처 없이 이리저리 헤매게 된다.

그 당시에는 왜 그 동네 주변에 웜홀이 나타났는지를 몰랐는데, 이번에 그녀의 이야기를 쓰려고 행촌동 은행나무를 검색해 보니, 내가 맴돌던 동네의 한가운데에 딜쿠샤가 있어서인 것을 알게 되었다.

나는 딜쿠샤에서 북북동쪽으로 30m 거리에 있는 십여 평쯤 되는 아주 작은 기와집의 고모네에서 기숙하였고, 그녀는 딜쿠샤에서 남쪽으로 100m 거리에 있는 약 200평 규모의 딜쿠샤보다 조금 작은 2층 저택

에서 살았다.

딜쿠샤에서 동쪽으로 30m 거리에 수백 년 된 은행나무가 있으니 이곳이 오행에서 '목(木)'에 해당하고, 그러면 내가 살던 집은 북쪽이어서 '수(水)'에 가깝고, 그녀가 살던 집은 남쪽이어서 '화(火)'에 해당하여 그녀와 나는 '수화상극(水火相剋)' 하여 그 당시에는 서로 가까이 갈 수가 없었다.

그런데 그런 것도 모르고 대학교에 합격하고 찾아오라던 그녀의 언니 말만 순진하게 믿고 다 낡아빠진 외투를 입고 그녀 앞에 불쑥 나타났다가, 놀란 그녀가 들고 있던 숟가락을 상위에 떨어뜨리고 나가는 바람에 그녀의 불꽃은 꺼지고, 나는 증기가 되어 암얼나라로 '휙~' 날아가 버린 것이다.

그 후로 그녀의 소식을 알아볼 엄두를 내지 못하였는데, 이번에 '비얼로 간다'를 출간하고, 속편으로 '힐링'을 준비하면서, 그녀의 오빠에게 '비얼로 간다'를 2질 보내면서, 작가 서명란 위쪽에 하나는 그녀의

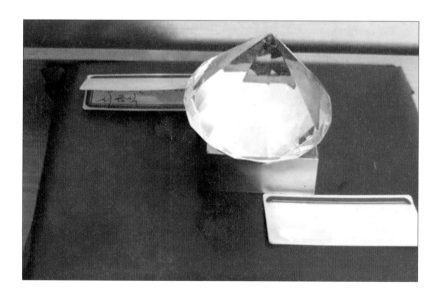

행촌동 '딜쿠샤' 안내문

소재지: 서울특별시 종로구 행촌동 1-88, 1-89

본 건물은 미국인 알버트 테일러(Albert Taylor, 1875~1948) 부처(夫妻)가 1923년 건축하고 그 별칭을 '딜쿠샤'(힌디어: 매혹, 기쁨, 18세기 축조된 (당시 영국령 인도) 건물에서 따온 이름)로 붙이고 거주했던 곳이다.

알버트 테일러는 본업(광산업)외 국제 통신사의 특파원으로도 활동하였으며, 3.1 운동 때는 일본경찰의 수색을 피해 독립 선언문을 국제 통신사에 전하여 우리나라의 독립운동을 전 세계에 알리는 데에 일조하기도 하였다.

그는 1942년 일제에 의해 우리나라에서 추방된 후 1948년 미국에서 향년 73세를 일기로 작고하였으며, 우리나라에 묻히도록 해달라는 그의 생전 유언에 따라 그 유해는 서울 양화진 외국인 묘지로 이송되어 안장되었다.

오빠 이름을, 다른 하나에는 그녀의 이름을 적어 넣었다.

예전에는 사는 곳이 '수화상극' 하여 서로 가까이 갈 수 없었지만, 암얼로 안에도 냉각재로 물이 있어야 가동이 되듯이 '화수합(火水合)' 이 생기면 내가 다시 그녀를 만나는 기적이 일어날 수도 있는데, 암얼나라를 주재하시는 분이 우리의 갈 길을 잘 인도해 주시길 기도드린다.

아멘.

P.S. 1

첨부 사진의 택배를 부치지 않고, 암얼이 뭔가를 하도록 기도하기로 했다.

P.S. 2

딜쿠샤(Dilkusha)는 3.1운동을 외국에 알린 앨버트 테일러(Albert Taylor, 1875~1948)가 살았던 일제강점기에 건축된 건물의 이름이다. 미국의 기업인이자 언론인인 앨버트 테일러가 부인 메리 테일러(Mary Taylor, 1889~1982)와 함께 살던 집으로 '앨버트 테일러 가옥' 이라고도 부른다.

딜쿠샤는 앨버트 테일러가 직접 지은 이름으로 힌두어로 '이상향' 혹은 '행복한 마음, 기쁨'을 의미한다. 그는 1923년 딜쿠샤를 짓고, 1942년에 추방될 때까지 이곳에서 살았다.

앨버트는 추방되기 전에 6개월간 서대문형무소에 갇히고, 부인 메리는 딜쿠샤에서 서쪽에 있는 남편을 보며 애를 태웠는데, 딜쿠샤는 오행의 중앙인 '토(土)'에 해당하고, 서대문형무소는 서쪽인 '금(金)'에 해당하여 남편이 철창에 갇히게 되는 것도 딜쿠샤 주인공의 운명인 듯하다.

P.S. 3

내가 어제 저녁에 시험 운전한 '암얼더듬이'는 실패했지만 그녀가 이 글을 읽는다면, 어쩌면 나에게 연락을 할지도 모른다. 딜쿠샤의 불꽃 소녀를 생각하며 이 글을 쓰는데, 그녀가 요즈음 극성을 부리는 코로나19에 걸려 고생을 하지는 않을지 은근히 걱정이 된다.

예전에 연구원 도사님이 설명한 방법은 누구나 자기 앞으로 원격 호출, 진단, 치료할 수가 있다고 했는데, '암얼더듬이'로도 누구에게나 원격 접촉, 진단, 치료가 가능할지 그녀에게 한 번 시험해 보고 싶은데, 1단계인 원격 접촉에서 실패했으니 다음 단계는 더 진행할 수가 없다.

그러다 생각해 보니 오늘(2020.12.13.) 신규확진자가 1030명이나 되고, 전국적인 발생 상황도 지도로 나오는데, 이 사람들을 대상으로 어쩌면 '원격 진단 및 원격힐링을 할 수 있지 않을까?' 하는 생각이 든다.

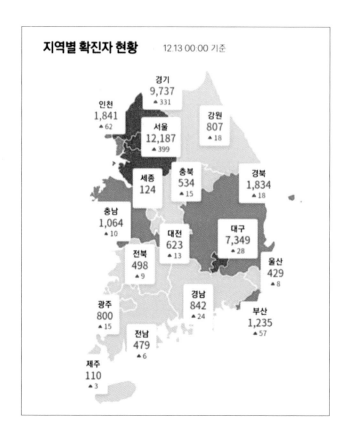

지역별 확진자 현황 12.13 00:00 기준

경기
9,737
▲331

인천
1,841
▲62

서울
12,187
▲399

강원
807
▲18

세종
124

충북
534
▲15

경북
1,834
▲18

충남
1,064
▲10

대전
623
▲13

대구
7,349
▲28

전북
498
▲9

울산
429
▲8

광주
800
▲15

경남
842
▲24

부산
1,235
▲57

전남
479
▲6

제주
110
▲3

　그래서 도룡동성당 제3번 성화를 다시 자세하게 살펴보니 코로나19 바이러스와 거의 같은 모양의 문양이 2개가 보이고 그중에 하나를 암얼로의 오른쪽 무쇠팔이 뒤를 쫓아가고, 왼쪽 팔은 어깨에서 발사되어 코로나19를 박살내는 모습이 그려져 있다.

　'와~!'

　어쩜 이렇게 정확하게 내가 지금 필요로 하는 정보가 30여 년 전에 시몬 조광호 신부님이 제작한 스테인드글라스 성화에 들어 있을까(?)

　더 놀라운 것은 십자가 주변에 그려진 작은 사람들의 희미한 윤곽인데, 십자가 왼쪽 가로대 위에 많은 사람이 환자가 되어 대위에 눕혀져 있고, 그 바로 옆에는 간호사가 서서 뭔가를 하고, 십자가 주변에 사람들이 줄을 서서 뭔가를 기다리고 있는데, 이러한 것이 지금 어느 진료소의 모습을 그려 놓은 것 같다.

이러한 모든 것이 전에는 내 눈에 보이지 않다가 코로나19 확진자가 천 명이 넘는 순간에 어째서 내 눈에 보이기 시작했을까. 이러한 것은 지금 이 순간 나에게 뭔가를 하라는 게시인데…(?).

나는 요즈음 시작한 페이스북에 '비얼수련원'이라는 그룹을 만들었는데, 여기에 추가하여 '암얼수련원'을 긴급으로 만들고, '오늘 저녁부터 전국에 코로나19 무작위 시범 원격힐링 중입니다'라는 공지를 내보냈다.

그리고 2020년 12월 14일 00시 14분부터 코로나19 원격힐링을 시작했다.

전국을 무작위로 돌면서 하는 시범 힐링이지만 현재 신규확진자가 몰려 있는 서울과 경기지방을 더 많이 했는데, 군데군데 코를 찌르는 것 같은 고약한 냄새를 풍기는 데는 몇 번 더 무쇠팔을 날려 주었다.

이 암얼로의 무쇠팔을 발사하고 나면 즉시 새로운 팔이 나와서 2~3초만에 한 발을 발사하는데, 양어깨를 동시에 사용하니 평균적으로 2초에 한 발씩 발사되고, 첫날 저녁에 거의 한 시간에 걸쳐 작전을 펼쳤으니 약 2천 발을 쏜 것 같다.

이것이 어떠한 효과가 있을지는 아직은 알 수 없지만 우리나라가 코로나19를 쉽게 극복하는 데 조금이라도 도움이 되었으면 좋겠다.

아무튼 날이 새고 오전 11시에 뉴스를 보니 확진자가 700명대인데, 이것은 주말 효과로 검사량이 줄어서 나타난 현상이란다.

내가 전국 순회 코로나19 퇴치 탐방한 효과는 내일 이후의 확진자 수가 얼마인지를 보아야 알 수 있다는 얘기인데, 이 숫자를 조금이라도

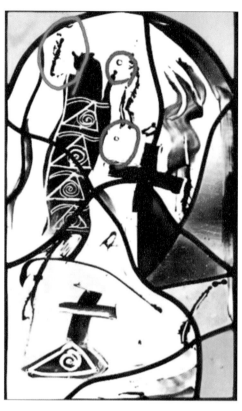

낮추기 위하여 이 글을 쓰는 틈틈이 서울과 경기, 충남, 인천, 대구, 부산 등지에 암얼무쇠팔을 무작위로 날린다. 아니 무작위는 방문하는 지역을 무작위로 돌고 그 지역에서 코로나19 바이러스를 암얼더듬이가 포착하면 암얼무쇠팔을 발사하여 위 그림 왼쪽 부분처럼 한 방에 박살을 낸다.

이 성화에 그려진 코로나19 바이러스는 왼쪽 무쇠팔에 박살이 난 것 하나, 오른쪽 무쇠팔이 바짝 쫓고 있는 것이 하나, 그리고 암얼로 오른쪽 옆구리로 빠져 나간 것이 하나, 그리고 그 위쪽에 무쇠팔을 맞고 파괴된 것이 둘로 모두 합하여 5개이다.

이것이 확진자 1명이 만들어 내는 코로나19 바이러스로 5명이 감염될 수 있는데, 암얼로를 가동하면 그중에서 3개는 박살내고 한 개는 제압하여 다른 사람에게 감염이 안 되게 하고, 하나 정도가 옆으로 새는데, 이 정도 되면 쉽게 자연 소멸시킬 수 있을 것 같다.

그럼 이쯤에서 원격 진단과 원격힐링을 할 수 있는 암얼로에 대하여 좀 더 생각해 보자.

'앞에서 암얼로는 우리가 어머니 뱃속에서 사용하던 원자로인데, 이 세상에 태어나면서부터는 용도 폐기하고 그냥 미간과 뇌간으로 나뉘어 각자의 소임을 하지만 원격으로 뭔가를 스스로는 하지 않는다고 했다.'

이 내용을 조금 세분하여 좀 더 깊이 생각해 보자.

태아가 어머니 뱃속에서 하는 일은 자기 자신을 설계도대로 완성하는 것이다. 이 설계도는 세포의 DNA에 들어있어서 정해진 시간에 순서대로 우리의 몸에 있는 모든 구조물을 만들어 낸다.

여기에서 암얼로가 하는 일이 무엇일까?

우리는 우리에 대하여 아직도 모르는 것이 많은데, 암얼로가 태중에서 하는 일도 그중에 하나일 것이다.

그래서 한 가지 가능성을 가설로 가정해 보자.

앞으로 암얼로를 이용하여 코로나19를 퇴치하면서 무쇠팔을 발사하였는데, 태중에서도 우리 몸을 건설하는 데 필요한 자재들을 무쇠팔 모양으로 만들어 온몸 곳곳에서 쓸 수 있도록 하는 일을 하였고, 태어난 후에는 그러한 특수 무쇠팔을 더 쓸 데가 없어서 암얼로를 용도 폐기했다고 가정할 수 있다.

여기까지 읽어보면 눈치가 코치인 사람은 '아~' 하고 바로 자기도 암얼로를 가동해 코로나19 바이러스 퇴치 대열에 동참할 것이다.

필자가 성화의 홀로그램을 보고 생각한 암얼로 가동법은 다음과 같다. 먼저 미간과 뇌간 사이를 뭔가로 연결하고 미간에 있는 앞발과 뇌간에 있는 뒷발을 동시에 이용하여 치타가 달리듯이 길게 뛰어 달린다.

눈썹 위치에 있는 암얼더듬이로 타격목표물인 코로나19 바이러스를 추적하여 그 방향으로 뛰어가다가 목표물을 팔 바로 앞까지 추적하면 가까운 거리에서 암얼무쇠팔을 발사하여 백발백중으로 코로나19를 박멸시킨다.

암얼무쇠팔을 발사하는 이유는 코로나19 바이러스를 박멸시킬 때에 나타나는 반탄력이 미간에 전달되면 암얼로도 그 반발력에 의하여 상당한 손상을 받기 때문이다.

암얼로가 빠르게 뛰어가다 보면 일부 코로나19 바이러스가 옆으로 스쳐 가게 되는데, 이러한 것들은 뇌간 아래에 있는 두 발로 돌려차기를 해서 납작하게 만든다.

뇌간은 튼튼한 하체를 가지고 있어서 발로 코로나19 바이러스를 걸어찰 때 나오는 반탄력을 감당할 수 있다.

암얼로를 가동할 때에는 코로 숨을 쉬어야 한다.

그리고 암얼로의 앞으로 뛰는 움직임은 아주 크게 하고, 좌우 움직임은 최소 단위로 작게 끊어지듯이 하여야 한다.

숨쉬기와 동작은 제1번 성화의 암얼로 배 아래와 어깨 위에 그려진 문양처럼 하여야 한다.

암얼로의 숨쉬기와 동작은 예전에 도인들이 하던 유체이탈 술법과 유사한데, 현대 우주론에서 나오는 웜홀 이론을 빌려 웜홀을 마음대로 이동하면서 뭔가를 하는 암얼로를 우리의 몸속에 장착하고 이것을 이용하여 원격 순간 이동, 탐색, 추적, 공격하여 전국을 순회하면서 코로나19를 원격 퇴치한다.

암얼로에 4단의 원자로가 있는데, 이곳에서는 암얼로에서 필요한 4가지 요소가 만들어진다. 이것이 무엇인지는 아직 알 수 없지만 암얼로에서 꼭 있어야 하는 것 4가지일 것이다.

암얼로에서는 최종적으로 무쇠팔을 발사하여 적을 퇴치하므로 무쇠팔을 만드는 재료가 필요하다.

무쇠팔은 사정거리가 단거리이므로 작은 힘으로 발사가 되면 그냥 생체 에너지를 사용할 것으로 추측된다. 그래서 코로나19 바이러스보다 큰 무쇠팔인데, 이것을 4가지 재료를 결합하여 만든다면 4개의 소립자로가 필요할 것이다.

무쇠팔이 최종 조립되고 사용되는 위치는 4개의 소립자로 중간 마디인데, 여기에서 어깨로 보내져 새로운 무쇠팔이 되어 바로 발사될 준비를 마친다.

우리는 이것이 무엇인지 그리고 어떻게 만들어지는지 자세하게 알지 못해도 된다. 다만 이것을 정확하게 사용하여 코로나19를 효과적으로 추적하고 정확하게 박멸시키면 된다.

무쇠팔이 장착되고 발사되는 위치는 양쪽 눈 어딘가이다. 따라서 눈썹 부근에 있는 암얼더듬이로는 코로나19 바이러스의 정확한 위치를 포착하고 그 아래에 있는 암얼무쇠팔을 발사하면 더듬이가 가리키는 방향으로 무쇠팔이 날아가 코로나19 바이러스를 박살낸다.

암얼로는 길이가 길고 폭이 좁아야 잠수함의 어뢰처럼 재빠르게 무쇠팔을 날릴 수 있으므로 무쇠팔의 발사대 위치는 양눈의 안쪽 가장자리가 유력하다.

그래서 그곳을 발사대라고 가정하고 무쇠팔을 발사한다.

그런데 필자도 암얼로를 가동할 수만 있다면 쉽게 코로나19 바이러스를 제압할 수 있다고 생각했는데, 실제로 암얼로를 가동하기 위한 뭔가를 이것저것 열심히 해보아도 이것이 마음먹은 대로 잘 되지 않는다.

'왜?안 되지~?'

페이스북에는 '암얼수련원' 이라는 그룹을 '소망 풍등 암얼로 간다' 로 바꾸어 조만간 출간될 예정인 책 '힐링' 의 홍보를 미리 하고 매일 올라오는 뉴스를 적당히 이용하여 '소망 풍등 암얼로 간다' 에서 수행하는 코로나19 바이러스를 퇴치하기 위한 각종 시도를 소개하였다.

암얼로는 각종 암얼을 잡기 위한 원자로이어서 은하우주선 피폭장애뿐만 아니라 지금 유행하는 코로나19 바이러스를 적기에 잡을 수 있어야 하는데, 확진자 숫자가 천 명을 넘어가고 5일이 지나도록 내 몸안에 있는 암얼로를 제대로 가동하지도 못하고 있어 답답하다.

내 몸안에 있는 암얼로가 어떻게 생겼는지도 모르고 이것을 그냥 막무가내로 가동하려고만 하니 잘 안 된다는 생각이 언뜻 들어, 암얼로의 2차원 홀로그램이 그려진 도룡동성당 제3번 성화를 참고하여 인간 세상에서도 사용 가능한 암얼로를 한나절 끙끙대며 그려보니 다음 그림처럼 생겼다.

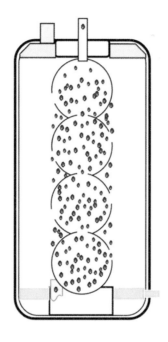

이 암얼로는 머리 위에 있는 투입구로 풍등모양의 암얼단봉을 가끔 투입하고, 다 타서 더 위로 떠오르는 능력이 없어진 폐기 암얼단봉을 아래로 빼내 주면 별 탈이 없는 한 영구히 사용 가능한 원자로가 된다.

이 인간 세상의 '암얼 만년'을 보면 위에서 뭔가를 새로 투입하고 아래로는 쓸모없는 폐기물을 빼내 주면 지가 저절로 잘 돌아가는데, 우리 몸안의 암얼로도 우리가 밥을 잘 먹고 변을 잘 누면 잘 돌아갈 것이 아닌가?

그것이 맞는다면 암얼로는 우리가 죽지 않고 살아있으면 잘 돌아가니, 지금 내 몸안에 있는 암얼로도 뭔가를 특별하게 하지 않아도 어머니 뱃속에서처럼 지금도 잘 돌아가고 있다는 이야기가 된다.

그럼 우리 몸안에 있는 암얼로도 특별한 문제가 없으면 그런대로 잘 돌아가고 있을 것이니, 이것을 이용하여 코로나19 바이러스를 퇴치하는 작전을 좀 더 능동적으로 수행해 보자.

필자가 처음 연구원 도사로부터 전통 기공술을 전수받을 때에 기공의 기본은 바로 '기가 존재한다는 것을 스스로 인정하는 것'이라고 배웠는데, 암얼로의 기본도 우리의 몸안에 암얼로가 존재하고 특별한 문제가 없으면 죽을 때까지 잘 작동한다는 것이다.

우리 몸안의 암얼로가 정상적으로 가동이 되면 눈앞에 얼쩡거리는 코로나19 바이러스에게 암얼무쇠팔을 발사하면 쉽게 박살을 낼 수가 있을 것이다.

그래서 코로나19 바이러스를 퇴치하는 작전을 좀 더 효과적으로 수행하기 위해서는 작전지역에 직접 가서 뭔가를 하는 것이 가장 좋은데, 코로나19 바이러스가 창궐하는 지역은 지금의 중동지역과 비슷하여 적을 직접 마주 보고 전투를 하는 것이 거의 불가능하다.

그래서 영화에서처럼 인공위성으로 감시 추적을 하고 목표물이 노출되면 헬기나 드론으로 기습 공격을 주로 하여야 한다.

접근이 어려운 적과 상대하려면 원격 기술이 필수인데, 암얼로의 공격 수단인 암얼무쇠팔과 무쇠다리는 초단거리 공격만 가능하므로, 암얼로 자체를 코로나19 바이러스의 가까운 거리까지 가지고 가야 한다.

내 머리 뒤통수에 있는 암얼로를 감염자나 확진자의 몸에 있는 코로나19 바이러스의 가까운 거리까지 접근시키려면 현재 시행되고 있는 거리두기를 완전히 위배해야 한다.

이것은 현재로서는 불가능한 작전이니 다른 대안을 찾아야 할 것 같다.

새로운 대안으로 실행 가능한 것은 개들을 훈련시켜서 한다는 냄새 추적술을 연습해 보자.

개들이 하는 냄새 추적술은 감염자의 몸에서 나는 코로나19 바이러스의 감염 반응으로 땀에서 특이한 냄새가 나오는 것을 개가 알아채는 것인데, 필자는 젊어서부터 후맹이어서 냄새를 직접 맡을 수가 없으니

무증상 감염자
원격 추적 원격 판별

"개 0.1초 만에 코로나 환자 판별, 무증상 감염자도 찾아내"

한상희 기자
입력 2020.12.16. 10:51   수정 2020.12.16. 11:51

원격 윔얼 무쇠팔
코로나19 바이러스를   원격 퇴치

| 정확도 85%~100%

오스트리아 빈에서 훈련 중인 코로나19 탐지견. ⓒ 로이터=뉴스1

(서울=뉴스1) 한상희 기자 = 프랑스 연구진이 개가 코로나19 바이러스를 냄새로 맡을 수 있다는 연구 결과를 발표해 주목받고 있다.

이 방법을 그대로는 쓸 수가 없고, 대신 감염 반응 시에 나오는 냄새의 얼, 즉 후얼을 감지하는 '초원격 후얼 탐지법'을 사용할 예정이다.

이것은 처음 시도해 보는 것인데, 암얼로에서는 각종 얼이나 미세입자를 판별할 수 있는 기능이 있어서 좋은 결과가 있을 것으로 기대된다.

암얼로의 2차원 홀로그램은 도룡동성당 제3번 성화에 그려져 있는데, 이것을 이 세상에서 사용 가능한 암얼로로 그려본 것에 대하여 조금 부연설명을 해보자.

이 암얼로는 앞서 출간한 '비얼로 간다'에서 소개한 비얼로에서 노심부의 구조만 달리 설계한 것이며, 비얼로에서는 키다리 비얼거봉들이 노심 내의 무도회장에서 춤을 추는 설계인데, 암얼로에서는 그보다 한 단계 더 높은 자유스러움을 자랑하듯, 작은 달걀형 풍등모양의 암얼단봉들이 4단으로 구성된 노심 안을 자유롭게 춤을 추며 상하좌우로 돌아다닌다.

암얼단봉의 하반부에는 농축도 4.95w/o의 금속우라늄 박판이 두 장의 SS박판으로 덮여 있고, 상반부는 SS박판 사이가 비어 있어서 FG를 수용할 수 있는 플레넘 역할을 한다.

달걀모양의 껍질 밑부분에는 커다란 구멍이 뚫려 있고 위는 막혀 있어서 원자로가 가동되고 암얼단봉이 가열되면 단봉 내부의 뜨거운 물이 아래로 빠져 나가면서 단봉들이 노심 윗부분으로 떠오르게 된다.

새로 투입된 단봉들은 핵반응도가 커서 더 많이 떠오르는데, 그래서 주로 노심 최상단에서 춤을 추면서 이리저리 돌아다닌다.

연소가 진행되면서 핵반응도가 떨어지면 떠오르는 힘도 차츰 줄어들어 점점 하단으로 내려오고 마지막에는 더 떠오르지 못하고 바닥에서 뒹굴게 되는데, 이러한 것은 하단 부근에 있는 폐기 연료 퇴출구를 통해 암얼로 밖으로 배출되고 대신 새로운 연료가 투입구를 통해 노심 내부로 들어온다.

이 암얼로에는 아무런 제어나 조종장치가 없고 다만 새로운 연료를 투입하고 폐연료를 회수하여 폐기하는 장치를 통해서만 암얼로를 자율 운행한다.

그리고 여기에서는 암얼로의 출력을 급격하게 바꿀 수 있는 장치가 없어 출력을 높이려면 투입하는 신연료의 양을 늘리고, 출력을 낮추려면 새로 투입되는 신연료의 양을 줄이는 방법을 사용하여야 한다.

바닥에 쌓여서 더 떠오르지 못하는 폐연료도 바로 회수하지 않고 어느 정도 쌓인 후에 한꺼번에 처리하는 것이 편리하다.

후얼이나 무쇠얼팔이 무슨 재료로 어떻게 만들어졌는지는 아직 모르지만, 중간에 어떠한 장애물이 있어도 아무런 방해를 받지 않고 후얼이 나에게로 오면 그 길을 따라 반대로 무쇠얼팔이 코로나19 바이러스를 향해 발사되어 날아간다.

무쇠얼팔은 후얼이 오는 반대 방향으로 즉각 반사되어 발사되므로 정확하게 코로나19 바이러스를 명중시켜 박살을 낼 수 있다.

2020년 12월 20일 새벽 3시경에 아들에게서 전화가 왔는데, 며느리의 복통이 재발했다고 한다.

며느리의 복통은 몇 년 전에 은하우주선을 피폭 받아 생긴 것인데, 그 당시에도 몇 달 고생하고 대충 나았다가 6개월 후에 재발하여, 한 달가량 고생하고 조금 잠잠하다가 이번에 다시 재발한 것 같다.

전에는 먼저 병원에 가고 나한테는 후에 연락이 와서 나는 마무리 힐링을 주로 해 주었는데, 이번에는 복통이 시작하자마자 아들이 바로 나한테 전화를 한 것이다.

아마도 '비얼로 간다' 라는 장편 실화소설을 낸 효과인 듯하다.

아들 집에 가서 보니 며느리가 ㄷ자 모양으로 허리를 완전히 구부리고 양손으로 배를 움켜쥐고 앉아 있다.

나는 그 자세 그대로 '암얼힐링'을 시작했다. 먼저 등을 이리저리 더듬어 보는데, 등 중앙부위가 조금 이상하여 한 손은 거기에 두고 다른 손으로 다른 부위를 더듬어 보니 먼저 꼬리뼈 부근에서 냉기가 잠시 나오다가 사라지고, 이어서 옆구리 부근에서 냉기가 10여 분 동안 빠져나오자 며느리의 복통이 조금 줄어들었는지 구부리고 있던 허리를 편다.

그래서 자세를 바꾸어 바르게 눕게 하고 아픈 데를 물어보니 위장이라고 하는데, 손으로 짚은 곳은 명치쪽에 가깝다.

내가 다시 이리저리 짚어보며 물어보자 젖가슴 아래의 흉부 뼈에서 제법 강한 통기가 잡힌다.

그래서 왼손은 그곳에 고정하고, 오른손은 원격으로 암얼을 이리저리 날리는데, 며느리가 얼굴을 계속 찌푸리고 힘들어 한다.

얼굴 찌푸리는 것을 완화시키는 방법을 이리저리 찾다가 귀위로 6cm 부근에 원격으로 암얼을 날려 주자 힐링반응이 제법 강하게 나온다.

그곳을 시작으로 며느리의 암얼로를 약 1시간에 걸쳐 수리하고 1차 힐링을 5시 45분에 종결하였다.

며느리의 암얼로를 수리하면서 알게 된 것인데, 우리의 몸안에 있는 암얼로는 감각기관 중에서 얼굴에 집중되어 있는 시각, 청각, 후각, 미각의 4개의 얼, 즉 '시청후미'를 관장하는 중앙통제센터에 해당한다.

본래 얼굴은 '얼골'이 바뀌어 된 말이고, 얼들이 모여 사는 곳을 의미하므로 어찌 보면 암얼로는 '얼골로'라고 부르는 것이 더 이해하기 쉬울지도 모르겠다.

우리의 중앙통제센터에 해당하는 얼굴에 은하우주선을 맞으면 어디에 맞든지 우리의 몸을 관장하는 능력이 일시적으로 혼선을 빚게 되고 건강상태가 위험 수준으로 나빠지는데, 이 은하우주선이 흉부와 복부를 포함한 주요 장기의 신경망을 건드려서 통증이 동반되어 나타나면 그 사람은 일시에 중환자가 된다.

즉, 우리 며느리가 어제 새벽 3시경에 맞은 은하우주선도 오른쪽 귀 위로 10센티미터 위치에 피폭되어 얼굴과 흉부, 복부를 지나 엉덩이로 빠져 나간 것으로 감지되는데, 그 중간에 복부에 있는 신경망을 건드려서 급성 복통이 나타난 것이다.

일단 새벽에 2시간 정도 암얼힐링을 해서 통증을 해소해 주자 며느리가 편안한 얼굴이 되어 다시 새벽 단잠을 잔다.

나도 집으로 돌아와 한숨 자고 9시쯤 아들에게 전화해서 2차 힐링을 해야 한다고 하자, 자기들은 주말이어서 조치원에 있는 처갓집으로 갈 예정이라고 한다. 그래서 나도 함께 조치원으로 따라나섰다.

사돈 내외, 아들 식구 5명, 며느리 여동생네가 3명 등 10명이 사돈네 집 주말의 고정 구성원인데, 이번에는 나까지 합세하여 11명이 함께 주말을 보내게 되었다.

사돈은 대덕연구단지 S연구소에서 근무하다 은퇴하고 조치원에 있는 선산 일부를 농지와 택지로 전환하여 1500평 규모의 화원을 꾸미고, 그 안에 35평 규모의 1.5층짜리 경량 목조 현대식 주택을 짓고 2015년 11월 2일 그동안 살던 두레아파트 101동 504호를 떠나 이곳 새로운 보금자리로 이사를 했다.

이사를 오기 전에는 집 주변이 밭이었는데, 안사돈이 꽃을 좋아하여 주변의 밭에 각종 야생화와 꽃나무를 심고, 100평 규모의 하우스에도 주로 각종 꽃의 묘목을 심어 가까운 친지들에게 분양하면서 몇 년 만에 주변이 자연스럽게 꽃밭으로 변하고 화원으로 바뀌게 되었다.

봄 여름 가을에는 집 주변에 각종 꽃이 만발하여 그것들을 먼저 둘러

보고 집안으로 들어가는데, 겨울에 오니 별로 볼거리가 없어 바로 안으로 들어가서 인사를 나누고 바로 점심을 먹었다.

식사 후에 조금 산책을 한 후에 바로 며느리의 복통을 힐링시키기 위하여 암얼힐링을 하면서 며느리의 오른쪽 팔목의 고골 주변을 왼손으로 더듬어 주는데, 갑자기 짜르르하는 느낌이 내 왼쪽 어깨 부근에서 감지된다.

그래서 내 오른손으로 며느리의 왼쪽 어깨를 더듬어 보니 목등뼈 가까이에서 짜르르한 신호가 오고, 그 후로 30여 분가량 전기가 흐르는 신호가 계속되다가 멈춘다.

이것은 며느리의 왼쪽 머리에서 흉부, 복부, 그리고 골반을 거쳐 다리

사이로 은하우주선이 관통된 것을 의미하는데, 그 중간 부위에 해당하는 목등뼈와 어깨 사이에 형성된 이온 및 전자 교란이 암얼힐링을 하여 주자 상당 부분 빠져 나온 것으로 판단되어 며느리의 병세는 좀 더 빠르게 호전될 가능성이 보인다.

예전의 향토 명의들은 이렇게 짜르르한 부위를 손으로 더듬어 찾으면 아시혈을 잡았다고 하며 동침으로 찔러 넣어 짜르르거리는 것을 모두 뽑아냈는데, 이것은 은하우주선 피폭장애로 생긴 이온이나 전자 교란이 생긴 부위가 동선을 타고 전자 교환이 일어나면서 정상으로 회복되고, 그래서 좀 더 쉽게 치료가 된 것인데, 필자는 동침 대신에 손을 사용하여 시간은 걸리지만 좀 더 안전하고 후유증이 적게 전자 교환이 이

루어져 통증이 서서히 사라지게 하였다.

은하우주선 피폭장애로 생긴 통증은 그것이 있으면 중환자이고 사라지면 다른 외상을 찾을 수 없으니 바로 정상인으로 바뀌었다고 생각하는데, 사실은 통증만 없어진 것이지 내부 손상은 대부분 그대로 남아 있어서 시간이 날 때마다 후속 힐링을 해주면서 관통지역 주변의 내부 손상 부위를 일일이 찾아가며 모두 정상으로 회복시켜 주어야 한다.

일반적으로 은하우주선 피폭장애가 생기는 관통 길이는 짧게는 30센티미터이고 길게는 자기의 키 전체의 길이가 될 수 있으며, 평균적으로 약 1m가 된다.

며느리의 왼쪽 머리 부근의 암얼로도 귀 부근의 청얼이 조금 영향을

받은 것으로 판단되는데, 운이 좋게도 이석현상이 나타나지 않고 급소를 살짝 피하여 청얼 주변에 원격 암얼을 한나절 정도 날려 주자 얼굴에서 조금 생기가 감돈다.

며느리의 얼굴 주변에 암얼힐링을 해주는 동안에 며느리의 얼굴에 홍조가 생겨 울긋불긋하고, 또 얼굴 전체에 기미 같은 것이 가득해서 내심 걱정이 되었는데, 중간에 며느리에게 물어보니 얼굴의 기미는 요즈음 유행하는 프락셀이라는 미용법의 일종으로 레이저를 이용하여 얼굴의 피부껍질을 벗기어 인공으로 아주 작은 상처를 만들어 기미가 낀 것처럼 보이게 하고 이것이 시간이 지나 저절로 사라지면 얼굴의 피부에 탄력을 회복시켜 예뻐지게 해준다고 이야기한다.

나는 누구에게 암얼힐링을 해줄 때 표정의 변화로 그 사람의 건강상태를 판단하는데, 이번의 경우에는 며느리의 얼굴에 인공 기미가 가득하여 판단에 크게 혼선이 생겼다.

그런데 그 덕분에 얼굴에 있는 감각기관의 상태가 그 사람의 오장육부의 건강상태를 판단하고 진단하는 도구가 되면서 동시에 얼굴의 모든 감각기관을 통합하여 그것을 '얼골로' 또는 '암얼로' 라고 했을 때, 그것의 작동상태를 정상으로 만드는 것이 암얼힐링의 기본이 된다는 것을 알게 되었다.

마침 내가 암얼로의 비밀을 찾던 중에 은하우주선 피폭으로 며느리의 복통이 생긴 것은 하느님이 나에게 좀 더 명확한 계시를 주시기 위함이라는 것을 알 수 있다.

"신비한 방법으로 우매한 저를 이끌어 주시는 하느님 감사하나이다. 주님의 이름은 찬미 받으소서. 이제와 영원히 받으소서. 아멘!"

내가 조치원 사돈집에 갔을 때는 맹숭맹숭한 겨울이어서 볼거리가 별로 없었는데, 몇 주 후 올겨울 첫눈이 오자 멋진 눈꽃, 웃음꽃이 만발한 정원으로 바뀐 사진을 받았다.

　겨울에는 눈이 좀 내려야 제멋이 난다.

　그러면 지금까지 이야기를 종합하면 우리가 암얼로의 존재를 깨닫고, 그것을 건강하게 잘 유지 보수하는 것이 우리 몸의 기본 건강을 관

리하는 지름길이라는 것을 알게 되었는데, 우리 몸에 있는 암얼로를 효과적으로 운용하는 방법을 알아보자.

도룡동성당 스테인드글라스 성화 제1번에서 제6번 성화에 그려진 2차원 홀로그램 6개에 암얼로에 관한 모든 것이 들어 있다.

그래서 이 6장의 성화에 들어 있는 신비를 모두 알게 되면, 자기 몸안의 암얼로를 건강하게 운용할 수 있게 되고, 자기의 건강과 주변 친지들의 건강에 도움을 줄 수 있게 된다.

필자는 지난 10년 동안 도룡동성당의 성화를 공부하면서 아주 여러 번 성화에 담긴 신기한 건강법에 대하여 글을 썼는데, 이번에 코로나19 바이러스를 퇴치하는 원격 치료법을 탐구하면서, 우리의 몸안에 암얼로라는 원초적인 건강관리기가 있고, 그들의 작동 원리가 6장의 성화에 담겨 있다는 것을 처음으로 알게 되었다.

'소망 풍등 암얼로 간다'를 체계적으로 쓰는 것은 바로 도룡동성당의 제1번~6번 성화를 차례대로 묵상하고 거기에서 발견한 신비를 그대로 글로 옮기면 될 것 같다.

제1번 성화 '주님의 기도'

'주님의 기도'에는 다른 22장의 성화에 담겨 있는 신비가 요약되어 있어서, 다음에 나오는 5장의 성화에 담긴 암얼로의 신비는 전체의 일부분이지만 그것이 우리의 건강을 다스리는 핵심 내용이어서 '주님의 기도'에도 잘 요약되어 있다.

　‘주님의 기도’에 요약된 암얼로의 본체는 코위에 길게 그려진 달리는 치타 모양의 굵은 눈썹인데, 이것은 시얼과 청얼을 함께 묶어서 뭔가를 보고 들으면 바로 달려가 뭔가를 하는 능동적인 암얼로의 모습을 담고 있다.

　이것은 암얼로의 방어 본능을 나타낸 것인데, 요즈음 유행하는 코로나19 바이러스를 발견하면 즉각 달려가 무쇠팔을 발사하여 박멸시키는 적극적인 방어 전략을 나타낸 것이다.

　다음에 그려진 것은 코안에 아주 희미하게 그려진 3개의 동그라미 문양인이며 이것은 예수님의 세례를 받고 황야에 나가 40일간 굶으시고 허기가 진 상태에서 악마에게 3번의 유혹을 받으신 것을 상징하는데, 우리가 암얼로를 운용할 때에도 각종 유혹이 있을 것이란 것을 암시한다.

　다음은 목옆에 그려진 파란색 동그라미 문양인데, 이것은 ‘오병이어’

의 미얼을 그린 것으로 오병이어로 오천 명의 군중을 배부르게 먹이신
기적을 나타낸 것이다.

  마지막으로 암얼은 명치 위에 그려진 삼각형 안에 동그라미가 그려
진 문양인데, 이 암얼 노젓기를 이용하여 암얼로를 효과적으로 운용할
수 있다.

  사실 암얼로의 본체는 시얼과 청얼이고, 암얼로를 운용하는 데 필요
한 자재와 동력은 후얼과 미얼로 충당이 되며, 이들을 효과적으로 조정
하고 운용하여 필요한 힐링효과를 내게 하는 것이 바로 암얼이어서, 이
원자로의 이름도 암얼로라고 부른다.

암얼은 본래 촉각을 주관하는 얼이어서 촉얼이라고 해야 하나, 이것이 온몸에 퍼져 있고 눈으로는 보이지가 않아 어두울 암(暗)을 써서 암얼이라고 고쳐 부르는데, 또 다른 이유로는 우리 온몸의 촉감 중에서 '팔(arm)목' 의 얼을 주로 사용하기 때문에 '암(arm)얼' 이라고 부른다.

'주님의 기도' 에 나오는 성화를 다시 보면 시얼과 청얼로 이루어진 암얼로의 본체 중앙부위에서 시작하여 그 아랫부분 전체로 두 줄기의 커다란 강물이 흐르는 것이 그려져 있는데, 이것이 바로 성경에 나오는 생명수의 강이다.

♦ 요한 묵시록 제22장

1. 그 천사는 또 수정처럼 빛나는 생명수의 강을 나에게 보여주었습니다. 그 강은 하느님과 어린 양의 어좌에서 나와

2. 도성의 거리 한가운데를 흐르고 있었습니다. 강 이쪽저쪽에는 열두 번 열매를 맺는 생명나무가 있어서 다달이 열매를 내놓습니다. 그리고 그 나뭇잎은 민족들을 치료하는 데에 쓰입니다.

성경에 이르기를 이 생명수의 강은 하느님과 어린 양의 어좌에서 나와 도성의 거리 한가운데를 흐르고 있었다고 했으니, 이것을 성화의 그림과 같이 묵상하면 암얼로의 청얼과 시얼이 각각 하느님과 어린 양의 어좌이고 우리의 몸이 바로 도성이며 그 한가운데로 수정처럼 빛나는 생명수의 강이 흐르고 강 이쪽저쪽에 있는 생명나무인 후얼, 미얼, 암얼에서는 돌아가면서 다달이 열매를 내놓아 일 년에 4번씩 모두 열두 번 열매를 맺고, 그 나뭇잎은 민족들을 치료하는 데에 쓰인다고 했으니, 우리가 후얼, 미얼, 암얼을 잘 쓰면 어떠한 병이라도 치료할 수 있을 것입니다.

제2번 성화 '성모송'

　다음에 묵상할 성화는 '성모송'인데, 여기에서는 암얼로의 시동과 관련된 후얼에 관한 홀로그램만 설명한다.

　후얼이 암얼로의 시동과 관련이 되는 것은 암얼힐링을 하려는 것은 은하우주선 피폭장애 증후군 및 그 후유증을 힐링시키려는 모티브, 동기 또는 유혹이 있어야 하는데, 그러한 유혹을 관장하는 것이 후얼이어서 '성모송'에서 이러한 홀로그램을 찾아보기로 하자.

제2번 성화에는 성모님이 은하우주선에 피폭이 되는 모습이 그려져 있는데, 필자의 견해로는 성모님이 이 은하우주선을 맞아 예수님을 잉태하였을 가능성이 아주 조금은 있다고 생각한다.

이것은 성화에도 암시되어 있는데, 성모님의 머리에 황금색 동그라미가 마치 황금알처럼 그려져 있고, 중앙에서 약간 오른쪽으로 초록색 선으로 그려진 은하우주선이 뚫고 들어간다. 그 여파로 황금알의 중앙 부위가 살짝 벌어지는데, 이것은 알이 은하우주선을 맞아 잉태하고 막 세포분열을 시작하는 모습을 나타낸 것으로 여겨진다.

일반적으로 은하우주선을 피폭 받으면 세포들이 활성화되는데, 여성의 난자도 특별한 조건에서 난자의 특별한 위치에 은하우주선을 맞으면 난자가 활성화되고 세포분열을 시작할지도 모른다.

그러면 인류의 역사상 성모님 이외에도 처녀가 잉태하여 아기를 낳은 사례가 더 있어야 하는데, 그러한 기록이 없는 것이 참으로 신기하다. 이 성화에는 성모님이 목 부위에도 피폭이 되는 것이 그려져 있는데, 이러한 은하우주선에 피폭이 되고 장애가 생기거나 후유증으로 고생하는 경우에는 이 성화에 나와 있는 후얼 '0 / 1 / 역2 / 3 / 대우3' 등 5단계의 후얼힐링을 하여야 한다.

후얼힐링이 5단계라는 것은 성화에 그려진 숫자 문양을 보고 정한 것인데, 이들 각각의 단계를 어떻게 하여야 은하우주선 피폭장애 증후군 및 그 후유증을 힐링시키는 효과가 나오는지는 필자도 세부적인 것은 잘 모른다. 그래서 이것도 앞으로의 연구 과제로 삼고 탐구할 예정이다.

다만 암얼로를 가동하는 것과 연관된 부분을 살펴보면, 먼저 그 사람이 어떤 목적으로 암얼로를 가동하려고 하느냐에 따라 후얼 5단계 중 어떤 것을 사용할지가 정하여진다.

예를 들어 후얼 제1단계는 주제가 '절대적인 믿음' 또는 '수태고지'

이고, 제2단계는 '주님탄생'이며, 제3단계는 '고해성사'이고, 제4단계는 '산상수훈' 또는 '진복팔단'이며, 마지막 제5단계는 '거룩한 변모'이다.

따라서 자기가 암얼로를 가동하려는 목적에 가장 근접하는 주제를 선택하여 그 단계에 맞는 후얼힐링을 하면 되는데, 아쉽게도 필자도 각각의 단계별 후얼힐링이 어떻게 다르고, 또 구체적으로 어떻게 하는 것인지 아직은 잘 모른다.

하지만 이 책을 출간할 때까지 대충이라도 알게 되기를 주님께 기도 드린다. 아멘.

제3번 성화 '예수님의 세례'

다음에 묵상할 성화는 '예수님의 세례'인데, 여기에서는 암얼로 본체의 하반부와 관련된 청얼에 관한 홀로그램만 설명한다.

청얼이 암얼로 본체의 하반부와 관련이 되는 것은 청얼힐링을 하려는 것은 본래는 은하우주선 피폭장애 증후군 및 그 후유증으로 고생하는 사람이 어디에 있다는 이야기를 듣고 찾아가다가 중도에 십자가가 임시 진료소로 바뀌고 사람들이 길게 줄을 서서 선별 검사를 받고 일부는 확진자가 되어 병상에 누워있었다.

그러다 그 주변에서 코로나19 바이러스가 판치는 그것을 보고 무쇠팔을 날려 바이러스를 박살내고, 무쇠발로 양발치기를 하여 바이러스를 납작하게 하는데, 그러한 것을 관장하는 청얼의 활약을 담은 홀로그

램을 '예수님의 세례'에서 찾아보기로 하자.

청얼은 예수님의 귀에 걸려 있는 십자가의 고상이며 장차 예수님이 그곳에 매달려 죽게 된다는 것을 미리 보여주는 하느님의 예언 말씀이다.

그런데 이 고상 주변에 흰옷을 입은 많은 사람이 희미하게 그려져 있는데, 이것은 최근에 우리 주변에 많이 보이는 임시 선별소의 모습을 그려 놓은 그것처럼 보인다.

그리고 목뒤에 4단의 암얼이 그려진 암얼로의 전체 모습이 그려져 있는데, 그중에서 청얼은 맨 아래에 그려져 있고, 아주 긴 꼬리와 튼튼한다리도 보이고 그 주변에 잘 모르는 뭔가가 그려져 있다.

청얼은 하느님의 말씀을 듣는 도구이어서 이것을 제대로 갖추고 사용하는 사람들은 예언의 은사를 받은 분들이고, 우리는 청얼의 일부 기능만 가지고 활용할 수 있어서 우리끼리의 소통은 가능하지만 하느님의 예언은 들을 수가 없다.

이 홀로그램을 자세히 보면 암얼로의 꼬리가 엄청 길고 그 끝부분이 갈라져 있는데, 이것은 예전의 도인들이 하늘나라와 교류하는 방식인 공중 부양이나 유체이탈과 비슷한 느낌이 있다.

즉, 이것을 제대로 터득하면 원격 통신과 원격 이동이 어느 정도는 가능할 것도 같다.

이 홀로그램은 언뜻 보기에는 암얼로가 공중에 떠서 있는 풍선으로 된 치타모양의 원자로이고 긴 꼬리로 땅과 이어져 있는데, 하늘에 떠서 있는 풍선이 바람 부는 대로 이리저리 흔들리듯이 청얼을 통해 들려오는 소리 방향으로 귀를 쫑긋거리면서 쫓아가는 치타같이 보인다.

암얼로는 앞에 올린 사진처럼 본래 공중 부양되어 있는데, 우리는 평범한 인간이어서 땅위에 놓여 있거나 가끔 걸어다니고 뛰어다닌다고 생각하며 살다가 도인이 되어 열심히 도술을 익히면 어느 날부터 자기가 공중 부양을 할 수 있는 대단한 도인이 되었다고 뻐기면서 살아간다.

즉, 암얼로 본연의 모습은 공중 부양이 되어 있고 누구나 자기의 꿈을 따라 마음먹는 대로 이리저리 원하는 곳으로 왔다갔다 할 수가 있다.

사람들은 정월 보름이 되면 풍등놀이를 하면서 자기의 꿈과 소망을 풍등에 적어 하늘로 날려 보내는데, 이러한 풍등들은 모두 꿈의 원자로인 암얼로를 가동하는 원동력이 된다.

다음에 묵상할 성화는 '나는 참포도 나무다' 인데, 여기에서는 암얼로 운용과 관련된 암얼에 관한 홀로그램만 설명한다.

암얼이 암얼로 운용과 관련이 되는 것은 암얼힐링을 하면 그것 자체

로 온몸을 힐링시키는 효과가 있고, 그러는 과정에서 암얼로를 자동으로 수리 보수하면서 제어와 운전을 동시에 할 수가 있어서 암얼로에서 암얼이 핵심적인 기능을 하므로 이름도 암얼로라고 부른다.

제4번 성화를 살펴보면, 어떤 사람이 포도 열매와 덩굴로 된 가운을 둘러쓰고 있는 것처럼 보이는데, 이것은 감각 신경이 온몸에 퍼져 있어서 그곳에서 일어나는 모든 활동을 탐지하여 암얼로로 그 정보를 전달하는 일을 하기 때문이다.

그래서 온몸의 모든 감각 세포가 암얼인데, 여기에서는 특히 팔(arm) 목에 있는 감각 세포를 특히 중요하게 여기고, 그래서 암(arm)얼이라고 부른다.

그 이유는 우리 몸의 모든 감각 세포에서 수집한 정보가 뇌간, 즉 암얼로의 하반부로 보내지고 그것을 종합하여 필요한 작전, 즉 생명 활동을 수행하며 이러한 상황이 모두 종료된 후에 사간들이 실록을 써서 보관하듯이 실록을 간행하고 그중 한 부를 손목을 거쳐 손에 있는 기록문서 보관소에 보관한다.

그래서 우리가 환우의 손을 잘 살펴보면 그 사람의 건강상태를 알 수 있는데, 필자의 경험으로는 그중에서 팔목에 요약이 된 기록물들을 살펴보는 것이 그 환우의 현재의 문제점을 쉽게 파악하는 데 가장 손쉬운 지름길이 된다.

이번에 조치원에 갔을 때 며느리의 여동생이 다음 날 점심 식사 전에 봉투에 든 약을 한 봉지 먹는 것을 보고 물어보니 위장이 나빠서 약을 먹는다고 한다.

그래서 식사 후 소파에 나란히 앉아서 손목에 암얼힐링을 해주면서 거기에 기록된 목록이 그분의 병력과 거의 일치하는 것을 확인할 수 있었다.

제5번 성화 '오병이어'

　다음에 묵상할 성화는 '오병이어(五餠二魚)' 인데, 여기에서는 암얼로에 공급하는 생체 에너지와 관련된 미얼에 관한 홀로그램만 설명한다.

　미얼이 암얼로에서 하는 주요 역할은 생체 에너지를 포함한 각종 보급품을 공급하는 것인데, 특히 '오병이어' 와 같이 하늘나라에서만 구할 수 있는 것은 암얼로가 특수한 작전을 수행하기 위해서 없어서는 안

될 필수품이다.

우리의 몸은 80조 개의 세포로 되어 있으며, 각각은 자기가 맡은 고유의 임무를 수행한다. 이들 중에는 하늘나라의 음식인 '오병이어'를 사용하여 자기의 고유 임무를 수행하는 특수요원들이 있는데, 이들이 어느 날 은하우주선에 피폭이 되어 자기의 임무를 수행할 수 없을 때는 미얼은 긴급으로 '오병이어'를 공급하는 특수작전을 수행해야 한다.

성화를 다시 살펴보면 이마 위에는 IXOYC(예수 그리스도 하느님의 아들 구세주)라는 글자가 새겨져 있고, 그 아래에는 입 부위에는 2마리의 물고기가 새겨져 있고, 그 위에는 5개의 빵이 얼굴을 가득 채우고 있다. 그 아래에 성령 문양의 작은 이빨들이 여러 개가 있어서 아작거리면서 오병이어를 죽으로 만들어 목구멍으로 넘기면 그것이 명치 부위에 그려진 커다란 검은색의 십자가와 그 아래에 삼각형 안에 약간 찌그러진 감자모양의 원이 있는데, 거기에서 하늘나라의 음식인 미얼로 바뀌어 온몸으로 공급이 된다.

앞의 설명에서도 나오듯이 '오병이어'는 우리 몸안에서 여러 번 변신하는데, 이 중에서 어떤 것을 미얼이라고 말해야 옳은지 아리송하다.

우리가 암얼로를 운용하여 뭔가를 할 때 미얼이 생체 에너지를 포함하여 각종 보급품을 공급하는 일을 한다고 했는데, 실제로는 암얼로를 운용할 때에 나의 입안에는 빵이나 물고기가 없다.

그러면 미얼은 무엇이고 그것이 어떻게 생체 에너지를 포함하여 각종 보급품을 공급할 수 있는가?

우리가 암얼로를 운용할 때 사용하는 모든 것은 이전에 우리의 몸안에 비축된 것을 사용하는 경우가 대부분이고 새로 만드는 경우는 극히 예외의 상황에서만 일어난다.

그런데 우리가 암얼로를 운용하면서 미얼의 역할이 필요하면 성화에 나오는 대로 입안 가득 오병이어를 담고 성령의 이빨로 맛있게 아작거리며 죽으로 만들어 목구멍으로 꿀꺽하고 넘기는 상상을 하여야 그 효력이 발휘된다.

제6번 성화 '지복직관'

다음에 묵상할 성화는 '지복직관' 인데, 여기에서는 암얼로 본체의 상반부와 관련된 시얼에 관한 홀로그램만 설명한다.

시얼이 암얼로 본체의 상반부와 관련이 되는 것은 시얼힐링을 하려는 것은 본래는 은하우주선 피폭장애 증후군 및 그 후유증으로 고생하는 사람을 직접 대면하고 그 사람의 몸속으로 관통이 된 은하우주선 피폭 궤적을 모두 찾아내고, 그 주변에 형성된 세포들의 피해를 원상 복구시키기 위한 힐링을 하기 위해서이다. 이러한 것은 세포 수준의 피해 상황을 직접 눈으로 보려면 보통의 육안으로는 안 되고, 이 세상에 존재하는 어떤 종류의 현미경이나 전자 장비로도 오로지 하느님을 직접 뵐 수 있는 '지복직관'의 3개의 삼지안을 사용하여야 하는데, 이것이 바로 시얼이다.

이 시얼을 제대로 운용하려면 삼지안모양의 암얼더듬이로 환자의 온몸을 더듬어 은하우주선 관통 궤적 주변에 형성된 세포들의 손상을 찾아내고 바로바로 정상으로 회복시켜야 하는데, 그러려면 암얼더듬이가 탐색과 동시에 힐링시키는 기능도 갖추고 있어야 한다.

이것은 119구급 헬기에 외상센터 의사가 탑승하고 사고 현장에 가서 응급환자들을 구조하는 것과 같은데, 이것을 운용하는 데 들어가는 비용이 많이 들어 여러 가지 복잡한 문제가 생긴다.

앞으로는 드론 택시가 나온다고 하는데, 그러면 닥터 드론이 전국 각지에서 실용화될 수 있으며, 그러면 탐색과 동시에 구조를 할 수 있으니 암얼더듬이도 제 기능을 발휘할 수 있을 것이다.

그러나 시얼은 가시거리 이내에서는 잘 작동이 되지만 중간에 장애물이 있으면 볼 수가 없어 그 기능이 크게 약화된다. 따라서 시얼은 단독으로 사용하기보다는 암얼과 같이 단짝으로 운용하는 것이 다방면으로 효과적이다.

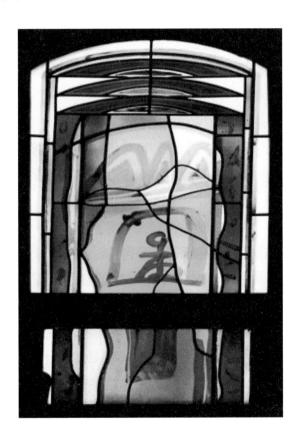

시얼은 아주 미세한 세포 수준의 변화도 모두 감지하여 손상 부위를 탐색할 수 있지만, 그 손상을 원위치시키는 작업을 실제로 수행하는 것은 환우 몸안에 있는 림프구들이다.

그런데 시얼은 천성이 좀 거만해서인지 림프구들과 별로 친하지가 않아서 자기의 몸안에 있는 림프구도 제대로 부리지 못하는데, 다른 사람의 몸안에 있는 림프구는 그저 멍하니 보는 것밖에 달리 뭔가를 할 줄 모른다.

그에 반하여 암얼은 항상 현장에서 손으로 뛰면서 각종 림프구와 상호 협조하여 각종 궂은일을 모두 처리하다 보니 인맥이 넓어 다른 사람들의 몸안에 있는 림프구들도 '안녕하세요. 오랜만에 뵙겠습니다. 실은……' 하고 상황 설명을 조금 해주면 모두 발 벗고 나와서 문제점을 힐링시키는 일을 기꺼이 한다.

암얼로 홀로그램

다음에 묵상할 성화는 '암얼로 홀로그램' 인데, 이것을 제1번 성화에서 제6번 성화를 가상의 원자로 형태로 조합하여 만든 2차원 홀로그램이다.

이 홀로그램의 상단에는 제1번 성화 '주님의 기도' 가 배치되어 있어서 암얼로 전체를 주님이 주관하시고 있는 것을 나타냈으며, 그 아래 주변에는 제4번 성화 '나는 참포도 나무다' 를 배치하여 주님이 바로 암얼로를 주관하시는 참포도 나무이심을 나타냈다.

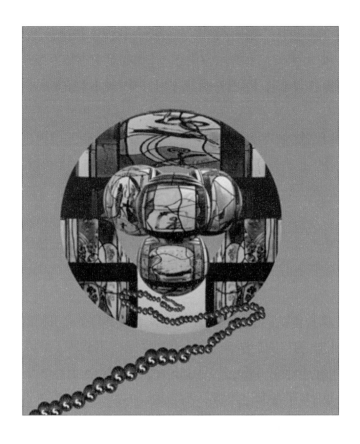

　가운데에는 4개의 공모양의 원자로 노심을 정사면체 위치에 배치하였는데, 이들은 모두 일부가 맞닿은 부분에 서로 연결되는 통로가 있어서 그 안에 들어 있는 모든 것이 서로 자유롭게 들고날고를 할 수가 있다.

　이 암얼로의 아랫부분에는 우리의 꿈과 소망을 담은 풍등들이 아주 길게 줄을 서서 차례로 최하단에 있는 미얼의 배꼽으로 들어가고 있는데, 이것이 원동력이 되어 암얼로를 가동하고 우리가 풍등에 적은 모든 꿈과 소망이 이루어진다.

　꿈의 암얼로를 그린 그림을 보면, 주님의 품안에 떠 있는 암얼로의 안에는 겉에서는 각종 얼을 상징하는 성화들이 그려져 있어서 보이지 않지만 그 안에 수많은 풍등이 떠다니고 있는데, 이것은 풍등놀이를 하면서 우리가 꿈이나 소망을 적어서 하늘나라로 날린 것들이 모두 암얼로 안으로 들어가서 암얼로를 주님의 품안에 또 있게 한 것이다.

이러한 소망 풍등은 매일매일 우리가 하늘로 보내는 것인데, 이것이 있어야 암얼로의 불길은 계속되고 우리의 꿈과 소망도 언젠가는 이루어진다.

현재 전 세계적으로 가장 큰 소망은 코로나19 바이러스를 완전 퇴치해 팬데믹(세계적인 대유행) 상황을 종료시키고 정상적인 일상으로 돌아가는 것이다.

그래서 지금 하늘로 올라가는 풍등에는 이러한 소망이 가장 많이 적혀 있을 것이고, 또 지금 떠 있는 암얼로의 가장 큰 임무는 코로나19 바이러스의 퇴치일 것이다.

우리가 풍등에 적는 소망은 이 땅에서는 이루어질 수 없는 것이라도 하늘나라에서는 모두 이루어지기 때문이다.

이것은 주님의 기도에 나오는 한 구절로 '아버지의 뜻이 하늘에서와 같이 땅에서도 이루어지소서'에 나오는 것과 같이 풍등에 적은 소망이 하늘에서 이루어지면 땅에서도 이루어질 것이기 때문이다.

그래서 코로나19 바이러스를 풍등에 담아 하늘로 띄워 꿈의 원자로인 암얼로 안으로 보내고, 거기에서 코로나19 바이러스를 아예 두 조각으로 분열시켜 핵분열 연쇄반응을 일으키면 풍등 안에 들어있는 코로나19 바이러스를 모두 쪼개서 없앨 수가 있을 것이다.

그런데 원자로에서 핵물질을 연쇄반응시켜 핵분열을 시키면 막대한 양의 에너지가 나와서 우리가 그것을 유용하게 쓸 수가 있는데, 거기에도 단점이 있어서 핵물질의 쪼가리에서 방사능이 나오는 것이며, 이러한 단점을 효과적으로 방비하는 것이 핵연료와 원자로 설계의 핵심이다.

앞에서 코로나19 바이러스를 풍등 안에 담아 꿈의 원자로인 암얼로로 띄워 보내고, 그 안에서 코로나19 바이러스를 두 조각으로 박살낸다고 하였는데, 이렇게 하면 코로나19 바이러스를 퇴치할 수는 있지만 이때 나오는 쪼가리가 어떠한 부작용을 일으킬지 검토를 해 보아야 한다.

암얼로의 예비가동 절차

암얼로의 윤곽이 대충 드러났으면 여기에서 암얼로의 예비가동 절차를 만들어 보자.

1) 제1단계 : 먼저 미얼로를 가동한다
미얼로를 가동하기 위하여 암얼로로 올려 보낼 풍등놀이판을 기획한다.

모든 참가자는 집 안에서 풍등 하나를 만들고 거기에 꿈이나 소망을 적어 초저녁부터 자정까지 사이에 자기네 집 순서가 되면 밤하늘로 올려 보낸다.

풍등을 날리는 순서는 참가 주민들의 신청을 받아 주민센터에서 정하여 메시지 문자로 통보한다.

미얼로의 배꼽이 작아서 풍등이 일정한 시간 간격으로 올라와야 모두 받아들이는 데 큰 혼란을 겪지 않는다.

풍등에 코로나19 바이러스를 담아서 보내는 것이 가장 좋은데, 코로나19 바이러스를 풍등에 담는 것이 현실적으로 불가능하여 풍등 종이에 코로나19 바이러스를 박멸시켜 달라는 소망을 적어 날려 보낸다.

미얼로의 배꼽에서 풍등을 받아들이면서 미얼로의 입안에 가득 오병이어를 담고 성령의 이빨로 아작아작하면서 죽으로 만들어 목구멍으로 넘긴다.

이 두 가지를 동시에 하면 미얼로가 '짠~' 가동되기 시작한다.

2) 제2단계 : 후얼로를 가동한다

땅에서 올라온 풍등에 적힌 소망을 분류하여 후얼 몇 단계를 가동할지 결정한다.

후얼 제1단계는 주제가 '절대적인 믿음' 또는 '수태고지' 이고, 제2단계는 '주님탄생' 이며, 제3단계는 '고해성사' 이다. 제4단계는 '산상수훈' 또는 '진복팔단' 이며, 마지막 제5단계는 '거룩한 변모' 이다.

예를 들어 요즈음 유행하는 코로나19 바이러스를 박멸시키려는 것은 이것이 없던 과거로 돌아가는 제3단계 '고해성사' 후얼을 가동하거나 우리의 몸과 마음을 한 단계 더 높은 건강상태로 변신을 시키는 제4단계 '진복팔단' 후얼을 가동하면 된다.

먼저 제3단계 후얼을 가동해 과거로 돌아가려면 이것으로 코로나19 바이러스를 모두 박멸시켜야 하는데, 바이러스의 특성상 전세계로 퍼져 버린 것을 모두 박멸시키는 것은 지금 상황에서는 불가능하고, 그래서 제4단계 후얼을 가동해 우리의 몸이 코로나19 바이러스에 대한 항체를 갖도록 변신시키는 것이 필요하다.

그런데 여기에서 한 가지 짚어봐야 할 것이 있는데, 제3번 성화에 그려진 암얼무쇠팔이 코로나19 바이러스를 추적하여 박멸시키는 모습이다. 이 무쇠팔이 바로 우리가 거룩한 변신을 통하여 몸안에 새로 장착한 무쇠팔로 이것이 만능항체로 작용하여 모든 종류의 바이러스를 박멸시킬 수 있게 한다.

그럼 후얼 제4단계는 어떻게 하여야 우리의 몸을 거룩하게 변신시키고 암얼로에 무쇠팔을 장착시킬 수 있을까?

이것도 우리의 몸에는 감기 바이러스에 위력을 발휘하는 항체가 있는데, 이것은 예전에 우리가 감기에 걸렸을 때 만들어진 항체의 정보가 우리의 몸 어딘가에 저장되어 있다가 다시 그 바이러스가 몸안으로 침투하면 즉각 항체를 만들어 감기 바이러스를 격멸시킨다.

그러나 이것도 우리의 몸이 약해져서 제 기능을 발휘하지 못할 때는 즉각적인 퇴치가 안 되어 결국에는 바이러스에게 당하고 만다. 따라서 만능항체를 가지는 거룩한 변신을 하려면 자기의 기본 건강이 받쳐주어야 한다.

그리고 기본 건강보다 한 단계 더 높은 차원으로 거룩한 변신을 하여야 한다.

3) 제3단계 : 거룩한 변신

거룩한 변신에 대한 그림은 제2번 성화에서 성모님의 목 부위에 그려진 3자 문양 안에 작은 그림으로 그려져 있고, 이 작은 그림은 주변에 많은 사람이 앉아 있는 것처럼 보인다.

그런데 이것은 산상설교를 그린 것이고, 우리의 내면을 변화시켜 진복팔단을 받을 수 있어야 한다는 뜻이 되어 우리 내면의 거룩한 변신이 요구된다.

그러면 우리의 내면을 변화시켜 건강상태를 한 차원 더 높게 변신시키려면 어떻게 해야 할까?

산상설교가 그려진 갈릴레아의 진복팔단 성당 성화를 참조하면 도롱동성당 제2번 성화의 성모님 목 주변에 그려진 3자 문양 안의 작은 그림과 거의 비슷한 것을 알 수 있다.

"예수님께서는 그 군중을 보시고 산으로 오르셨다. 그분께서 자리에 앉으시자 제자들이 그분께 다가왔다. 예수님께서 입을 여시어 그들을 이렇게 가르치셨다.

행복하여라, 마음이 가난한 사람들! 하늘나라가 그들의 것이다.

행복하여라, 슬퍼하는 사람들! 그들은 위로를 받을 것이다.

행복하여라, 온유한 사람들! 그들은 땅을 차지할 것이다.

행복하여라, 의로움에 주리고 목마른 사람들! 그들은 흡족해질 것이다.

행복하여라, 자비로운 사람들! 그들은 자비를 입을 것이다.

행복하여라, 마음이 깨끗한 사람들! 그들은 하느님을 볼 것이다.

행복하여라, 평화를 이루는 사람들! 그들은 하느님의 자녀라 불릴 것이다.

행복하여라, 의로움 때문에 박해를 받는 사람들! 하늘나라가 그들의 것이다.

사람들이 나 때문에 너희를 모욕하고 박해하며, 너희를 거슬러 거짓으로 온갖 사악한 말을 하면, 너희는 행복하다! 기뻐하고 즐거워하여라. 너희가 하늘에서 받을 상이 크다. 사실 너희에 앞서 예언자들도 그렇게 박해를 받았다." (마태5:1-12)

우리의 내면을 거룩하게 변신시키는 8가지 방법에 대하여 좀 더 구체적으로 자세하게 묵상해 보자.

진복팔단의 목표

'행복하여라.'

진복팔단에는 제일 앞 구절이 모두 '행복하여라' 로 되어있는데, 이것이 바로 진복팔단의 최종 목표가 된다. 즉, 우리는 '행복하여라' 가 되기 위하여 우리의 내면을 8가지 방법으로 변신시키는 것이다.

그런데 우리의 내면을 '행복하여라' 가 되게 변신시키는 방법이 왜 8가지일까?

이것은 우리의 몸을 나타내는 암얼로의 모습을 좀 더 자세하게 살펴보면 알 수가 있다.

이 그림에는 도넛 모양의 암얼 중앙부위에 구모양의 미얼, 후얼, 청얼, 시얼이 서로 붙어서 사면체를 구성하고 떠 있는 모습으로 그려져 있다.

중앙에 떠 있는 사면체 모양의 4개의 얼은 그 중에 3개가 합쳐지면 마치 원자로가 작동되듯이 빛을 내면서 변신을 할 수 있게 된다. 그래서 4개의 얼 중에서 임의의 3개가 합체하여 변신할 방법의 수는 4가지가 된다. 그리고 이 4가지의 1단계 변신이 주변에 둘러싸고 있는 암얼과 합체가 되면 4가지의 2단계 변신이 이루어져 모두 8가지의 변신을 할 수가 있게 된다.

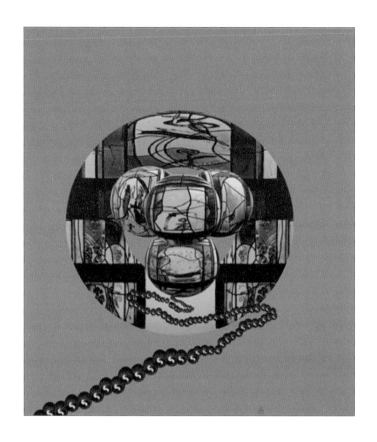

그럼 어떤 얼들이 합체하였을 때 어떤 빛을 내고 어떻게 변신을 하는지 살펴보자.

〈진복 1단〉

'행복하여라, 마음이 가난한 사람들! 하늘나라가 그들의 것이다.'

여기에서는 마음이 가난한 것이 포인트가 되는데, 이것은 후얼이 없으면 유혹이 없게 되니 마음이 가난해진다.

따라서 미얼, 시얼, 청얼을 합체하여 가동하면 마음이 가난해지는 빛을 내고 변신을 하면서 하늘나라가 그들의 것이 된다.

<진복 2단>

'행복하여라, 슬퍼하는 사람들! 그들은 위로를 받을 것이다.'

여기에서는 슬퍼하는 것이 포인트가 되는데, 이것은 미얼이 없으면 먹을 것이 필요 없게 되니 누구나 슬퍼하게 된다.

따라서 후얼, 시얼, 청얼을 합체하여 가동하면 슬퍼하는 빛을 내고 변신을 하면서 하늘나라로부터 위로의 선물을 받게 된다.

<진복 3단>

'행복하여라, 온유한 사람들! 그들은 땅을 차지할 것이다.'

여기에서는 온유한 것이 포인트가 되는데, 이것은 시얼이 없으면 볼 것이 없게 되니 누구나 온유하게 된다.

따라서 후얼, 미얼, 청얼을 합체하여 가동하면 온유의 빛을 내고 변신을 하면서 그 사람은 땅을 차지하게 된다.

<진복 4단>

'행복하여라, 의로움에 주리고 목마른 사람들! 그들은 흡족해질 것이다.'

여기에서는 의로움에 주리고 목마른 것이 포인트가 되는데, 이것은 청얼이 없으면 듣는 것이 없게 되니 의로움에 주리고 목마르게 된다.

따라서 후얼, 미얼, 시얼을 합체하여 가동하면 의로움의 빛을 내고 변신하면서 흡족하게 된다.

<진복 5단>

'행복하여라, 자비로운 사람들! 그들은 자비를 입을 것이다.'

여기에서는 자비로운 것이 포인트가 된다. 이것은 후얼이 없어 유혹이 없는데, 거기에 손으로 무엇을 해서 남을 도와주면 자비로운 사람이 된다.

따라서 미얼, 시얼, 청얼에 암얼을 합체하여 가동하면 자비의 빛을 내고 변신을 하면서 더 많은 자비를 입게 된다.

〈진복 6단〉

'행복하여라, 마음이 깨끗한 사람들! 그들은 하느님을 볼 것이다.'

여기에서는 슬퍼하는 사람의 마음이 깨끗한 것이 포인트가 되는데, 이것은 미얼이 없으면 먹을 생각이 없고 자기 것을 남에게 나누어주는 깨끗한 마음이 된다.

따라서 후얼, 시얼, 청얼에 암얼을 합체하여 가동하면 깨끗한 빛을 내고 변신하면서 하느님 즉, 보통의 눈으로 볼 수 없는 새로운 세계를 볼 수 있게 된다.

〈진복 7단〉

'행복하여라, 평화를 이루는 사람들! 그들은 하느님의 자녀라 불릴 것이다.'

여기에서는 온유한 사람이 평화를 이루는 것이 포인트가 되는데, 이것은 시얼이 없으면 볼 것이 없게 되니 누구나 온유하게 되고, 손을 내밀어 도움을 주고 화해를 하게 되면 평화가 이루어진다.

따라서 후얼, 미얼, 청얼에 암얼을 합체하여 가동하면 평화의 빛을 내고 변신을 하면서 이 땅에서 하느님의 자녀라 불리게 된다.

〈진복 8단〉

'행복하여라, 의로움 때문에 박해를 받는 사람들! 하늘나라가 그들의

것이다.'

여기에서는 의로움에 주리고 목마르고 박해를 받는 것이 포인트가
된다. 이것은 청얼이 없으면 듣는 것이 없게 되니 의로움에 주리고 목마
른데 그런 사람이 손을 내밀어 누구를 도우려고 하면 박해를 받게 된다.

따라서 후얼, 미얼, 시얼에 암얼을 합체하여 가동하면 의로움의 빛을
내고 변신하면서 하늘나라가 그들의 것이 된다.

P.S.

'진복팔단'에 대한 상기 해설은 필자가 5가지 얼을 조합하여 팔단을 만들
어 보기 위한 경우의 수를 조합해 본 것일 뿐이며, 앞으로 암얼로를 운용
하면서 실용사례가 구체적으로 나오면 다시 정리하여 글을 올릴 예정이
다.

이 산상설교의 내용에 의하면 우리가 내면을 변신시켜 거룩하게 만
드는 방법이 8가지나 있으므로 그중에서 자기의 취향에 맞는 것을 하나
골라서 자기 자신을 살짝 변모시키면 자기의 암얼로가 활성화되고, 또
어깨에 암얼무쇠팔이 장착되어 어떠한 바이러스가 침투해 들어와도 즉
각 박멸시킬 수 있게 된다.

이 산상설교에 따라 우리의 내면을 변신시키는 구체적인 방법에 대
하여 묵상을 해보자.

우리가 암얼힐링을 해보면 어느 순간부터 우리의 몸에서 힐링효과가
나오기 시작하면서 우리의 몸에 있는 암얼들이 어디론가 스르르 사라
지고 우리의 몸은 마치 거룩한 변신을 한 것처럼 건강하게 바뀐다.

이것은 우리가 암얼힐링을 할 때 늘 일어나는 일이어서 그냥 그런가
보다 하고 넘어가는데, 이 내용을 조금 다른 각도로 조명을 바꾸어 설
명하면 암얼힐링을 하는 중에 진복팔단이 이루어지고 있다는 것을 알

수 있다.

우리의 몸과 맘안에는 얼과 영이 있는데, 얼은 몸의 일부인 5개의 감각기관이 만들어 내는 것으로 후미시청암의 5얼이 있고 영은 맘의 일부인 뇌신경이 만들어 내는 것으로 동양에서는 오욕칠정이 있는데, 오욕(五慾)은 사람이면 누구나 가지고 있는 다섯 가지 욕심으로 다음과 같다.

① 식욕(食慾) : 먹고 싶은 욕심

② 물욕(物慾) : 가지고 싶은 욕심

③ 수면욕(睡眠慾) : 잠자고 싶은 욕심

④ 명예욕(名譽慾) : 유명해지고 싶은 욕심

⑤ 색욕(色慾) : 종족을 보존하기 위한 이성에 대한 욕심이다.

또 칠정(七情)은 인간이기 때문에 가지고 있는 일곱 가지 감정으로 다음과 같다.

① 희(喜) : 기쁨

② 노(怒) : 화가 남

③ 애(哀) : 슬픔

④ 락(樂) : 즐거움

⑤ 애(愛) : 사랑

⑥ 오(惡) : 미움

⑦ 욕(慾) : 욕망

이것을 산상설교에서는 진복팔단으로 바꾸어 설교한 것이다.

그런데 진복팔단에 나오는 마음이 가난하고, 슬퍼하고, 온유하고, 의롭고, 자비롭고, 깨끗하고, 평화롭고, 박해 받고를 하여서 거룩한 변신을 할 자신이 없는 사람은 도룡동성당 제1번~6번 성화에 자세히 그려져 있는 로고스를 따라가 보시기 바란다.

즉, 거룩한 변신을 하려면 우리 몸안에 있는 암얼로를 가동해 활성화시켜야 하는데, 앞에서 풍등과 오병이어를 이용하여 미얼로를 가동하고, 후얼로의 제4단계로 목 주변에 다양한 종류의 3자로 된 문양을 그려야 하며 이때 다른 단계의 문양도 몸안에 그려보는 것이 필요하다.

다음에는 제3번 성화에 그려진 청얼로를 가동하는 데에는 뒷골의 암얼로 문양과 어깻죽지의 교회 문양 부위를 활성화해야 한다. 이때 코로나19 바이러스가 그려진 위치인 왼쪽 귀에서 약 2치(6cm) 떨어진 곳에 그려진 아주 작은 동그라미는 장착된 무쇠팔을 작동시키고 훈련하는 데 표적점이 되므로 수시로 그곳을 목표로 무쇠팔을 날려 주어야 한다.

또 하나는 뒷골의 암얼로 문양에 그려진 아주 긴 꼬리에 유의해야 한다. 이것은 암얼로가 우리의 소망 풍등을 가득 담고 하늘에 둥실하고 공중 부양을 하였는데, 바람을 타고 어디로 날아가 버리지 못하게 꼬리의 끝을 손으로 잘 잡고 있어야 하기 때문이다.

사실 우리가 소망 풍등을 가득 담고 떠 있는 암얼로의 꼬리를 잘 잡아주거나 미얼로의 좁은 배꼽으로 줄 서서 들어가는 소망 풍등을 안내하는 것만 잘 해도 저절로 거룩한 변신이 이루어져 주변에 코로나19 바이러스가 얼씬거리면 새로 생긴 무쇠팔로 퇴치할 수 있을 것이다.

4) 제4단계 : 지복직관

마지막 단계는 후얼과 암얼이 시얼 또는 청얼과 협력하여 후시암 또는 후청암의 3얼안을 만들어 지복직관을 하는 것이다.

지복직관은 본래는 하느님을 직접 뵙는 것인데, 여기에서는 은하우주선 피폭장애 중후군 및 그 후유증으로 고생하거나 요즈음 유행하는 코로나19 바이러스에 확진되어 고생하는 사람들을 만나서 그들에게 암얼힐링을 해주는 것이다.

다만 은하우주선 피폭장애로 고생하는 사람들은 직접 만나서 힐링시켜 주어도 아무 문제가 없는데, 코로나19 바이러스의 확진 판정을 받은 사람은 직접 대면힐링이 불가능하니 모종의 특별한 뭔가를 해야 한다.

방법은 후얼로 먼저 문제가 생긴 지역을 원격 탐지하고 의심스러운 것이 발견되면 가까운 곳일 때는 후청암 3얼안을 보내 정밀 감지를 하고, 조금 먼 곳일 때는 후시암 3얼안을 보내 정밀 감지를 한 후에 코로나19 바이러스가 있는 것이 확인되는 곳에 무쇠팔을 날린 후 청암얼이나 시암얼은 바로 철수하고 그곳을 계속 후얼로 감시하여 코로나19 바이러스가 그곳에서 완전히 사라졌는지를 확인한다.

이러한 작전을 전문적으로 수행하는 원격 타격 용병대를 암얼로 내에 설치하고 훈련하는 것은 암얼힐링을 배운 힐러들의 의무이자 주요 임무이다.

하느님이 만든 암얼로 내에 인간이 조직한 원격 타격 용병대를 양성하는 것이 불경죄에 해당할 수 있다. 그러나 하느님이 우주를 창조하고 그 안에 수많은 은하를 만들고, 그 안에서 수많은 별들이 생성사멸을 반복하는 과정에서 별들이 죽으면서 초신성 폭발을 한다. 이때 생기는 은하우주선들이 먼 우주 끝까지 날아가는데, 일부는 지구까지 오게 되고 지표면에 피폭된다.

이 은하우주선 중에서 평균적으로 3~6년에 한 번 정도 우리 인간의 몸을 관통하고, 그 궤적에 이온과 전자 교란을 일으키며 주변 세포를 활성화해 하느님이 원하지 않는 부작용을 일으키는데, 이러한 부작용을 완화시키는 데에 암얼로가 뭔가를 해야만 한다.

이 암얼로는 우리가 태아시절 어머니의 자궁 안에 있을 때 거의 완벽하게 작동했을 텐데, 이 세상에 태어나고 나이를 먹으면서 은하우주선에 피폭되는 횟수가 늘어날수록 피폭장애를 복구시키는 복원능력이 저

하된다.

때문에 온몸 곳곳에 피폭 잔해가 잔류하게 되고 점점 더 암얼로의 복구 능력이 저하되어 새로운 은하우주선 피폭장애를 극복하지 못하고 병마에 시달리게 된다.

그런데 이러한 은하우주선 피폭장애 증후군 및 그 후유증으로 우리가 병마에 시달리게 된다는 사실을 알고 있는 사람들은 별로 없는 상황에서 과학자들은 은하우주선 피폭장애는 거의 무시할 정도라고 이야기하고, 의사들은 아예 병마의 근본 원인에서 은하우주선 피폭장애를 제외시켰다.

그래서 우리는 어느 날 은하우주선 피폭장애로 갑자기 아프기 시작하는데 그 원인조차 모르고 그냥 그럭저럭 살게 된다.

필자는 2013년 6월 21일 저녁에 집사람을 돌연사로 저세상으로 보냈다. 그로부터 2년이 지나 잠을 자고 일어나다가 왼쪽 발을 갑자기 디딜수가 없어서 그 자리에서 주저앉아 내가 아는 삼지안으로 2달 정도 고생하면서 힐링을 했는데, 그때 인터넷으로 우주방사선(cosmic ray)을 검색하면서 우리가 3~6년에 한 번꼴로 은하우주선에 피폭된다는 것을 알았고, 집사람이 돌연사한 원인이 바로 은하우주선 피폭장애 증후군의 일종일 수 있다는 것을 알게 되었다.

그 후로 이들 증후군과 그 후유증을 힐링시키는 방법을 '연구하는 돌팔이' 가 되었다.

그 후로 약 5년에 걸친 연구 결과를 서금석 장편 실화소설 '비얼로 간다' 1권과 2권에 소개하였으며, 그 속편으로 '소망 풍등 암얼로 간다'를 집필하면서 요즈음 유행하는 코로나19 바이러스를 퇴치하는 방법을 탐구하고 있다.

이러한 바이러스는 앞으로 끊임없이 새로운 변종으로 나타나서 새로운 팬데믹을 일으킬 터인데, 이것을 극복하는 가장 확실한 방법은 우리가 스스로 거룩하게 변신하여 어떠한 종류의 바이러스가 와도, 또 은하 우주선 피폭장애가 아무리 극성을 부려도 모두 이겨내는 체질로 바뀌는 진정한 의미의 세례를 받아야 할 것이다.

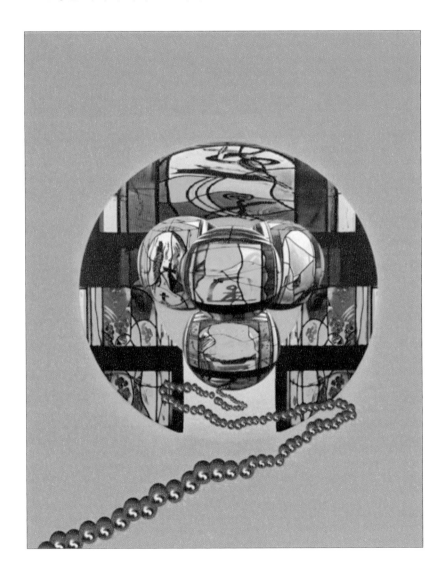

'진복팔단' 운용 사례 모음

〈진복 4단〉 힐링 사례

'행복하여라, 의로움에 주리고 목마른 사람들! 그들은 흡족해질 것이다.'

여기에서는 의로움에 주리고 목마른 것이 포인트가 되는데, 이것은 청얼이 없으면 듣는 것이 없게 되니 의로움에 주리고 목마르게 된다.

따라서 후얼, 미얼, 시얼을 합체하여 가동하면 의로움의 빛을 내고 변신하면서 흡족하게 된다.

2021년 1월 5일 오전에 뇌졸중으로 고생하시는 분에게서 연락이 있어서 진복 4단으로 약 30분쯤 원격힐링을 해 드렸는데, 시작하고 5분도 안 되어 내 왼쪽 머리 7시 반 방향에서 뭔가 신호가 와서 그 주변을 중심으로 '진복 4단'을 10분쯤 더하다가 '진복 8단'으로 고도화해서 15분을 더 해주고 끝냈다.

그런데 나는 끝냈다고 생각했지만 계속 내 머릿속을 뭔가가 붙잡는 느낌이 지속되고 슬슬 두통이 생기려는 조짐이 보여 일단 플라빅스 한 조각을 먹고 머리 전체를 양손으로 감싸주었는데, 욱신거리는 느낌이 거의 한 시간 이상 지속된다.

이것은 오전에 나에게서 원격힐링을 받은 분이 나를 계속 붙잡고 있어서 일어난 일로 짐작이 된다.

암얼힐링은 자유도가 높아서 원격힐링에 사용할 수 있는데, 정보의 출입이 쉬워 상대방이 본의 아니게 나를 해킹하고 불의의 역공(역번개)을 가할 가능성이 아주 크다.

이럴 때는 자신을 지킬 수 있는 준비가 되어 있어야 하는데, 조금이라도 이상 징후가 발견되면 즉각 방어망을 가동하고, 외부로부터의 공격을 차단하고, 자신의 시스템을 정상으로 긴급 복구시켜야 한다.

오늘 나를 역공한 사람은 뇌졸중으로 오랫동안 고생을 하면서 외로움에 지쳐 사랑에 목마른 사람이 되었는데, 내가 '진복 4단'과 '진복 8단'으로 생명수를 보내주자 흡족해질 때까지 마음껏 받아들이게 되었고, 그것이 과하여 본의 아니게 나한테 피해를 준 것이다.

이것은 내가 아직 진복팔단을 운용한 경험이 부족하여 생긴 것이어서 앞으로는 좀 더 조심스럽게 진복팔단을 사용할 예정이다.

1) 원격힐링은 한 번에 5분 정도 하는 것이 적합하고, 최소 한 시간이 지나서 다시 한 번 5분 정도 하여 하루에 10분 이내로 한다.

2) 처음에는 진복 1~4단 중에서 그 사람에게 맞는 것을 선정하여 실시하고, 최소 일주일이 지나 어느 정도 상대의 상태가 좋아진 후에 진복 5~8단으로 고도화한다.

3) 모든 원격힐링은 2주 이내로 종료한다.

이번에 뇌졸중으로 고생하시는 분을 원격힐링해 주면서 진복 4단을 사용한 것은 한 번에 정답과 맞추어졌는데, 아마도 그분이 도움이 필요하다고 하여 진복 4단을 맨 먼저 시도해 본 것이 우연히도 맞아 떨어진 것이다.

그런데 왜 뇌졸중에 진복 4단이 단짝이 되었을까?

사람마다 뇌졸중이 오는 위치가 다른데, 오늘 내가 원격힐링을 해준 분이 청얼 부근에 은하우주선 피폭을 받고, 그것이 원인이 되어 뇌졸중이 온 것이어서 그분의 청얼 주변에 진복 4단을 해주자 바로 힐링효과가 나온 것으로 추정이 된다.

그렇다면 진복팔단 중에서 어떤 것을 선택할까? 우선 고려할 것은 환우의 어느 부위에 은하우주선 피폭장애가 생겼는지를 조사하고 그 부위에 해당하는 손상얼을 진단한 후에 그 얼이 포함되지 않은 진복팔단을 선택하여 암얼힐링을 하여 주면 좋은 힐링효과가 나올 것으로 생각된다.

은하우주선 피폭장애는 아니지만 요즈음 유행하는 코로나19 바이러스에 확진 판정을 받은 분에게는 그분이 후얼에 가장 심한 손상을 입었을 것을 고려하여 미얼, 시얼, 청얼을 합체시키는 진복 1단을 해주거나, 필요하면 진복 5단을 해주면 좋은 힐링효과가 나올 것으로 판단된다.

허리 디스크는 신장이 약화하였을 때에 잘 나타나므로 한 손으로는 오른쪽 콩알 골 주변을 잡아주고, 다른 손으로는 목뒤 뼈에 숨어있는 암얼을 뽑아내면서 암얼로를 진복 4단으로 작동시켜 주면 20~30분 만에 힐링이 된다.

은하우주선 피폭장애로 복통이 있는 경우에는 한 손으로는 왼쪽 고골 주변을 잡아주고, 다른 손으로는 겨드랑이 주변에 숨어있는 암얼을 뽑아내면서 암얼로를 진복 2단으로 작동시켜 주면 20~30분 만에 힐링이 된다.

> ♥ 이 글을 읽는 분 중에서 주변에 은하우주선 피폭장애 증후군 및 그 후유증으로 고생하거나 코로나19 바이러스의 확진 판정을 받고 완치되어 격리 해제가 되었으나 후유증으로 고생하시는 분이 계시면, 먼저 페이스북의 '소망 풍등 암얼로 간다' 그룹의 회원으로 등록하신 후에 댓글에 간단한 사연을 적어 소망 풍등을 날려 주시면 제가 적당한 시간에 그분에게 도움이 되는 진복팔단을 선정하여 암얼힐링을 해 드린 후에 그 결과를 '진복팔단 운용 사례 모음'에 소개해 드릴 예정이다. 회원 여러분의 많은 참여를 부탁드린다.

P.S.

'소망 풍등 암얼로 간다'의 운용 사례는 추후에 속편 '잠얼로 간다'에서 올릴 예정이다.

Healing

Healing

제2부

연구하는 돌팔이 힐러

Healing

1999년 초부터 어머니의 병을 고치기 위하여 돌팔이 힐러가 되어 이런 저런 병으로 고생하는 분들에게 뭔가 도움을 주는 돌팔이 힐러노릇을 20여 년 동안 하면서 그동안 겪었던 사연들을 모아 '비얼로 간다' 1권 과 2권을 2020년 12월에 출간하였고, 그 안에 담지 못한 이야기들을 본 서 '힐링'의 '제1부 소망 풍등 암얼로 간다'와 '제2부 연구하는 돌팔이 힐러'에 담았다.

이 안에는 내가 힐링을 해준 분들의 사연 중에서 뭔가 읽을거리가 있는 것을 골라 수록을 하였는데, 대부분 특이한 힐링효과가 있어서 그것을 내가 경험한 그대로 적었다.

마사지하는 소

해외특집 : 마사지하는 소(牛) – 인도네시아 자바섬 족자카르타

2003년 4월 27일 일요일 SBS TV에서 방영한 '순간포착 세상에 이런 일이'에서 소개된 내용에 대한 감상문이다.

인도네시아 자바섬의 족자카르타에는 마사지에 있어서만큼은 둘째가라면 땅을 치고 통곡할 마사지사가 있다. 크고 하얗게 생긴 주인공은 바로 소 '초코'로 벌써 8년째 이 일을 하고 있다.

긴 혀로 사람 몸 구석구석 핥아주고, 큰 뿔로 아픈 곳을 받아버리는 것이 이 소가 해주는 마사지법. 믿을 수 없는 것은 이 마사지를 받고 나서 많은 사람이 건강을 회복했다. 그래서 '초코'는 인도네시아뿐만 아니라 세계적으로도 유명인사가 되어 찾는 사람들이 끊이지 않고 있다.

주인아저씨가 초코를 처음 만났던 것은 8년 전으로 우시장에서다. 구경삼아 간 우시장에서 아저씨는 힘없이 쓰러질 듯한 송아지 한 마리를 발견했다. 아저씨는 그 쓰러질 듯한 송아지 '초코'의 모습이 자꾸 눈에 밟혀 갖고 있던 돈으로 산 후 정성을 다해 보살폈다.

그러던 어느 날, 아저씨가 사고로 자리에 눕게 되자 '초코'는 정성스럽게 아저씨를 핥아주었는데 신기하게도 아저씨는 완쾌되었다. 그 후 초코의 신기한 능력이 소문나기 시작한 것. 과연 초코의 마사지는 진짜 효능이 있는 것일까?

신통하고 기특한 소, 초코를 만나러 자카르타로 가보자.

이상이 이 프로그램에 대한 방송국의 소개 글이며, 이 프로그램을 본 필자의 소견을 잠시 피력하면, 이 초코가 하는 마사지는 필자의 비우기 안마와 많은 부분에서 일맥상통한다.

물론 이 초코의 마사지법과 필자의 비우기 안마는 서로 독자적으로 개발된 것이지만 초코의 마사지가 필자보다 몇 년 앞서서 이 세상에 나왔으니 초코가 이 분야에서는 선배가 된다.

필자가 본 초코 선배 마사지의 주요 특징을 정리하면 다음과 같다.

1) 초코 선배는 환자를 보는 것만으로 환자의 아픈 곳을 정확하게 진단한다; 이것은 매우 의미 있는 것인데 의사가 환자를 치료하려면 먼저 그 환자의 상태를 정확하게 아는 것이 필수이기 때문이다.

그래서 서양의학에서는 최신 첨단장비를 동원하여 진찰하는데, 좀 어려운 병의 경우에는 검진하는 데만 몇 주가 걸린다.

동양의학에서는 주로 손목의 맥을 진맥하고 몇 가지 문진을 하는데 이것을 잘하는 의사는 신의 소리를 듣는다.

필자는 바로 비우기 안마를 하면서 진찰과 치료를 주로 동시에 하는데, 실제로는 환자에게서 온 모든 메일, 환자를 처음 만나는 순간에 보고 듣는 모든 것, 그리고 안마를 하면서 보고 듣고 느끼는 모든 것을 동원하여 진단한다.

그런데 초코 선배는 환자를 보는 순간 정확하게 아픈 곳을 가려내고 그 환자의 상황에 맞는 치료방법을 선택하는 것은 놀라울 정도로 대단한 것이다.

2) 두 번째로 놀라운 것은 초코 선배의 정성이다; 나는 비우기 안마의 핵심으로 정성을 매우 중요시하는데, 초코 선배가 환자를 치료하는 모습에서는 경외감을 느낀다.

옛말에 '지성이면 감천'이라고 했는데, 초코 선배와 같은 정성으로 환자를 치료하면 어떤 병인들 다 나을 것 같다.

초코 선배가 환자의 엉덩이나 아픈 팔을 끊임없이 머리로 들어 올리는 모습, 침을 질질 흘리며 혀로 어깨, 목, 머리를 온통 핥아주는 모습, 이러한 것은 정성의 결정체인데, 이것이 바로 초코 선배의 핵심 치료법이다.

3) 세 번째는 무념무상이다; 이것이 실제의 치료효과를 내는 핵심이라고 생각이 되는데, 치료하는 초코 선배와 치료를 받는 환자, 그리고 초코의 주인아저씨가 만들어 내는 치료 환경은 한 마디로 무념무상이다.

초코 선배가 소이기 때문에 환자는 초코 선배에게 어떠한 것도 속일 것도 거리낄 것도 없고, 그래서 어떠한 생각도 할 필요 없이 그냥 자기의 몸을 초코 선배에게 맡기게 된다.

더구나 소의 주인이 치료비를 일절 받지 않으니 더 더욱이나 아무런 생각을 할 필요가 없는 것이다. 또 초코 선배에게는 미안한 이야기이지만 소가 사람을 치료하면서 무슨 복잡한 생각을 할 것 같지는 않다.

물론 소의 주인도 돈을 안 받는다고 자기의 태도를 결정하고 나면 초코 선배와 환자 사이에 어떠한 일이 벌어지더라도 크게 개의치 않을 것이다. 또 다행히도 초코 선배가 8년여 동안 다른 사람을 거의 4,000명이나 치료하면서 모두에게 좋은 결과를 보여주었는데 무슨 딴말이나 생각이 필요하랴.

치료를 받고 몸이 좋아진 사람이 초코 선배 먹으라고 여물이나 마른 풀을 조금 가져와도 그만이요, 안 가져와도 그동안 창고에 쌓아 놓은 것이 가득한데 무슨 걱정이 있으리오.

이러한 삼위일체의 무념무상이니 아마도 병이 부끄러워서도 도망갔으리라. 무념무상으로 자기의 몸을 그냥 맡긴다. 이러한 것은 결코 쉬운

것이 아니다.

나는 제법 많은 사람에게 비우기 안마를 해주어 봤는데, 거의 모든 사람이 치료 막바지에 가서야 겨우 자기의 몸을 나에게 맡기면서 바로 그 순간에 스르르 아픈 것이 사라지곤 한다. 만약 환자가 처음부터 나에게 몸을 맡긴다면 내가 손을 대는 순간 스르르 병이 사라질 것이다.

필자의 홈페이지를 보고 비우기 안마를 배우시는 분들은 꼭 초코 선배에 관한 SBS의 VOD 자료를 찾아보시기 바란다. 그리고 필자가 위에서 지적한 세 가지 이외에도 다른 많은 것을 배우고 터득하기 바란다.

두고두고 마음을 아프게 하는 상처

누구에게나 그 사람의 과거를 거슬러 가보면 마음 아픈 상처가 조금은 있기 마련이다.

어떤 경우에는 커다란 상처 자국이 남아 그 당시의 고통이 얼마나 컸는지를 훈장처럼 자랑하고, 어떤 경우에는 조그만 상처 자국만을 남겨 아픔의 기억도 가물거리게 하고, 어떤 경우에는 아무런 흔적도 겉으론 남아 있지 않아 완전히 사라진 것처럼 보인다.

하지만 그러한 경우에도 나이가 들어 갱년기나 노년기를 맞이할 때쯤이면 전혀 원인을 알 수 없는 어떠한 고질병으로 둔갑하여 다시 슬그머니 나타나 육신을 괴롭히고 또 괴롭히며, 또 지긋지긋하게 괴롭히게 된다.

이렇게 두고두고 마음을 아프게 하는 상처가 우리를 얼마나 괴롭히는지 지난 수년간 필자는 환우들을 대리투병하면서 경험한 몇 가지 사례를 들어 간략하게 설명해 본다.

왼손 검지 둘째 마디에 1센티미터 정도를 칼로 벤 적이 있는 주부가 상처가 아물고 작은 흉터만 남았는데, 그 후로 왼손으로 뭔가를 잡고 뭔가를 하려면 그 상처 자리가 은근히 아파서 10여 년 동안 왼손을 거의 못 쓰고 지냈다는데, 그래서 오른손만 주로 쓰다 보니 그 손에도 무리가 와서 엘보로 고생을 하고 있다고 한다.

'참, 이렇게 작은 상처로 그처럼 큰 고통을 받아왔다니~! 쯧쯧'

초등학교 다닐 때 발가락이 동상에 걸린 중년 남자를 치료한 적이 있는데, 이분의 한쪽 발 엄지발가락에는 발톱이 겨우 삼분의 일 정도만 자라 있었다.

내가 그분의 발가락에 남아 있는 해묵은 동상을 30분 정도 치료해 주자 그 후로 그분의 자라다 만 발톱이 다시 자라기 시작하여, 한 3개월이 지나자 삼분의 2정도까지 자라 있었다.

다른 중년 남자의 경우인데, 이분도 초등학교 다닐 때 왼손 약손가락 손톱 윗부분에 칼로 벤 조그만 상처가 생겼는데, 치료 소홀로 왼쪽 팔 전체가 부어서 고름이 찼다고 한다.

다행히 용한 의사를 만나 팔뚝에서 겨드랑이까지 실을 끼워서 몇 주에 걸쳐 고름을 전부 빼내 상처가 치료는 되었지만, 그때의 아픈 기억이 팔뚝 겨드랑이에 상처로 남아 있었다.

이분은 나에게 왼쪽 무릎에 생긴 관절염을 치료하려고 왔는데, 실은 그분의 왼쪽 다리 전체에 이상이 있었고, 심장에서도 이상 징후가 감지되었다.

아주 어렸을 때 기어다니다가 이동식 레일 화덕에 있는 연탄불을 손으로 잡아 오른 손바닥에 온통 화상을 입고 그 후에 몇 번에 걸쳐 피부

이식수술을 받은 30대 후반의 남자에게 생긴 고혈압과 간기능 저하가 모두 그 원인이 바로 지금은 점점 희미해져 가는 손바닥의 흉터였다.

겉으로 드러나지 않는 상처의 예로 어렸을 때 홍역을 심하게 앓았던 부인의 경우인데, 이분은 아이를 낳은 후에 어쩐 일인지 산후조리가 잘 안 되어 고생하였고, 원인이 아리송한 고혈압으로 고생을 하고 있던 차, 몸에서 이상한 열이 나오는 것을 몇 번에 걸쳐 잡아주자 모든 것이 정상으로 회복되었다.

아주 사소한 부상으로 치부하는 엉덩방아도 그것이 원인이 되어 각종 난치병, 불치병으로 발전하는 경우가 너무나 많다. 교통사고 후유증 이것도 두고두고 우리를 괴롭히는 원흉 중의 하나이다.

마음 아픈 상처 특히 아주 어렸을 적에 받아 아무리 더듬어도 기억에도 없는 그런 상처가 그 사람의 평생 건강을 좌우하는 경우가 많은데, 이 글을 읽는 분도 자기에게 그런 상처가 있는지 잘 살펴보길 바란다. 특히 원인 모를 고질병으로 이리저리 고생하시는 분은 일단 자기의 모든 과거의 상처를 정밀 검토해 보시길 바란다.

P.S.

이 글을 쓸 당시는 은하우주선 피폭장애가 우리의 몸안에 수많은 숨겨진 상처를 만들고 이것이 우리를 괴롭히는 또 다른 원흉이라는 것을 모르고 올린 글이다.

약발소고

약발소고는 약에 관한 내 생각을 한 마디 하려고 붙인 제목이다.

나는 약을 별로 사용하지 않으니 여기에 대하여 많은 것을 생각해 보지 않았지만 그래도 조금은 느낀 것이 있어서 글로 남긴다.

우리가 약을 사용하지 않고 살 수 있으면 그것이 가장 좋다. 그래서 어디가 조금 아플 때 그냥 밥이나 잘 먹고 잠이나 잘 자고 나면 그냥 저절로 낫는 경우가 많으므로 그렇게 견디고 지나간다.

어느 분은 어디가 아프면 무조건 굶는다고 하는데, 필자는 한 끼라도 굶으면 손해라는 이야기를 어렸을 때 누군가에게 들어서 끼니를 거르지는 않는다. 이렇게 평소에 약을 잘 쓰지 않는 사람은 어떤 큰 병이 걸려 어쩔 수 없이 약을 쓸 때도 약발이 잘 들어 대개 약을 아주 조금만 써도 쉽게 치료가 된다.

이에 반하여 어떤 사람은 약을 먹어도 약발이 안 들어 이런저런 약을 늘 달고 사는 사람도 있다.

이러한 사람에게는 아무리 좋은 약이라도 제대로 효과가 나오지 않는데, 이러한 이유는 그 사람의 몸속에는 항상 이전에 먹은 약들이 일부 잔류하고 있고, 이러한 잔류 성분이 새로 먹은 약하고 섞이면서 다른 성분으로 바뀌거나 중화가 되어 제 기능을 발휘하지 못하기 때문이다.

이러면 그 사람의 병이 낫지 않는 것은 그나마 다행이고, 운이 나쁘면 다른 성분으로 바뀐 것이 오히려 독으로 작용하여 다른 장기를 해치고 다른 합병증을 유발하여 아주 위험한 상황으로 빠질 수도 있다.

약에 관한 이야기 중에서 가장 기이한 것은 누가 어떠한 병에 걸렸을 때 그 병을 고칠 수 있는 약이 항상 어딘가에는 있다는 것이다.

대개는 그 사람 주변 가까이에 있는데, 그것을 바로 발견하여 사용하면 바로 병이 낫고, 그렇게 하지 못하면 병을 오래 끌고 다니는 골골이가 되는 것이다.

그 약은 용한 의원이라도 쉽게 발견할 수가 없는데, 그래서 병이나 약에 대하여 신경을 쓰지 않고 좀 아프더라도 잘 참고 자기의 생업에 열중하다 보면 자기도 모르게 그 약을 먹게 되어 불현듯 낫는다고 한다.

그러지 않고 약을 열심히 찾아다니는 사람은 뭔가 자기가 찾은 것을 먹어 보아야 하는데, 대부분은 잘못된 약을 먹게 되고 그러다 보면 그것이 나쁘게 작용하여 정말로 맞는 약을 발견하여 먹게 되어도 그때에는 이미 그 효력이 상실되어 병을 고칠 수 없게 된다.

이러한 것은 자연에는 항상 천적이라는 것이 자연 발생적으로 존재하는데, 어떤 사람이 주변의 어떤 것에 해를 입어 병에 걸리면 바로 그 주변 어딘가에는 그 병을 일으킨 어떤 것의 천적이 있고, 그것이 바로 그 사람의 병을 치료하는 즉효약이 된다는 것이다.

그런데 현대에는 이러한 것도 부질없게 되었는데, 우리의 문명이 만들어 낸 온갖 오염 물질이 우리의 주변 생태를 너무 급격하게 변화를 시켜서 우리에게 해를 끼치는 새로운 어떤 것이 무수히 생겨났다. 더군다나 그것에 대항하는 천적은 아직 저절로 생겨날 시간적인 여유가 없으니 지금은 조금 이상한 새로운 병에 걸리면 그것을 이겨낼 약이 없어 속수무책으로 당하는 수밖에 없다.

새로운 병을 이겨낼 즉효약이 없는데, 그러한 약을 주변에서 찾는 것은 무모한 일이다. 그러니 요즈음은 병에 걸리면 약을 쓰지 않고, 그 병을 치료하는 법을 찾는 그것이 더욱 현명한 방법이다.

요즈음에는 이러한 목적으로 개발된 대체요법들이 많이 생기고, 어떤 것은 벌써 널리 알려져 수십만 명의 애용자를 확보한 것도 있는데, 사회적으로 이러한 대체요법이 인정을 받는 때가 조만간 올 것이다.

이러한 대체요법의 한 가지인 비우기는 약발이 전혀 받지 않는 골골이에게 특히 효험이 있다.

그러한 이유는 비우기라는 것은 우리의 몸과 맘속에 있는 나쁜 기운을 전부 비워내는 것인데, 그래서 골골이의 원인인 몸속의 잔류약 성분도 비우기를 하면 바로 모두 비울 수 있으므로 그 이후에는 약발이든 또는 다른 어떤 치료발이든 모두 제대로 먹혀들게 된다.

약의 특성 중에 또 하나 특이한 것은 어떤 병에 잘 듣는 특효약이 있어서 그것으로 병을 치료할 때에 치료 완료시점을 잘 알 수가 없다는 것이다.

이러한 이유는 우리가 어느 특정 부위에 어떤 병에 걸리면 그 병을 인지하고 치료를 시작할 즈음에는 이미 다른 부위에도 나쁜 영향을 끼쳐서 실제로 병증을 보이는 부위가 여러 개로 늘어나 있게 마련이다.

이러한 상태에서 그 병을 치료하는 특효약은 대개 주원인만을 치료하게 되므로 그 약발이 제대로 먹혀 주원인을 완전히 치료하였어도 주변의 다른 부위의 이상은 그대로 남아 있게 되어 정말 치료가 되었는지 확신을 가질 수 없게 되고, 그래서 계속 그 약을 사용하게 되면 오히려 과잉치료가 되어 몹시 나쁜 후유증을 일으키게 된다.

이러한 경우에도 주치료는 특효약으로 하고 비우기로 보조치료를 하여 주변의 병증을 함께 다스리면 주치료가 끝나는 시점을 정확하게 알 수 있으므로 과잉치료에 의한 후유증을 방지할 수가 있다.

약발에 관해서는 다른 것도 생각해 볼 점이 많이 있지만 가장 중요한 것은 약발을 제대로 받으려면 비우기를 해서 몸과 맘을 항상 깨끗이 비워야 한다는 것이다.

방귀타령

정해년(2007년) 황금돼지의 해 음력으로 섣달 그믐날에 한 해를 보내는 축하 메시지로 방귀타령을 읊어보자.

방귀는 냄새가 좀 나서 거시기하지만 자연요법을 하는 태도에서 보면 이것처럼 즐거운 소리도 드물다.

병원에서 하는 수술 후에도 방귀를 뀌어야 그 후부터 음식을 먹을 수 있으니 그때 뀌는 방귀소리는 환우나 보호자로서는 정말 고대하던 희소식이 될 것이다.

난치병이나 불치병으로 장기간 고생하던 환우에게 대리투병을 해줄 때도 간간이 들려오는 절묘한 곡조의 방귀소리는 들으면 들을수록 절로 맛이 나고 멋이 나고 흥이 나는 흥타령이다.

방귀 뀌는 그것 하나 가지고 너무 사닥스럽게 사설을 길게 늘어놓는다고 말씀하실 분도 계시겠지만 사연을 좀 더 들어보시면 누구나 '과연 그렇군~!' 하고 맞장구를 치실 것이다.

난치병이나 불치병으로 장기간 고생을 하시는 환우분들은 병명이 무엇이든 별의별 병원 의원 한의원, 용하다고 소문난 돌팔이, 좋다는 약 약초 각종 단방약 각종 특효 처방 등등을 두루 섭렵하게 되는데, 그중에 어느 하나가 들어맞아 덜컥 나아버리면 절대로 나에게까지 와서 대리투병을 부탁하는 일은 없을 것이다.

즉, 대리투병을 부탁하는 것은 그동안의 치료가 별로 효험이 없었다는 이야기이고, 그렇다면 그러한 환우의 몸과 맘 구석구석에는 이전의 치료에서 잔류된 수없이 많은 이물질과 노폐물이 여기저기 깊숙이 쌓여서 기와 혈과 각종 체액이 흐르는 통로를 막고 있게 마련인데, 대리투병을 받으면서 기기절묘한 곡조의 방귀소리를 낸다는 것은 온갖 모양새의 기기묘묘한 악기들이 소리를 내는 것이고, 이러한 기기묘묘한

모양새의 악기는 바로 우리의 몸안에 있는 오묘한 신체 기관들이고 이 것들이 뭔가에 막혀서 제대로 작동을 못하다가 대리투병을 받고 막힌 곳이 뚫리면서 내는 소리가 기기절묘한 곡조라면 이것이 바로 그분 환 우의 지병이 나아가면서 내는 소리이니 어찌 흥이 나지 않으랴.

'얼~시구~! 저얼~시구~! 흥이로세~! 무자년(2008년) 새해 복 많 이 받으소서! 얼~시구~! 저얼~시구~! 흥이로세~!'

잡기한수

잡기한수(雜氣閑手)는 '잡다한 기운, 한여로운 손길' 이라는 뜻이다.

내 안에 기운이 잡다(雜多)하다는 것은 일견 별로 좋아 보이지 않는 것인데, 현재의 나의 몸과 맘의 기운이 그러하니 어쩔 도리가 없다.

한편 나 자신에게 비우기를 할 때 손길이 한여(閑餘)롭다는 것은 잡 다한 기운을 비우는 데 매우 효과가 있는 것 같다.

물론 다른 분을 대리투병해 드리면서 너무 한여로움만을 보이다가는 내가 농땡이를 치는 것으로 오해를 받을 염려가 있지만, 장날 시장에 가보면 아주 잡다한 물건들이 번잡한 가운데 팔리는 것을 볼 수 있는 데, 이러한 시장의 잡다함은 우리에게 활력을 준다.

요즈음(2006년) 벌어지고 있는 독일 월드컵 축구도 잡다한 인간들이 펼치는 아주 아름답고 화려한 드라마의 연속이다.

긴긴 세월 수없이 잡다한 강물이 흘러드는 바다~ 바다~ 바다~. 그 모든 것을 하나로 융화시키는 바다!

비우기로 다른 분들을 대리투병해 드리면서 잡다한 기운이 흘러들어 나의 몸과 맘에서 성난 파도처럼 요동칠 때 어쩌면 나도 아주 조그만 바다가 된 느낌이다.

내가 좀 더 큰 바다라면 그 위에 넓고 높은 하늘도 몇 조각의 구름도 있을 것이고, 그 공간을 한여롭게 나는 갈매기도 몇 마리쯤은 있을 것인데, 이런 생각을 하다 보면 비우기를 하는 내 손길도 한여로운 갈매기의 나래가 된다.

기~ 쏙~!

소금을 구웠던 갯벌에서 갑각류의 일종인 '쏙'(갯가재) 잡기가 한창이다.

갯벌 곳곳에 뚫린 쏙이 사는 구멍에 된장과 쌀겨를 섞은 미끼나 맛소

금을 풀고 쏙이 올라오기를 기다리거나 염소 깃털로 만든 붓을 구멍에 넣어 아래위로 흔들면서 붓을 먹이로 착각하고 올라오는 쏙을 잡고 있다.

쏙은 사시사철 잡히지만 알을 품은 5~6월 사이가 가장 많이 잡히고 맛이 있다.

쏙은 절지동물 십각목(十脚目) 쏙과의 갑각류이며, 모래가 섞인 갯벌 바닥에 수직으로 굴을 깊게 파고 그 속에서 산다. 갯가재와 비슷하게 생겼으나 갯가재보다는 둥글고 크기가 작다.

집게다리는 제1가슴다리인데 좌우의 크기와 모양이 같고 집게는 불완전하다. 길이는 16cm이고 너비는 7cm 정도로 길며 앞이 삼각형이고, 집게다리는 끝이 뾰족하고, 양쪽이 모양과 크기가 같다.

이마에는 뿔이 세 갈래로 나 있고 배는 길게 발달하여 있으며 꼬리 마디와 꼬리 다리는 5개의 넓은 판으로 부채모양이다.

알을 낳는 시기는 5월 상순부터 6월 중순까지이고, 한국, 일본 연해지방에 분포하고 있다.

갯마을 사람들은 물이 빠지면 갯벌에 나가서 게구멍 같은 작은 구멍에 된장을 풀거나 붓을 그 구멍에 넣고 흔들어 '쏙'을 잡는다.

쏙은 갯벌에 있는 작은 구멍에서 잡지만 '기쏙'은 우리의 몸에서 잡는다.

어느 갯벌이고 수없이 많은 작은 구멍이 여기저기 나 있고, 그 속에는 작은 게, 낙지, 갯지렁이, 쏙 등이 살고 있는데, 그중에서 쏙 잡기가 아주 특이하다.

'기쏙'은 우리의 몸안에 있는 나쁜 기운을 비워내는 방법의 일종인데, 환자의 몸에 나 있는 구멍에 손가락을 가만히 대고 미미하게 갉작이고 있으면 그 속에 숨어 있는 '기쏙'이 '쏙~' 하고 빨려 나온다.

갯벌에 있는 구멍들이 어디 정해진 곳에만 있는 것이 아니듯이 우리의 몸에도 나쁜 기운이 깃들어 있는 곳이 특별히 정해져 있지는 않다.

더구나 사람마다 그 사람의 인생살이가 다 다르고, 그래서인지 그 사람이 아픈 곳 즉, 나쁜 기운이 깃들어 있는 구멍도 다 다르다.

이러한 구멍은 갯벌에 나 있는 구멍하고 비슷한데, 어느 구멍에 쏙이 살고 어느 구멍에 갯지렁이가 살고 있는지는 그 갯벌에서 그러한 것을 잡는 사람에게는 한눈에 알아볼 수 있는 아주 쉬운 일이다.

마찬가지로 '기쏙'을 잡는 것도 어느 정도 일삼아서 하다 보면 누구나 아주 쉽게 할 수 있다. 사람의 몸은 그리 넓지가 않아서 그곳에서 '기쏙'을 찾아 잡는 것은 그리 어렵지 않다.

더구나 생판 모르는 사람이 가지고 있는 생판 모르는 병 때문에 생기는 '기쏙'을 잠깐 동안에 '쏙~ 쏙~ 쏙~~' 잡아내어 그 사람의 아픈 것을 낫게 한다면, 이런 재미도 제법 쏠쏠하다.

말기 암환우 대리투병

위급한 상황이 수시로 닥쳐와 내일을 기약하기 힘든 말기 암환우에게 대리투병을 해 준다는 것이 참 어려운 일이다.

연전에 나의 어머님이 방광암으로 8년여 투병 끝에 고통을 이기지 못하여 병원 호스피스 병동에 입원하고 마지막 2개월을 힘들게 보내실 때도 옆에 붙어서 하는 병간호는 나의 안사람이 주로 하고 나는 하루에 몇 번 들여다보고 잠시 손을 잡아주는 것이 고작이었다.

그 이후 몇몇 암환우에게 대리투병을 해 주었는데, 그중에는 완치가 된 분도 계시지만 애석하게도 저세상 사람이 된 분이 더 많아 속이 상한다.

성공한 기록은 남겨서 자랑하고 싶고 실패한 기록은 발표하기 싫은 것이 인지상정인지 말기 암환우를 대리투병한 내용을 기록한 것이 별로 없다.

그러니 말기 암환우에게서 대리투병 요청이 오면 어떻게 할까? 하는 오만 가지 생각에 마음이 어지럽다.

SY의 폐에 암이 발견되어 일산에 있는 암센터에서 치료를 받기 시작한 것이 약 2년쯤 되는데, 처음에 발견된 암은 오른쪽 폐의 최하단 부위로서 한 달여의 병원치료로 40% 크기로 줄어드는 큰 효과가 있었지만, 그것이 다시 조금씩 커지고 왼쪽 가슴 부위에도 작은 암이 생기자 병원치료를 받으면서 동시에 다른 치료도 같이 받게 되었다. 그리고 나한테도 몇 번 찾아와서 하루 정도 머물면서 비우기 치료를 받은 적이 있다.

그러다가 한동안 뜸하였다. 그동안 이 친구는 청주에서 다른 암환우들과 함께 그곳에서 알아주는 침 박사에게서 치료를 받았다는데, 그러던 중에 같이 치료를 받던 분 중에 한 분이 올해 초에 위급해지자 나한테 응급 비우기를 요청하였던 적이 있다.

애석하게도 이분은 얼마 후에 돌아가셨는데, 이러한 것이 계기가 되어 이 친구는 3개월 정도 우리 집에서 하숙하면서 나에게 대리투병을 집중적으로 받았다.

이 기간에도 정기적으로 암센터에 가서 항암치료를 받았는데, 오른쪽에 있던 암의 크기가 약 2센티미터 정도로 줄어드는 치료효과가 있었다.

암의 크기는 줄어들어 가는데, 어쩐 일인지 몸의 상태는 나빠져서 행동이 굼떠지고 잔기침을 가끔 하였다. 그러던 중 지난 5월 말경 예정된 병원치료 일정에 맞추어 병원에 간 친구에게서 며칠 후에 전화가 왔는데, 온몸이 너무 아파서 힘이 드니 나보고 병원으로 와서 도와달라고 한다.

전화로 대충 사연을 물어보니 폐렴기가 있어서 병원에 입원하여 치료를 받고 있다고 한다.

그동안 잔기침을 한 것이 그냥 감기 정도라고 생각을 했었는데, 그것이 폐렴으로 발전을 한 모양이다.

'쯧쯧.'

폐렴이라면 급성 질환이어서 나의 비우기 치료보다는 병원치료가 훨씬 더 효과적인데, 온몸이 아프다고 응급 비우기를 요청하다니 참 난처하다. 나는 병원에 가는 것을 싫어하는데, 그래서 어떤 환우에게서 대리투병 요청이 와도 그분이 병원에 입원해 있는 상태에서는 대리투병을 해 주지 않는다.

그런데 이 친구는 그간 몇 달 동안 우리 집에서 하숙해 가며 대리투병을 받던 중이어서 어쩔 수 없이 다음 날 병원으로 찾아가 보았다.

그날 오후 나는 아내와 같이 서울에 사는 딸아이에게 가져다줄 물건들을 차에 하나 가득 싣고 서해안고속도로를 거쳐 경부고속도로를 타고 가는데, 잘 가던 차가 서울에 거의 다 도착하면서부터 막혀서 한 시간 정도 정체를 하고 나니 일산에 도착할 때쯤에는 지레 진이 빠져 버렸다.

아내는 코스트코에 가서 뭔가를 더 사야 한다고 가고, 나만 혼자 병원에 찾아가니 친구는 침대에 늘어져 있고, 부인이 병간호를 하고 있었다.

환우에게 비우기를 해줄 때는 환우가 어느 부위가 어떻게 아프다고 하면 거기에 맞추어 비우기를 하는 위치와 방법이 정해지는데, 지금의

SY같이 온몸이 모두 지독하게 아프다고 하면, 참 내 손이 2개인데 한꺼번에 환우의 온몸을 비우기해 줄 수가 없으니 참으로 난처하다.

SY가 지금 이렇게 힘들어 하는 데에는 여러 가지 이유가 있을 것인데, 그중에 가장 큰 것은 심리적인 요인일 것이다.

사실 지난 3개월 정도 대리투병을 받으며 암이 거의 완치되거나 최소한 암이 활동을 중지하는 수면상태에 들어갔다는 좋은 소식을 이번에 받는 병원 측의 정기진단에서 기대했었는데, 의외의 복병인 감기가 기어이 행패를 부려서 폐렴으로 발전이 되었으니 실망이 무척 되었을 것이다.

또 폐렴은 말기환자에게서 흔히 오는 증상 중의 하나이어서 더욱 죽음에 대한 공포가 엄습하였을 것이다.

거기에다 병원치료를 받으면서 더욱 고통이 가중되고 견딜 수 없는 통증이 온몸을 엄습하니…, 또 의사의 말 중에 암이 변형되었다는 이야기를 들었다는데, 어떻게 변형이 되고 이것이 더 안 좋은 쪽으로 변형이 된 것이나 아닌지(?) 하는 의심이 들어 더욱 힘들었을 것이다.

이것은 내가 SY의 대리투병을 해주면서 어느 날 SY의 오른쪽 가슴의 하부에서 뭔가가 찌그러지는 듯한 느낌을 받은 적이 있었는데, 아마도 이때 암 덩어리가 변형되었을 것이다.

이러한 것이 맞는다면 의사가 암이 변형되었다고 말하는 것은 어쩌면 좋은 방향으로 받아들일 수도 있는 것인데, 현재 심한 통증으로 시달리고 있는 SY에게는 무조건 나쁜 쪽으로 모든 것을 생각할 수밖에 없을 것이니 참으로 안타깝기만 하다.

그날은 1시간쯤 머물면서 그간의 사정도 듣고 병원 분위기도 살펴보면서 SY의 몸 여기저기를 대충 만져보는 것으로 위로를 하고, 다음 날 아침 일찍 온다고 얘기하고 병실을 나왔다.

일산에 있는 암센터를 나와 집사람이 쇼핑하는 코스트코를 찾아가는데, 생긴 지가 얼마 되지 않아서 그런지 우리 차에 장착된 내비게이션으로는 찾을 수가 없어 몇 번 헤매면서 겨우 찾아가니 집사람도 기다리다가 지쳤는지 투덜거린다.

여기에서 더 나의 마음을 상하게 한 것은 일산에서 서울을 반대로 가로질러 딸아이가 사는 송파까지 가는데, 내비게이션의 안내를 받고 가는데도 중간에 심하게 정체가 되는 도로 상황에다 또 몇 번이나 진입로를 놓쳐서 빙빙 돌다가 거의 3시간 만에 겨우 송파에 도착하니 정말 짜증이 날 대로 난다.

송파에서 원어민학원을 하는 딸아이가 있는 곳에 도착해서도 역시 바삐 움직이는 학원 분위기에 쉴 수도 없고, 또 2시간쯤 지나서 그런대로 학원의 일이 마무리되어 늦은 저녁식사를 마쳤다.

다음 날 새벽 5시부터 서둘러 일어나서 일산의 병원으로 가는데, 이번에는 외곽순환도로를 타고 가는 데도 시간이 제법 많이 걸린다.

6시쯤 도착해서 지난 밤에도 잠을 설치고 여전히 온몸이 아프다는 친구를 치료한다고 나름대로 뭔가를 하는데, 어찌할 바를 모르고 여기저기 마음에 와닿는 곳을 더듬으며 뭔가 실마리를 찾아보려고 애썼지만 3시간이 지나도록 차도가 거의 없었다.

내가 하는 비우기 치료는 지금까지 대부분 환우의 경우에 아무리 어디가 아프다고 해도 내가 손을 대고 나쁜 기운을 비워주다 보면 모두 편안해지는데…, 우리 어머니의 경우 마지막 2달을 남기고 아무리 비우기를 해 드려도 아픈 것이 잠시 잡히다가 1시간도 안 되어 다시 아프다고 하시는 바람에 어쩔 수 없이 대전 SM병원의 호스피스 병동에 입원시켜 통증 치료를 해 드렸었다.

지금 SY가 나의 치료를 3시간 연속으로 받으며 잠시 괜찮다가 10분도 안 되어 다시 아프다고 하니 이것은 바로 나의 비우기 치료의 한계점에 도달한 것을 말하는 것인데, 지금 SY가 암센터의 1인실에 입원해 있으니 별도로 호스피스 병동으로 가보라고 할 필요는 없는 것 같았다. 그래서 내가 다른 곳에 약속이 있어서 몇 시간 그곳에 갔다가 오후 늦게 다시 온다고 하고는 그곳을 빠져나왔다.

모르는 길을 찾아가면서 잠시 헤매는 것도 사람을 환장하게 만드는데, 치료법을 잘 모르는 환우의 병중에 뭔가 도움을 준다고 하면서 헛손질을 계속 바쁘게 하는 것도 참 못할 노릇이다.

차는 새벽부터 암센터 건너편의 뒷길 한적한 곳에 세워 두었으니 주차비 걱정은 할 필요가 없고, 지하철을 타고 영등포로 달려가고, 또 연신내로 다른 환우를 찾아가 뭔가를 해주고 다시 일산으로 가는 내내 뭔가 돌파구를 찾아보았지만…, 현재 SY에게 문제가 되는 폐렴은 병원치료가 최고이니 내가 신경을 쓸 필요는 없고 변형이 되었다는 암에 관한 정확한 판정은 그날 오후에 나온다니 그것을 기다려 보는 방법밖에 없어 빨리 가서 알아보자 하고는 병원에 도착하니 친구 부인 말이 담당 의사가 오늘 어딘가에 출장을 가서 저녁에 온다고 한다.

병원 측의 정확한 진단 결과를 보고 다음에 무엇을 해야 할지 방향을 잡으려는 계획이 물거품이 되고 계속 아프다고 끙끙거리는 환우의 몸을 다시 더듬는데, 그래도 정성이 조금 통했는지 겨드랑이, 가랑이, 모가지 등의 오지를 중심으로 바닥 뜸을 하여 주자 나의 손바닥을 뚫는 듯한 따끔거리는 기운이 간간이 쏟아져 나온다.

일단 안도를 하면서도 견디기 어려울 만큼 아픈 기운에 은근히 겁이 난다.

이렇게 힘든 수 시간을 보내고 다음에 온다고 하고 나오려는데, 친구가 내일도 와달라고 한다. 제길, 차마 거절을 못 하고 내일 아침에 전화하겠다고 말하고 돌아서는데, 마음이 답답하다.

그날 저녁도 일산에서 송파까지 가느라 거의 2시간을 헤매고 딸아이의 집에 가서 늦은 저녁을 먹으며 술 한잔을 걸치는데, 몸도 맘도 축 늘어진다.

식사 도중에 친구에게서 전화가 왔다. 담당 의사가 와서 검사결과 폐렴이 확인되었고, 약 2주간 입원하며 치료를 해야 한다고 했단다.

암에 관해서는 별다른 이야기가 없는데, 나는 그냥 좋게 생각하고 병원치료 열심히 잘 받으라고만 하고 전화를 끊었다.

다음 날 새벽 5시에 일어나 아침 해장을 적당히 하고 집사람과 함께 대전으로 돌아오는 도중, 중부고속도로 곤지암 부근을 지날 때 SY에게서 전화가 왔는데, 지금 올 수 있냐고 묻는다.

도저히 못 간다고 하자 크게 낙담하는 모습이 역력한데, 참 미안하다.

그런데 어렵게 가본다고 해도 현재로서는 크게 도울 수 있는 것도 별로 없고 상황이 이리저리 꼬여서 힘이 드는데, 억지로 무작정 가보는 것도 할 수 없는 노릇이다.

일단은 질끈 눈을 감고 병원치료가 끝이 난 후에 다시 연락이 오기를 기다리기로 했다.

이런 일이 있고 1달이 지나도록 SY에게서 연락이 없어 궁금하긴 해도 내가 먼저 연락을 하는 것이 멋쩍어서 그냥 지내고 있는데, 지난 6월 28일 아침 10시경 집안의 행사 준비로 한참 뭔가를 하는 와중에 SY에게서 전화가 왔다.

지금 아주 많이 아파서 힘이 드는데, 와줄 수가 있냐고 묻는다.

한 달여 만에 전화를 받은 것이 일단은 반갑지만, 그날은 내가 가장 바쁜 날 중의 하나여서 도저히 갈 수가 없고, 그래서 다음 날 늦게 찾아간다고 약속을 하였다.

그런데 우리 집안에서 하는 잔치는 보통 1박 2일로 하는 경우가 많아 내일 오후에나 끝이 날 것인데, 지치고 피곤한 몸으로 일산까지 간다는 것도 나로서는 쉽지 않은 일이다. 그런다고 한 번 약속하고 또 하루를 늦추자고 하는 것도 뭔가 많이 아파서 나의 도움을 구하는 친구에게 차마 할 수가 없다.

요즈음 계속 이 친구와의 모든 일이 이상하게 꼬이기만 한다.

집안 행사 장소는 대전 외곽에 있는 우리 주말농장에서 바비큐를 주 음식으로 하여 진행하기로 했는데, 마침 그날 장맛비가 온다고 하여 나는 며칠 전부터 하우스도 정리하고 천막도 늘려 치고 꽃도 사다가 화단도 정리하였다. 밭에 심은 작물들도 조금이나마 깔끔하게 보이려고 주변 정리를 하느라 분주한 나날을 보냈다.

그날 오전도 마지막 정리로 한창 분주할 때에 SY에게서 요즈음 너무 힘들다며 한 번 와서 도와달라는 전화를 받았다.

사실 최근의 상황으로는 SY의 부탁을 거절하는 것이 가장 편한 방법인데, 내가 거절을 하면 SY는 정말 낙담을 하게 되고 상태가 더욱 악화 일로로 나갈 것이 뻔하다.

다음 날 오전까지는 잔치 분위기에 휩쓸려 더는 SY에 대한 생각을 하지 못했다. 새벽까지 술을 마시고 평상에 모기장을 치고 서너 시간 자고 난 후에 늦은 아침을 형제들과 함께 먹고 발목이 아프다는 둘째 여동생과 배가 아프다는 큰 여동생을 차례로 치료해 주었더니 다시 피곤이 엄습해 와 하우스 안에서 두어 시간 낮잠을 자고는 점심으로 차려 놓은 토종닭 백숙을 먹으라는 말에 자리에서 일어나려는데, 아뿔싸 양쪽 다리에 쥐가 나며 몸을 움직일 수가 없다.

이럴 때 누구를 부르면 오히려 수선을 떠는 와중에 내 몸을 크게 상하게 할 수가 있어서 아뭇소리도 못 내고 살며시 온몸에 힘을 빼며 서서히 자리에 다시 누운 후에 마음을 가라앉히고, 또 다시 다리를 아주 조금씩 움직이며 거기에 맞추어 상체를 편하게 되도록 꿈틀거리며 미세 조정을 하니 몇 분이 지나면서 다리를 조금씩 움직일 수 있게 된다.

닭죽을 먹으러 빨리 오라는 식구들의 성화에 식탁으로 겨우 가서 한 숟가락을 떠서 입안에 넣었는데, 구역질이 나고 뱃속이 들끓어서 도저히 먹을 수가 없다.

식구들에게는 아침 먹은 것이 체한 것 같아 식사를 할 수가 없다며 동네를 한 바퀴 돌면서 몸을 좀 풀고 온다고 말하고 자리를 떴다.

점심을 먹고 외지에서 온 형제들과 친척들이 다 돌아가고 난 뒤 마지막으로 일산에 사는 막냇동생 내외와 함께 동대전터미널로 가서 고양으로 가는 시외버스를 탔다.

일요일 오후 늦은 시간 버스는 경부고속도로를 달리는데, 버스전용차로제 덕분에 서울까지는 거의 막히지 않고 달리니 그나마 마음이 조금 편해진다.

일산에서도 동생 차로 병원까지 가니 저녁 9시쯤에 병원에 도착하였는데, 동생은 돌려보내고 나 혼자 병실로 찾아가니 병간호하는 친구의 딸이 인사를 한다.

SY가 힘겹게 그간의 상황을 간략하게 설명하는데, 폐렴 치료는 예정대로 2주 만에 완료가 되었다고 한다. 문제는 계속해서 6월 6일부터 항암제를 다른 것으로 바꾸어 항암치료를 받는데, 약이 독하여 계속 입원치료를 해야 한다고 그런다.

얼마 전부터 가슴이 답답하고 폐에 물이 차서 옆구리에 관을 꽂고 물을 빼내고 있고, 어제부터는 아랫배가 심하게 아파서 식사를 못 하는 지경이라 나한테 전화를 했다고 한다.

그런 이야기를 들으며 SY의 손 어깨 목을 만져보며 나름대로 진찰을 하는데, 간호사가 들어와 식사를 못해 영양 상태가 나빠져서 잠시 후에 링거를 놓아야 한다고 하자 SY가 주삿바늘이 잘 안 들어가서 또 고통을 받아야 한다며 내일 맞겠다고 투정하자 간호사가 주사를 제일 잘 놓는 분을 모셔 올 터이니 지금 맞으라고 한다.

그러니 SY도 더 이상 버티지 못하고 손님이 간 다음에 맞겠다고 타협을 한다. 그리고 SY의 손목을 보니 손, 손목, 팔이 모두 굳어 있어서 주사 맞기가 힘들어 보인다.

간호사가 돌아가고 그날 저녁은 내가 너무 피곤하여 치료를 할 수가 없으니 내일 새벽에 온다고 하며, 은근히 SY의 손과 손목의 굳은 것들을 풀어서 조금은 부드럽게 해주고 병원을 나와 택시를 타고 동생이 사는 아파트로 갔다.

다음 날 새벽 6시에 병원에 도착하여 병실로 들어가 보니 친구의 팔에 링거가 꽂혀 있고 병간호를 하는 친구의 딸은 보조의자 겸 침대에서 새우잠을 자고 있다.

깨어나지 않게 조심하며 SY의 한쪽 손과 다리를 살피려는데, 친구가 힘겹게 눈을 뜨며 왔냐고 한다. 그 기척에 친구의 딸도 일어난다. 아마도 두 사람 모두 밤새 설치고 잠을 거의 못 잔 것 같다.

링거를 꽂지 않은 반대편으로 돌아가서 팔과 다리를 살피는데, 겨우 30분도 되지 않아 내 팔이 저려온다. 현재 내 몸의 상태가 엉망이어서 생기는 현상이다.

'에이~!'

잠시 바람 좀 쐬고 온다고 말하고 바깥으로 나가 30분쯤 가벼운 운동을 하고 와서 이번에는 침대 위로 올라가서 다시 SY의 팔, 다리, 머리 등의 상태를 살피는데, 또 30분쯤 지나서 다리가 저리다.

나는 다시 밖으로 나가서 10여 분 동안 다리를 풀고, 이러기를 몇 번

반복하다 보니 어느새 11시가 다 되어 간다.

그 사이 간호사가 두어 번 와서 약봉지를 놓고 가고 폐에 고인 물을 뽑아주고를 한다. 그래도 간호사가 올 때 자리를 비켜 주고, 자연스럽게 밖에 나가서 잠시라도 몸을 풀 수 있어서 좋다.

몇 시간을 대리투병하면서 SY의 다리와 팔에 생긴 부기를 빼주고 조금이라도 토막잠을 잘 수 있게 해보는데, 나의 상태가 나빠서인지 별로 신통한 효험이 나타나지 않아 안타깝고 미안하다.

더 하는 그것도 무리라고 생각되어 다음에 온다고 하고 나오려는데, SY가 내일 또 올 수 있냐고 묻는다. 나도 현재 건강상태가 나빠져서 며칠 쉬면서 건강을 회복해야 하니, 내일은 안 되고 목요일에 오마고 하고는 병실을 나왔다.

7월 3일 목요일 새벽 5시 반에 일어나 찬밥에 물을 말아 한 그릇을 뚝딱 먹어 치우고 집을 나와 아파트 앞 큰길에서 택시를 기다리는데, 6시가 다 되도록 빈 택시가 오지 않는다.

6시 5분경에 다른 곳으로 가는 버스가 오길래 일단 그걸 타고 가다가 중간에 더 큰 길까지 가서 택시로 바꾸어 타고 동대전 시외버스터미널로 가니 6시 20분 그래도 일산으로 가는 6시 30분 첫 버스를 탈 수 있어서 다행이다.

이번에는 버스가 중부고속도로를 따라 안성까지 간 후에 평택으로 가서 서해안고속도로로 바꿔 타고 달린다. 서울 근처에 다 가서 한강을 건너기 전에 약 20분 정도 정체가 되었지만 그래도 9시가 조금 안 되어 고양시 화정 버스정류장에 도착한다.

정류장 바로 옆에 있는 화정역에서 지하철 3호선을 타고 정발산역으로 가서 다시 걸어서 10여 분을 가니 암센터가 나온다.

9시 30분경에 병실로 들어가니 SY가 침대 옆에 의자를 놓고 앉아 있는데 앞이마가 뻘겋게 되어 있다.

왜 그러냐고 물어보자 병간호를 하던 친구의 딸이 머리가 아프다고 한동안 침대에 머리를 대고 있어서 그렇다고 말한다.

SY가 침대로 다시 올라가려고 하기에 그냥 그대로 의자에 앉아 있으라고 하고는 SY의 옆에 서서 얼마 전에 TV에서 보고 배워 둔 민중의학자 장병두 옹의 진찰법을 흉내내 SY의 머리, 목, 어깨, 등 부위를 살펴보는데, 참 안타깝게도 SY의 목과 머리에 화기가 올라 있다.

연세를 무려 103세나 잡수신 명의 장병두 옹의 주장으로는 화기가 머리 위로 오르면 얼마 못 산다고 하는데, 나는 마음 속으로 혀를 차면서 일단 내 나름의 비우기 수법을 동원하여 SY의 어깨, 목, 머리에 올라와 있는 화기를 비우는데, 어럽쇼! 10여 분만에 화기가 전부 사라진다.

'와~~~!!!'

나는 속으로 쾌재를 부르며 신이 나서 등을 위로 아래로 오르락내리락하며 나의 또 하나의 비장의 무기인 혼원공을 약 20분간 쳐주었다.

오랜만에 혼원공을 쳐주다 보니 내 손에서 힘이 빠져 팔이 은근히 저려 온다. 그래서 바람을 쐬고 온다고 하고서는 병원 주변을 이리저리 산책하였다.

30분쯤 지나서 다시 병실로 들어서니 SY는 침대에 누워있고 딸이 다리를 주무르고 있다가 그만하려고 한다.

나는 계속하라고 말하고는 SY의 팔과 손에 비우기를 해주면서, 친구의 딸에게 힘을 주어 주무르면 쉽게 지치고 효과도 떨어진다며 내가 주로 하는 살살 쓰다듬어 주는 요령을 가르쳐 주었다. 이러기를 30여 분쯤 지나자 SY의 양쪽 발과 다리에서 부기가 모두 빠진다.

나는 바람도 쐬고 나가서 점심도 먹고 온다고 하자 SY가 조금 있으면 자기의 부인이 오는데, 같이 가서 점심도 먹고 이야기도 해보라고 한다.

SY의 부인은 몇 번 만난 적이 있어서 내가 추어탕을 좋아하는 것을 알고 병원에서 조금 떨어진 곳에 있는 추어탕 집으로 안내한다.

추어탕 2그릇에 소주 한 병을 시켜 부인은 첫 잔만 받고 나머지는 모두 내 차지인데, 소주가 몇 잔 들어가자 하고 싶은 이야기가 술술 나온다.

SY의 부인에게 꼭 하고 싶은 말은 내가 무엇을 어떻게 하든 현재 SY를 위하여 내가 할 수 있는 한 최선을 다한다는 것이다. 그리고 내가 아직은 너무 모르는 것이 많아서 힘들어 하는 친구에게 꼭 필요한 그것을 못 해주는 것이 항상 미안하다고 했다.

그래도 나를 전적으로 믿고 마지막 희망으로 의지하는 SY가 정말 고마운데, 내가 SY를 위해서 병원으로 방문하는 것은 일주일에 2번이 최대이고 어떨 때는 한 번 밖에 못 오는 예도 있지만 이해해 달라고 하였다. 그리고는 서로 간에 부담이 없도록 대리투병에 따른 사례비는 받지 않기로 하고 다만 내가 오가는 데 소요되는 교통비만은 받고 싶다고 했다.

이러한 것은 내가 매일 옆에 붙어서 뭔가를 해주기를 간절히 바라는 SY의 희망을 어그러뜨리는 것이어서 정말로 미안하지만 SY에게 집중할 수가 없는 것 또한 애석하기만 하다.

SY의 현재 상황은 아쉽게도 '말기' 라는 꼬리말이 붙어야 하는데, 암환우가 현재 몇 기인지 하는 것을 구분하는 기준은 별로 정확한 것이 아니다. 특히 말기 암환우라고 부를 때에는 죽기 바로 직전부터 며칠, 몇 주, 몇 달, 몇 년 그리고 드물게 있는 일이지만 완쾌가 되는 경우까지 너무나 광범위하므로 내가 SY의 현재 상황이 말기라고 하는 것도 내심으로는 어찌어찌 하다 보면 '쨍!' 하고 완치가 될 길을 찾기 위하여 애를 쓰는 과정이라고 보아야 한다.

내가 SY의 부인하고 이야기를 하면서 좀 더 SY의 현재 상태를 알게 되었는데, 의사들이 속 시원하게 알려주지는 않아 답답하지만 그래도 의사들이 하는 이야기를 종합해 보면, 가슴이 답답하고 폐에 물이 차는 폐부종은 심장에 이상이 생겨서이고, 팔다리가 붓는 그것은 장기의 비대 또는 림프샘의 이상이고, 음식을 못 먹는 것은 기력이 쇠약해져 운동을 전혀 하지 못하여 장폐색이 생긴 것이란다.

이렇게 폐에 처음 생긴 조그만 암이 2년여를 지나면서 악화가 되었는데, 이 정도이면 그냥 쉽게 표현하여 말기라고 해도 될 것 같다.

점심을 먹으면서 SY의 부인에게 내가 일주일에 2번 정도밖에 오지 못하는데, 그 사이에 따님이 투병도우미 보조를 해주면 좋겠다고 하자 자기도 요령을 가르쳐 주면 보조를 한다고 그런다.

그런데 아쉽게도 SY의 부인은 류머티즘성 관절염으로 손가락 마디가 약간 변형이 되어 손, 특히 손가락으로 기를 주고받고를 해야 하는 비우기 치료에는 어려움이 있을 것 같다고 하니, 딸아이가 8월 중에는 미국으로 돌아가야 하는데…, 하고 한 달 이후를 걱정한다.

그래서 잘 되면 그 이전에 퇴원할 수 있을 것이고, 그러면 더욱 자주 내가 직접 대리투병을 해줄 수 있으니 염려 말라고 위로를 해 주었다.

오후에는 SY의 딸이 전적으로 투병도우미 보조를 할 수 있도록 몇 가지 요령을 가르쳐 준 후에 SY의 발과 다리에서 부기를 비워주는 일을 시키고, 나는 SY의 손과 팔에서 최근에 새로 개발한 '음양오행 역상극결'을 이용하여 오행의 '수'에 해당하는 새끼손가락을 시점으로 다음에 오행의 '토'에 해당하는 엄지손가락, 그 다음에는 오행의 '목'에 해당하는 검지손가락, 그 다음에는 오행의 '금'에 해당하는 약지손가락, 마지막으로는 오행의 '화'에 해당하는 중지손가락을 돌아가면서 SY의 오장육부에서 몰려나오는 나쁜 기운을 30분쯤 비워 주는데, SY가 몸을 뒤틀면서 배가 너무 아프니 그것을 먼저 해결해 달라고 한다.

SY의 배는 며칠 전부터 장폐색이 와서 음식물을 거의 먹지 못하는데, 그래서 며칠째 흰죽같이 생긴 것을 링거와 함께 맞고 있고, 대변도 누지 못한다.

이러한 SY가 나와 SY의 딸이 비우기를 해주자 배가 아프다고 그러는데, 이것은 뱃속에 남아 있던 숙변이 움직이려고 하면서 장에 압력을 가하기 때문이다.

그렇다면 그동안 거의 정지되어 있던 위와 장의 연동운동이 다시 시작되었다는 징조인데, 나는 서둘러 침대 반대쪽으로 자리를 바꾸고, 왼손으로는 SY의 왼손 엄지 라인을 더듬어 어기가 맺힌 것을 찾아서 풀어주며, 오른손으로는 SY의 아랫배에 지그시 대고 바닥 뜸을 하면서 장의 연동운동이 부드럽게 이어지도록 도움을 주었다.

이러기를 30여 분 하니 아랫배의 연동운동이 자연스럽게 이어지고 SY도 몸이 편안해지자 스르륵 잠이 든다.

'됐다~!'

이렇게 속으로 쾌재를 부르며 SY의 부인에게 뭔가를 이야기하는데, 방문이 열리며 암센터 원장이 의사들을 10여 명 대동하고 회진차 들어온다.

SY의 담당 주치의인 암센터 원장 이 박사님은 폐암분야에서 우리나라에서는 최고의 권위자이고 많은 사람을 완치시켜서 명의 칭호를 듣는 분인데, SY의 폐암 발병 초기부터 담당 주치의를 맡고 있어서 SY의 상태를 가장 잘 알고 계시는 분이다.

이 박사님은 병실로 들어서며 SY의 곁에 앉아 뭔가를 하다가 일어서는 나를 흘끔 쳐다보고는 SY에게로 다가가 환자의 상태를 유심히 살펴보며 몸은 어떠냐고 물어본다.

이 박사님의 물음에 SY는 졸린 눈을 뜨지 않고 상체만 조금 힘에 겹다는 듯이 어렵사리 살짝 돌리며 배가 아파서 고통이 심하다고 말한다.

이 박사님이 배석한 담당의에게 약을 바꾸어서 투약한 지 얼마가 됐냐고 묻자 2주가 됐다는 대답이 나오고, 이 말을 들은 이 박사님이 SY에게 한 발 더 다가서며 슬쩍 SY의 왼쪽 어깨 부근을 손가락으로 스치듯이 만지며 일주일간 더 치료하면 괜찮아질 것이라고 자신 있게 이야기하고 병실을 나간다.

이 박사님이 나가고 나는 다시 SY의 옆에 앉아 좀 전에 하던 장폐색을 풀어주는 비우기 치료를 계속하여 SY가 다시 스르르 잠이 드는 것을 확인한 후에 SY의 부인에게 조금 전에 이 박사님이 회진할 때에 SY의 어깨를 슬쩍 만져보는 것을 보았느냐고 물어보니, 자기도 보았는데 이 박사님이 회진 중에 SY를 만져본 것은 그것이 처음이라고 대답을 한다.

그래서 내가 조금 아는 체를 했다. 이 박사님이 조금 전에 슬쩍 SY의 어깨 부근을 만져보았는데, 그 위치는 어깨와 목이 만나는 부근에 오목하니 패여 있는 곳으로 한방에서는 견정혈로 알려진 주요 혈자리며, 이곳에 나쁜 기운이 뭉쳐 있으면 얼마 살지 못하는 아주 중요한 혈자리로서 이 박사님이 이곳을 만져보고 약물치료를 좀 더 하면 괜찮아질 거라고 했으니 틀림없이 조만간 SY의 건강이 좋아져서 퇴원할 수 있을 것이라는 희망적인 이야기를 하였다.

그런데 이러한 일이 있고 겨우 일주일을 넘기고는 SY가 되돌아올 수 없는 길로 홀연히 떠나고 말았으니, 아…!

고양시 화정버스정류장에서 오후 3시 50분에 대전으로 가는 버스를 타고 서해안고속도로를 달리며 창밖으로 스쳐 지나가는 녹음이 우거진

경치를 보며 오늘 있었던 일들을 돌이켜 보는데, SY에게 해준 대리투병의 효과가 너무 좋았던 것이 자꾸 마음에 걸린다.

대리투병 일을 하다 보면 가끔 말기 환우들에게도 대리투병을 해주는 기회가 있는데, 아주 힘들어 하던 환우가 나에게서 비우기 치료를 받고 갑자기 호전되어 기력을 되찾게 되면 환우의 보호자도 나도 크게 고무되어 다음에 할 일들을 이것저것 상의하는데….

애달프게도 대부분은 회광반조라는 말 그대로 하루나 이틀, 서녘 하늘을 아름답게 물들이고 쓸쓸하게 어둠 속으로 스러진다.

나는 예전에 경험한 회광반조 때에 환우들이 보인 징후들을 여러모로 되돌아보며 오늘 낮에 SY가 보인 징후를 검토해 보는데, 오전에 있었던 일로 목과 머리에 뭉쳐 있었던 나쁜 기운이 비교적 쉽게 풀어진 것은 아마도 내가 최근에 배운 장병두 옹의 진찰법을 응용하여 비우기를 한 것이 효과를 본 것 같고, 오후에 있었던 일로 장폐색이 생긴 배가 다시 연동운동을 하게 된 것도 내가 새로 터득한 음양오행 역상극결이 위력을 발휘하여 그런 것이고, 잠을 못 자서 힘들어 하다가 스르륵 잠자리에 든 것도 나와 SY의 딸이 협동하여 온몸의 뭉친 어기를 풀어주어서 그런 것이니, 어쩌면 SY의 경우는 하루나 이틀 아름답게 서녘 하늘을 물들이다가 완전히 스러지는 회광반조는 아닌 것 같다.

더구나 이 분야의 최고의 권위자이신 이 박사님이 며칠이 지나면 좋아질 것이라고 했으니 일단 믿어보자.

금요일과 토요일 2일간 나의 휴대전화에는 아무런 연락이 없다. 무소식이 희소식(?) 그런 것 같다.

7월 6일 일요일 아침 6시 30분 고양시로 가는 첫 버스를 타기 위하여 5시 40분에 아침을 먹고 집을 나섰는데, 아파트 앞에 있는 큰길로 나가자 바로 빈 택시가 잡힌다.

택시 기사는 어딘가 바쁜 일이 있는지 총알처럼 날렵하게 택시를 몰아가는데, 와! 겨우 10여 분만에 동대전 버스터미널까지 날아간다. 평소에 안 막히고 가도 15분은 족히 소요되고, 택시요금도 7천 원 가까이 나오는데 빨리 오니 겨우 5천 원을 조금 넘긴다.

나는 택시 기사에게 빨리 온 것을 칭찬해 주고 평소의 요금대로 7천 원을 주자 6천 원만 받아도 감지덕지라며 천원을 되돌려주려고 한다. 나는 재차 수고했다는 말을 하고 차에서 내렸다.

고양시로 가는 버스표를 사고 보니 아직도 6시 5분 전이다.

시간이 촉박할 때는 총알택시가 고맙지만, 오늘같이 시간의 여유가 있는데, 아슬아슬하게 하는 곡예운전은 별로 달갑지 않다. 하지만 뭔가 바쁜 일이 있는지 어딘가에 전화하고 총알같이 날아가는 택시를 막을 수는 없었다.

이러한 것이 이날 아침, 내가 찾아가는 SY의 앞길을 예시한 것이나 아닌지….

'참…, 저승길이 뭐가 급하다고 총알처럼 날아가시나….'

시간이 30분 이상이나 남아 터미널 주변을 어슬렁거리다 눈에 띄는 로또복권 깃발에 이끌려 복권을 2장 구매하며 이것이 만약 당첨되면 SY에게 올인 대리투병을 해주어야지, 하는 다짐을 했는데, 참으로 안타깝게도 SY가 복권 추첨도 하기 전에 총알처럼 저세상으로 가는 바람에…, 이 글을 쓰는 지금까지 당첨 여부를 확인해 보지 못했다.

2달쯤 전에 있었던 일인데, 나와 나의 반쪽 그리고 SY가 함께 유성 오일장에 간 적이 있었다. 장을 보는 도중에 날씨가 더워서 나의 반쪽과 SY는 팥빙수를 사 먹고 나는 그 대신 로또복권을 한 장 샀는데, 그 다음 주에 SY가 복권에 당첨되었는지 물어본 적이 있다.

그런 추억을 되살리며 설령 당첨되어도 SY에게는 별로 도움이 안 되는 상황이 되었지만 그래도 혹시 당첨된다면 SY를 대신하여 누군가에게 올인 대리투병을 해주기로 내 마음을 작정하고 그때 산 복권을 확인해 보았다.

'지금 시간 7월 25일 오후 5시, 확인해야 할 복권은 발행일 : 2008/07/06(일) 06:14:13과 06:14:28에 산 2매 10조인데 결과는 예상대로 꽝이다. 하다못해 5등이라도 하나 되지….'

기차나 버스 여행이 좋은 점은 창밖으로 지나가는 경치를 보면서 마음대로 상상의 나래를 펴든가, 그냥 꾸벅 꿈길을 가든가, 아니면 달리는 진동에 온몸과 맘을 맡기고 비우기를 하든가, 뭐를 하든 자기가 타고 있는 탈것이 자기를 목적지까지 데려다준다는 것이다. 물론 중간역에서 내려야 하는 기차를 탄 경우에는 맘 놓고 졸 수는 없지만.

이날 탄 고양시로 가는 직행버스는 목적지가 종점이니 맘 놓고 쉴 수가 있고 뭔가 상상의 나래를 펼 수도 있어 좋았다.

지난번에 SY에게 해 주던 모든 것들이 회광반조라는 허망한 꿈이 아니라면….

'오늘은 뭐시기를 워떠케 하여 SY가 나에게 무척이나 어렵게 부탁한 거시기를 고로콤 해줄 수 있을까?'

버스가 9시가 조금 못 되어 화정터미널에 도착하고 거기에서 터미널에 붙어 있는 3호선 화정역 지하철을 타고 마두역까지 가고 거기에서 22번 버스를 타고 국립암센터까지 가서 506호실 SY가 입원한 병실에 9시 35분쯤 도착한다.

물론 택시를 타면 더 빨리 올 수 있지만 앞으로 여러 번 더 올 것을 대비하여 경제적인 코스를 미리 연습해 본 것인데, 이러한 모든 것들은 다음 일을 모르는 중생들이 벌리는 헛짓이 되었다.

SY의 병실로 들어서니 그날은 부인이 병간호를 하고 있고 아침 식사로 나온 죽이 담긴 식판이 먼저 눈에 뜨인다.

침대 옆에 있는 주사병 거치대에도 링거만 보이고 식사대용 죽 주사는 보이지 않아 SY가 뭐라도 좀 먹느냐고 물어보자 SY는 거의 먹지를 못하고 대신 병간호를 하는 식구들이 먹는데, 이제는 죽을 하도 많이 먹어서 모두 질렸다고 한다.

마실 것으로 커피를 부탁하자 SY의 부인은 커피를 빼러 나가고, SY가 숨을 힘들게 겨우겨우 쉬면서 가슴이 답답하여 숨쉬기가 너무너무 힘든데, 어떻게 좀 해보라고 한다.

'엥~ 뭐시기라고?'

지난번에는 숨쉬기가 힘들다는 소리가 없었는데, 예상치 못한 SY의 상태에 뭐를 어떻게 해야 할지 갈피를 못 잡고 그냥 막연하게 SY의 손을 잡아 보는데, 다행스럽게도 간호사가 들어와 혹시 체온계를 두고 가지 않았느냐고 물으며 SY의 몸과 침대 주변을 여기저기 뒤져 본다.

저 간호사도 나처럼 오늘 아침 혼이 좀 빠져 띨띨이가 된 모양이다.

체온계는 찾지 못하고 그냥 나가면서 조금 후에 원장님이 회진을 온다고 알려 준다.

'휴~, 잘 되었다.'

그렇게 생각하며 침대에서 떨어져 간이침대에 편히 앉아 SY의 부인이 가져온 커피를 마시며 원장님이 회진 오기를 기다렸다.

그런데 왠지 사막을 헤매면서 신기루를 본 것 같다.

이 박사님은 아까 다녀간 띨띨이 간호사만 대동하고 병실로 들어선다.

그리고 나를 흘끗 쳐다보고는 SY에게로 다가가 어떠냐고 물어보고, 가슴이 답답하다고 하자 누구에겐가 독백처럼 이야기한다.

심장 주변에 심낭이라는 작은 주머니가 있는데, SY의 심낭에 암세포가 있어서 지금 숨쉬기 어려운 상태이다. 그래서 자기가 외과팀에게 부탁했는데, 내일 정밀초음파 검사를 해보고 필요하면 심낭에 있는 암세포를 제거하는 수술을 하면 숨쉬기가 편해질 터이니 긍정적으로 생각해 보라고 이야기를 하고는 병실을 나선다.

'엥~! 심낭에 암세포라고요?'

SY와 부인은 그 소리를 듣고도 무덤덤한데, 나로서는 처음 듣는 소리이어서 청천벽력이다.

절로 마음 속으로부터 험한 욕이 나온다.

사막을 헤매다가 어찌어찌하여 멋들어진 신기루를 보고 열심히 좇아가는데, 해의 방향이 바뀌면서 헛다리를 짚은 것을 알게 된 허망함이 밀려든다.

돌팔이 일을 하다 보면 가끔 헛다리를 짚게 되는데, 오늘처럼 된통 당하고 보니 망연자실이다.

그런다고 내색을 할 수도 없고 나의 본심을 숨기려고 원장님이 일요일에도 회진을 오시느냐고 물어보자, SY의 부인이 그분은 일요일에도 쉬지를 않고 꼭 출근하여 회진하신다고 한다.

하기야 그러니 명의소리를 듣지, 하는 생각을 해보며 SY에게로 다가가서 여기저기 진맥을 하면서 심낭에 침범한 암세포의 정체를 탐색해 보았다.

그런데 문제는 내가 심낭이라는 것이 무엇인지를 알지 못하니 답답한 노릇이다.

'참~, 모르는 것 속에 들어있다는 더욱 잘 모르는 것을 찾는 꼴이라니~! 그야말로 오리무중이다~!'

내가 하는 비우기 대리투병은 순간순간의 모든 동작이 모두 어떤 의미를 담고 있는데, 그 의미를 알고 있는 것은 실질적으로는 나 혼자이고 내가 어떤 동작을 하면서 환우의 몸에서 나오는 반응을 내가 느끼고 그것을 설명해 주면 환우도 어느 정도는 이해한다. 이때 조수가 환우의 몸에 손을 대고 있으면 거의 비슷한 느낌을 받으니 조수도 나의 설명에 수긍한다.

그러나 환우의 옆에서 관전하는 보호자는 실시간으로 환우의 변화를 알 수는 없고 다만 전체적으로 편안해지거나 스르륵 잠자리에 들거나 하는 분위기만을 알 수 있게 된다.

이 원장님이 회진하면서 심낭에 암세포가 있다는 말을 하고 간 이후에 무려 한 시간 이상을 SY에게 뭔가를 해 주었는데, 나한테도 별다른 느낌이 없고 환우에게도 별무소득이어서인지 가슴이 답답한 것이 그냥 그대로이다.

이러는 중에 SY의 아들이 엄마와 교대하여 병간호를 하러 왔다.

SY의 아들은 코엑스 근방의 회사에 다니고 있어서 주말에만 병간호를 한다. 이 아들이 병간호를 와서 내가 SY의 왼손에 비우기를 하는 것을 보고 아마도 여동생에게 들은 것 같은데, SY의 발쪽에 자리를 잡고 보조를 하려고 한다.

그래서 SY의 다리가 현재 부어 있는데, 이것이 자발적으로 부기가 내려야 SY의 상태가 호전되니 지금은 보조하지 말고 의자에 앉아 쉬고 있으라고 하고 나만 혼자서 SY의 손과 팔에서 부기를 가라앉히는 위치를 선정하여 비우기를 30분쯤 더 해주자 그제서야 양발의 부기가 조금 가라앉는다.

이렇게 부기가 잘 안 빠지는 것은 현재 뭔가가 잘못된 것인데, 심낭에 암세포가 있다는 이 원장님의 말뜻을 이해하지 못하고 예전에 하던 대로 비우기를 해서인지 SY의 상태는 별로 호전이 되지 않는다.

SY의 아들에게 잠시 바람을 쐬고 온다고 하고 병원 주변을 산책하며 뭐가 문제인지를 이리저리 궁리해 보는데, 정원에 있는 고목나무 밑동에 회색을 띤 버섯덩이가 얼핏 내 눈에 들어온다.

고목나무에 핀 버섯 중에는 암치료에 효험을 보이는 것도 있다던데, 저 버섯이 암센터의 정원에 있는 고목나무에 피어난 것은 어쩌면 암센터에 드나드는 수없이 많은 암환우들에게 뭔가 도움을 주려는 것이나 아닐까? 만약 그렇다면 현재 가슴이 답답하여 괴로워하는 SY에게도 뭔가 도움이 될 터인데, 하는 생각이 든다.

'한데, 설령 그렇다고 해도 저것을 캐다가 어떻게 할 수도 없고…!'

그래서 조금 엉터리 수법이지만 나의 왼손으로 버섯이 가지고 있는 좋은 기운을 빼낸 후에 그것을 나의 오른손으로 옮겨서 현재 내가 서 있는 곳에서 곧바로 마주 보이는 병실 506호실의 침대에 누워있는 SY의 몸속, 특히 심장 부위에 보내는 엉터리 기공을 하는데, '쳇~!' 이것도 호기심 많은 훼방꾼 때문에 5분여 만에 무산이 되었다.

이러한 엉터리 기공은 본래 신빙성이 없어서 보는 사람이 없을 때만 할 수 있는 것인데, 암센터의 정원에서 이상한 자세를 취하는 나의 모습을 보고 산책을 나온 환우 중에 한 분이 얼굴에 미소를 띠고 나에게 다가온다. 젠장, 나는 자연스럽게 기공자세를 풀고 아무 일도 없었다는 듯이 그곳을 떠나 다시 SY가 있는 병실로 들어갔다.

SY는 침대에 앉아 있고 그 뒤에 SY의 아들이 앉아서 SY의 등을 양손으로 돌려가며 쓸어주는 안마를 해주고 있다가 일어서려고 하는데, 나는 SY의 아들에게 하던 것을 계속하라고 하고 SY의 옆에 서서 왼손으로는 SY의 왼손 중지의 심장 라인을 더듬으며, 오른손으로는 손가락 끝에 힘을 모아 한두 자쯤 떨어져 있는 환우의 몸속에 원하는 곳으로 쏘아 보내는 기공 수법을 동원하여 SY의 심장 주변을 정밀 스캔하는데, 스캐닝의 시점으로 선정한 상단 왼쪽에서 뭔가가 걸린다.

이곳에서 나오는 이상한 기운이 거의 10여 분이 지속되고 그 사이에 나의 왼손과 오른손에 몇 번 번개가 오간다.

이럴 때 치는 번개는 환우에게는 좋은 소식이지만 그것을 몸으로 겪는 나는 혹시나 내가 감당할 수 없는 것이 치지 않을지 조마조마하다.

그래도 10여 분만에 끝이 나니 다행이라 생각하고 스캐닝을 계속하는데, 상단 오른쪽 끝 부근에서 다시 뭔가가 걸리는 느낌이 오고, 이곳에서도 5분 정도 나쁜 기운이 쏟아져 나온다.

아니, 이 원장님은 조그만 주머니라고 했는데, 나의 기공에 걸린 두 지점 사이의 거리가 거의 15센티미터 정도는 되니 그리 작은 주머니는 아닌 것 같다.

상단을 마치고 그 아래로 약 1센티미터 간격으로 스캔하는데, 20단쯤 내려온 최하단을 스캔하면서 중간 부근에 도착하니 또 뭔가가 걸리고 이곳에서도 약 10분여 동안 나쁜 기운이 쏟아져 나온다.

겨우겨우 스캐닝을 끝내고 SY를 쳐다보니 그런대로 편안한 모습을 보이며 잠이 들어 있다.

나는 거의 탈진이 되어 SY의 아들에게 수고하라는 말을 하고 나오는데, 따라나와 어머니가 전해주라고 했다며 봉투를 건넨다.

'참! 쑥스럽게끔….'

아무튼 어색하게 다음 수요일 날 아침에 다시 온다고 전해달라는 말을 하고 엘리베이터를 탔다.

내가 하는 비우기는 주로 부드러운 기운을 사용하기 때문에 기공수련을 하신 분들이 하는 기공치료를 할 수가 없는데, 그래서 오늘과 같이 기를 모아서 뭔가를 하게 되면 30분도 못 되어 내가 치료에 사용할 수 있는 기가 모두 빠져 나가는 탈진 상태가 된다.

이러한 것은 무조건 며칠을 쉬면서 다시 기운이 날 때까지 기다려야 하니 수요일 날 다시 온다고 한 것도 내 나름대로 최선을 다하겠다는 것이다.

그런데 대전으로 돌아오는 버스를 타고 오면서 내내 이 원장님이 한 말이 마음에 걸린다.

집에 도착하자마자 먼저 인터넷으로 심낭을 찾아보니, '야후 사전'에 심낭염(心囊炎)에 대한 설명이 있는데, 심외막(心外莫)의 염증 및 삼출액저류(滲出液貯留)를 일으키는 질환, 심낭염·심포염(心包炎)이라고도 한다.

병의 원인에 따라 류머티즘성·결핵성·패혈증성·요독증성(尿毒症性)·악성종양성·외상성(外傷性)·심근경색성·특발성(特發性) 등으로 나뉘고, 심막 변화와 삼출액의 성상(性狀)에 따라 섬유소성·장액성·화농성·출혈성·수축성 등으로 나누어진다.

또한 경과에 따라 급성과 만성의 2가지로 크게 나누기도 한다. 증상은 숨을 들이쉴 때 심해지는 전흉부통(前胸部痛)·호흡곤란·치아노제 외에 삼출액저류에 의한 심장 압박증상으로서 때로는 심음미약·혈압하강·정맥노장(靜脈怒張)·기맥(奇脈) 등의 심장탐포나데 증상을 나타내는 경우가 있다.

청진하면 특유의 심막 마찰음을 들을 수 있다. 흉부X선 촬영으로 삼출성 심장막염의 경우 얼음주머니 모양의 심장확대, 수축성 심장막염의 경우는 심막의 석회화음영(石灰化陰影)을 볼 수 있다.

심전도에서는 경상(鏡像)을 수반하지 않는 ST 상승이 특징이다. 또한 심장초음파에코법은 적은 양의 삼출액도 검출할 수 있으므로 삼출성 심장막염에서는 가장 효과적인 진단법이다.

치료방법은 기초질환에 대한 치료가 첫째이며, 류머티즘성에는 살리실산이나 부신피질 호르몬제, 결핵성에는 항결핵제가 사용된다.

심장탐포나데 증상을 나타내는 경우, 버려두면 쇼크 상태에 빠지기 때문에 진단을 겸해서 심막강천자(心幕腔穿刺)에 의한 저류액을 제거한다.

수축성에 대해서는 심막절제 수술을 한다.

예후는 특발성·바이러스성의 경우는 양호하지만, 그 밖의 경우는 적절한 치료를 하지 않으면 나빠진다.(야후 사전 인용 끝)

여기에는 어려운 용어가 많아 이해하기가 쉽지 않은데, SY의 경우는 악성종양성 심낭염이고, 흉부통으로 호흡곤란을 받고 있고, 삼출액저류로 폐에도 물이 차서 관을 꽂아서 빼내고 있는 것 같다.

이 원장님이 월요일 외과팀에 부탁해서 하려고 하는 것은 심장초음파에코법 심막강천자(心幕腔穿刺)에 의한 저류액 제거 심막절제 수술인 것 같은데, 나는 이러한 것에 대한 지식이 전혀 없으니 SY에게 어떤 도움을 줄 수 없어 안타깝기만 하다.

내가 하는 비우기 대리투병은 오늘 낮 SY에게 해준 정도가 최대인데, 이 정도로는 별다른 치료효과를 기대하기는 힘들고 아마 몇 시간 정도 조금 숨쉬기 편해지는 그런 정도일 것이다.

그러니 이러한 상황에서 비우기를 하여 뭔가 도움을 주려면 나의 실력이 서너 단계 더 높아지든가, 아니면 나 정도의 실력자가 서너 명이 모여 협동을 하여야 할 것이다.

현재로는 이러한 것이 불가능하니 모든 것을 병원 측에 일임하고 사태의 추이를 지켜보는 수밖에 없는 그것 같다.

7월 9일 수요일 새벽 6시 5분 전에 일산 암센터에 도착하였다.

SY에게서는 그때까지 아무런 연락이 없었으니 모든 것이 잘 되었을 것이란 일말의 희망을 품고 6시 정각에 506호실 병실 문을 살짝 노크하고 문을 열고 안을 들여다보니 병실에는 불이 꺼져 있어서 밖에서 들어오는 희미한 빛에 실내가 어슴푸레 보이는데, 환자가 있어야 하는 침대에 2명이, 또 간이침대에도 2명이 붙어서 자는 모습이 어슴푸레 보인다.

이 병실이 아니고 다른 병실인가, 하는 생각을 하며 병실 문을 조심스레 닫고 호수를 확인하니 506호실이 맞다.

그럼 다른 병실로 옮겼나? 하며 간호사실로 가서 물어보려는데, 그 방문이 열리며 SY의 부인이 나온다.

나는 직감적으로 뭔가 잘못이 되었구나, 하는 생각을 하며 SY의 부인을 따라 병동 가운데에 있는 휴식용 벤치로 가서 부인이 하는 이야기를 들으며, '참 안 됐네요! 네 그랬군요!' 하는 등의 위로조 장탄식을 하는 것이 고작이었다.

부인의 이야기를 간추려 옮기면 월요일 초음파 검사를 하였는데, 심낭에는 삼출액이 없고 종양으로 차 있어서 심막강천자(心幕腔穿刺)에 의한 저류액 제거는 할 수가 없었고, 그래서 심막절제 수술에 대해 논의를 하였다고 한다.

외과 담당의는 환자의 건강이 나빠서 수술의 위험성을 이야기하였는데, 이 원장님이 수술 이외에는 다른 치료법이 없다고 이야기하고, SY도 수술을 강력하게 희망하여 그날 밤 아주 늦게 긴급으로 수술팀을 급조하여 심막절제 수술에 들어갔다고 한다.

그런데 심막을 열어보니 종양이 심막뿐만 아니라 안타깝게도 심장근육에까지 퍼져 있어서 회복을 기대할 수가 없었다고 한다.

중환자실로 옮겨지고 심실세동(心室細動)에 대한 제세동(除細動)이 두어 번 있었고, 그래도 다행스럽게도 화요일 오후에 정신이 돌아와 소식을 듣고 찾아온 가족·친지들의 문병도 받고 신부님이 오셔서 종부성사도 하였다고 한다.

친지들은 모두 돌아가고 자기, 아들, 딸 내외 이렇게 4명이 병실 침대에서 새우잠을 자고 있었다고 한다.

부인의 이야기를 다 듣고 뭐라 할 말이 없어서 SY가 입원해 있는 중환자실 입구까지 안내를 부탁했다.

중환자실은 4층에 있었고 육중한 문에 조그만 창이 하나 있는데, 그 창 너머로 침대에 누워있는 환자의 모습이 보인다.

내가 창 앞으로 다가서서 자세히 보려고 하자 저기 보이는 분은 다른 환자분이고, SY는 저 환자의 옆에 보이는 초록색 벽 바로 너머에 놓인 침대에 있다고 한다.

나는 오른손을 들어 손가락 끝에 힘을 모아서 SY가 있다는 방향으로 기를 보내어 접촉을 시도하는데, SY의 부인이 벽을 사이에 두고도 기공을 할 수 있느냐고 물어본다.

그래서 잘하지는 못하는데, 그래도 기감을 느끼고 어느 정도 기를 주고받고 하는 것은 할 수 있다고 하고 나는 이 문밖에서 잠시 있다가 일단 대전으로 내려가서 일이 생기면 다시 올라오겠다고 하니, 그동안 울음을 참고 차분히 그간의 경위를 이야기하던 부인이 그동안 수고 많이 하셨다는 말을 하고 돌아서며 기어이 터져 나오는 울음을 애써 삼키고 5층에 있는 병실로 돌아간다.

SY의 정확한 위치가 확인되었으니 들고나는 사람들에게서 방해를 받지 않도록 중환자실 문에서 10여 미터 떨어진 복도 중간 한적한 곳으로 자리를 옮겨서 다시 기공의 자세를 취하고 SY가 있다는 위치로 기를 보내니 5분쯤 지나서 기감이 잡힌다.

그 후로 약 30분 정도 수만 가지 맘을 담은 기와 영의 교감을 하는 중에 작은 번개가 두어 번 몰아치고 그 사이에 출근하는 간호사가 두어 번 문을 열고 들어갔는데, 그런 것에 영향을 받아서인지 약하게 이어지던

교감이 기어이 끊어진다.

그 후로 약 10여 분 더 기다려도 다시 연결이 안 되는데, 아! 이것으로 SY와 살아서의 인연은 끝인 것 같다.

SY가 저세상 사람이 된 지도 어언 한 달이 지났다.

나는 그동안 SY에 대한 대리투병기를 쓰면서 내가 한 부족한 점을 이리저리 생각해 보았다.

SY가 처음 나를 찾아온 것은 2006년 12월 중순쯤이었다. 자기가 폐암에 걸려 일산에 있는 암센터에서 치료를 받기 시작한 지 두어 달쯤 되는데, 처음 한 달 치료를 받고 암의 크기가 40%로 줄어드는 큰 치료효과가 있었지만 그 후로는 더 이상 줄어들지 않는다며 나에게 자기의 상태를 한 번 점검해 보라고 한다.

눈가에 눈그늘이 보여서 치료 시에 약물 장애는 없었느냐고 물어보자 아직까지는 견딜 만하다고 한다.

그래도 내가 해줄 수 있는 것은 약물치료 후유증을 없애는 것하고 금연한 후에 생기는 금단현상을 줄여주는 것이어서 우리 집에서 하룻저녁을 재워주면서 그러한 치료를 해주니 아침에 일어나서 자기의 얼굴이 훤해지고 몸도 가벼워졌다고 좋아한다.

그 후에 한 달 정도의 간격으로 두어 번 더 우리 집에 와서 비슷한 치료를 받고 간 후에 한동안 소식이 없다가 2007년 7월 자기의 딸이 시집을 간다고 청첩장을 보내와 결혼식장으로 찾아가니 반갑게 인사를 하는데, 목이 아주 완벽히 쉬어서 말소리를 알아듣기 힘들 정도다.

2주쯤 지나서 다시 우리 집으로 찾아와서 예전과 거의 비슷한 수준의 치료를 하였는데, 치료효과가 별로 없고 쉰 목소리도 약간은 부드러워졌지만 완전 정상으로는 회복이 안 된다.

그러한 일이 있고 또 한동안 아무런 연락이 없었다.

그러다가 2008년 2월 말경에 다시 전화 연락이 왔다. 청주에서 암으로 투병하는 몇몇이 모여 미국에서 침치료를 공부한 침 박사에게서 몇 달간 치료를 받는 중인데, 그중에 한 명이 중태에 빠져 있어 나의 도움이 필요하니 한 번 올 수가 있느냐고 물어본다.

그래서 청주에서 다시 만났고 그 환자분은 겨우 일주일 만에 돌아가셨지만, 그것이 인연이 되어 SY가 우리 집에서 하숙하며 3달 정도 나에게서 비우기 치료를 받은 것은 이 글의 서두에서 밝힌 바 있다.

이상이 그간 나와 SY가 서로 만난 대강의 줄거리이고 지금부터 SY의 발병원인, 치료의 잘잘못, 죽음으로 가게 된 경위 등을 분석해 보자.

여기에는 내가 잘못 알고 있는 부분도 있을 것이고, 혹시 누구에게 폐를 끼치는 부분도 있을 것 같은데, 잘못을 지적해 주시면 곧바로 고칠 것이다.

SY의 발병원인은 지나친 흡연인데, 폐암에 걸린 것을 알고 국립암센터에서 치료를 받으면서부터 금연을 하였다고 하니 거의 확실한 것 같다.

치료 경과를 살펴보면 국립암센터에서 치료를 받은 것은 제일 나은 선택이었는데, SY가 사는 집에서 가장 가까운 병원이고 또 담당 주치의를 맡으신 암센터의 이 원장님은 폐암 분야에서 우리나라 최고의 권위자이기 때문이다.

치료 한 달여 만에 암의 크기가 40%로 줄어든 것은 아주 고무적인 치료 성과이었는데, 그 후로 더 이상 줄어들지 않고 치료 성과가 답보상태가 된 것은 아마도 SY의 폐암 발병원인이 지나친 흡연이어서인 것 같다.

허파꽈리에 타르가 다량 붙어 있고 이러한 타르는 쉽게 밖으로 배출이 안 되어 치료효과가 느리게 나오고, 또 SY의 폐암 발생 위치가 오른쪽 폐의 가장 아랫부분이어서 더욱 어려웠을 것으로 생각된다.

이러한 것이 맞는 것이라면 치료 기간이 길어질 수밖에 없다는 것을 환자나 보호자에게 알려주어야 했는데, 아마도 그러한 조치를 하지 않은 것 같고, 그래서 성질이 급한 SY가 겨우 두 달을 조금 넘기고 나를 찾아온 것 같다.

당시에 나는 두어 명의 폐암 환자를 도와주어 어느 정도 성과를 올린 적이 있는데, 그때의 영향으로 받은 후유증으로 가슴이 가끔 답답해지는 증상이 생겨서 더는 폐암 환자를 도와주는 것이 곤란한 상황이었다.

그래서 어렵게 찾아온 SY에게는 병원치료의 후유증과 금단현상을 해소하는 정도의 가벼운 치료만 해주었다.

그래서인지 SY는 뜸하게 나를 찾아와 가벼운 치료만 받고 나 이외에 다른 소문난 명의들을 찾아가서 치료를 받은 것 같다.

SY가 이렇게 자기를 치료해 줄 명의를 이리저리 찾아다니며 항상 2명 이상의 명의에게 치료를 받는 양다리 걸치기 작전은 중병에 걸린 SY에게는 꼭 필요한 것이었겠지만 결국에는 아주 안 좋은 결과를 낳았는데, 어쩌면 처음 선택한 암센터 원장님을 전적으로 믿고 꾸준히 치료를 받았으면 하는 아쉬움이 남는다.

암센터에서의 치료법을 되돌아보면 처음에 화학요법으로 40%로 줄어들게 하는 큰 성과를 거두고 바로 이어서 방사선 치료로 나머지 암세포를 죽이는 치료를 하지 않은 것이 아쉬운데, 아마도 이때 이미 다른 곳으로 전이가 된 복합 폐암이어서인지도 모르겠다.

그런데 SY가 나에게 왼쪽 가슴 부위에도 작은 암세포가 있다고 이야기한 것은 올해 초에 우리 집에서 하숙하면서부터인데, 이때에도 왼쪽에 있는 폐에 암세포가 있다는 말이었지 폐 이외의 다른 장부로 전이되어 왼쪽 심장 또는 심낭에 암세포가 있다는 이야기는 없었다.

따라서 암센터에서는 아마도 환자나 보호자에게 그러한 나쁜 소식을 알려주지 않은 것 같다.

이러한 것은 내가 SY에게 대리투병을 해주는 데도 나쁜 결과를 낳았는데, 나는 SY에게 비우기 치료를 해주면서 왼쪽 가슴 부위는 대충 한 번 훑어보고 그냥 지나쳐서 다른 부위를 치료하는 데만 열심이었기 때문이다.

참 아쉽고 애통한 일이지만 SY가 죽기 3개월여 전인 처음 우리 집에 하숙하러 왔을 때 한 말 중에 오른쪽 폐의 맨 아랫부분에 약 10센티미터 정도의 암 덩어리가 있고, 왼쪽 가슴에는 자잘한 것이 몇 개 있다는 말을 했을 때 나는 처음 크기보다 50% 이상 더 커진 오른쪽 폐만 걱정했지 왼쪽 가슴에 생긴 것이 더 큰 문제라는 것을 인식하지 못하였다.

그래서 SY가 우리 집에 처음 하숙을 하고 나에게서 비우기 치료를 받을 때 암센터에 가서 화학치료를 받고 온 후유증에 추가하여 틈이 날 때마다 오른쪽 폐에 있는 커다란 암 덩어리를 집중적으로 공략하는 비우기 치료를 해주었는데, 그런 덕분인지 한 달쯤 지나 받은 CT 검사에서 오른쪽은 4센티미터 정도 크기로 줄어들고 왼쪽은 그대로라는 제법 고무적인 결과가 나왔다.

그런데 여기에는 아주 큰 잘못이 있었는데, 암센터 원장님은 자기가 새로 처방한 약이 효과를 본 그것으로 생각하고 당연히 계속 같은 처방을 하였고, 나는 오른쪽에 있는 큰 덩어리만 완전히 잡으면 왼쪽에 있는 것은 저절로 소멸하리라 생각하고 오른쪽에 있는 적의 본진을 집중적으로 공격하는 것에 주력하였다.

즉, 암센터도 나도 SY의 왼쪽에 자리 잡은 새로운 강적에 대처하는 적절한 조치를 하지 못한 것이 결국에는 SY가 회생하지 못하는 원인이 되었다.

SY가 우리 집에서 3개월간 하숙을 하면서 매달 10일 정도는 암센터에서 치료나 검사를 받으러 가고 20일 정도는 우리 집에 머물면서 한 번 치료할 때에 두어 시간, 하루에는 두어 번씩 비우기 치료를 받았는데, 이렇게 오랜 시간 비우기 치료를 해주면서 내가 SY의 심장에 이상이 생긴 것을 알아채지 못한 것이 참 이상하다. 비우기 치료에서는 내가 원하는 곳을 집중적으로 공략하기도 하지만 대부분은 전체적으로 훑어가며 나쁜 기운이 많이 나오는 곳을 중심으로 그 나쁜 기운을 비워내게 된다.

그런데 SY의 심장에 언제부터 적군이 침범하였을까?

이 질문에 대한 정답은 알 수 없다. SY의 부인이 나에게 한 말에 의하면 최근에 급속도로 악화되어 심장으로 전이되었다고 하는데, 아마도 이것이 병원 측에서 한 말일 것이다.

사실 이 원장님은 심낭에만 암세포가 있지 심장 근육에까지는 전이되지 않았을 것으로 생각하고 심막절제 수술을 권한 것으로 생각된다. 그런데 의외로 심장에까지 전이되어 있으니 그렇게 말했을 것이다.

나는 그동안 몇 달간 치료해 주면서 심장 부위에서는 별다른 징후를 발견하지 못하였으니 뭐라고 할 말은 없고, 다만 심낭 즉 심포 부위는 CT 검사결과 최소한 3개월 이전에 암세포가 발견되었으니 나도 어느 정도는 감지했어야 했는데, 아쉽게도 심포에 관해서는 한의학에서는 잘 알려졌지만 나는 그 당시에 어느 위치에서 심포의 이상을 감지하고 또 어떻게 하면 그 이상을 바로 잡을 수 있는지를 잘 알지 못하였으니 어쩔 도리가 없었다.

다만 SY가 가고 한 달여 동안 이리저리 생각도 하고 또 나의 가슴에도 가끔 답답한 기운이 쌓이는데, 그럴 때 어찌어찌하다 보면 그 기운이 스러지곤 한다. 그러면서 어렴풋이나마 심포에 대한 치료법을 짐작해 볼 수 있게 되었다.

이러한 것은 모두 SY가 나에게 남기고 간 선물인데, 앞으로 더욱 정진하여 SY와 같은 병으로 고생하시는 분들을 돕는 것으로 보답할 생각이다.

SY는 천주교도이고 세례명이 '비오'이다.

'비오 군! 천국에서 편안히 잘 지내시게나!'

응급 비우기 실패담

비우기는 본래 만성병 환우들을 돌보기 위한 것인데, 어쩌다 보니 어제는 불시에 응급 비우기를 하게 됐다.

사연은 앞의 사례에서 소개한 폐암으로 나에게서 몇 번 비우기를 받던 친구 SY에게서 반년 만에 전화를 받았는데, 그동안 청주 꽃마을에서 치료를 같이 받았던 환우 중 한 분이 대장암 말기에 간으로 전이가 되어 치료 부작용으로 생기는 독기를 빼내지 못하여 통증이 심한 상황임을 전하며, 한 번 봐줄 수 있느냐는 것이다.

오랜만에 그 친구도 만나고 꽃마을이 어떤지 한 번 보려고 선뜻 오후 5시쯤 찾아간다고 했는데, 청주로 가는 도중에 그 친구에게서 다시 전화가 와서는 현재 자기가 있는 곳이 꽃마을이 아니고 청주 시내 모처라고 하며 그리로 오라고 한다.

찾아가 보니 5평쯤 되는 어떤 원룸에 6명이 몰려 있는데, 여자 한 분은 자리에 누워 끙끙거리고, 그 부인의 남편, 언니, 내 친구, 다른 두 분

중에 한 분은 대장암이 간으로 전이되어 있고, 다른 분은 소장암이라고 소개한다.

'와~! 이게 뭐지~?'

순간 어디에 있는 암병동을 연상시킨다.

커피를 한잔 마시며 사연을 들어보니 꽃마을에서 암치료를 받던 동기들인데, 어찌어찌하여 꽃마을에서 퇴출이 되고 이곳에 모여 누군가에게서 침치료를 받는다고 한다.

그러다가 지금 자리에 누워 있는 여자분이 일주일 전부터 갑자기 상태가 나빠졌는데, 크게 걱정을 하다가 내 생각이 나서 전화를 했다고 한다.

응급환자를 병원 응급실로 보내야지 나보고 왕진하라고 하다니 좀 어처구니가 없었지만 그렇다고 아픈 사람을 남겨 놓고 그냥 꽁무니를 뺄 수도 없는 상황이다.

누워 있는 환우의 손을 보니 퉁퉁 부어 있다. 좀 더 살펴보니 다리도 엄청나게 부어 있고 복수가 차서 배가 볼록하다.

부어 있는 손의 엄지와 소지에 가만히 손을 대보니 내 손가락이 폭 파묻히는데, 그래도 조금 지나자 내 손가락 끝에서 저릿한 느낌이 살짝 일어나고 미약하지만 그런 느낌이 길게 이어진다.

이 정도라도 기가 움직여 주면 어쩌면 비우기 대리투병이 가능할지도 모르겠다. 좀 더 확신을 갖기 위하여 칠성혈 중에서 명문을 가만히 집어보니 그런대로 기운이 들어 있다.

그런데 거기를 잠시 집어가며 상태를 살피는데, 오른쪽 겨드랑이 아래가 아프다고 한다.

'응급상황이다!'

급히 그곳을 살펴보니 뜨거운 기운이 나오면서 욱신거린다. 젠장, 간이 부어 있고 더구나 주변에 염증이 생긴 것 같다. 그러니 복수가 찬 것인지도 모르겠다.

다행히 그곳에 바닥 뜸을 10여 분간 하자 욱신거리던 것이 가라앉는데, 대신 명치가 아프다고 한다.

'응급상황 2단계다!'

그곳으로 옮겨 바닥 뜸을 하는데, 쏘는 기운을 동반한 저릿한 기운이 10여 분간 지속된다.

이때쯤 뭔가 치밀어 올라와 토할 것 같다는 환우.

'응급상황 3단계다!'

명치 아래 복수가 차 있는 상단부에 바닥 뜸을 해주자 배가 약간 꼬로록거린다. 이러기를 30여 분, 환우가 오줌이 마렵다고 하여 남편과 언니가 부축하여 소변을 보게 하는데, 오줌발이 제법 요란하다.

'응급상황 1부 해제….'

오줌을 싸고 다시 자리에 눕는 환우의 얼굴색에서 검은 기운이 많이 가셔 있다. 일단은 위급한 상황은 어느 정도 면한 것도 같다.

보호자에게 왜 병원 응급실로 가지 않았느냐고 묻자 그곳에 가 봐야 진통제만 놔주고 치료는 해주지 않아서 가지 않는다고 한다.

나중에 친구가 하는 말이 이 환우는 병원에서 모든 대장암약을 다 써 보았지만 치료가 안 되어 병원치료를 진작에 포기하고 민간요법으로 치료를 한다고 했다.

그 후로 1시간 반 동안 응급처치를 하였다.

누운 상태에서 기본 치료로 부기를 빼주고, 그러다가 복수가 치밀어 올라오면 앉아서 이불을 앞에 받치고 엎드리게 한 상태에서 꼬리뼈와 목뼈의 대추혈에서 어기를 빼주고, 복수가 가라앉으면 다시 눕혀서 반복하기를 서너 번 계속 한 것이다.

저녁 식사를 하고 와서 한 시간 동안 더 비우기를 해 주었는데, 이때도 자세는 앞에 한 것과 같이 누운 자세에서는 기본 부기 빼기를 하고, 앉은 자세에서는 혼원공으로 머리의 간뇌에서 부기를 빼주었다.

이때쯤 친구가 환우의 남편분에게 체온을 재어보게 했는데 35.8도란다.

친구와 그 남편분이 하는 이야기가 암은 저체온이 나쁘다고 하며 아직 정상에서 약간 미달인 체온을 걱정한다. 그런데 나의 체력이 바닥났으니 문제다. 아무튼 이렇게 3시간에 걸쳐서 응급 비우기를 해주니 부기도 약 80%는 빠지고, 그동안 두 번 더 화장실을 다녀왔는데 마지막에는 혼자서 걸어올 정도로 회복이 되었다.

오늘은 이 정도로 만족하고, 다음 날 한 번 더 돌봐주기로 하고 집으로 왔는데, 내 오른손이 뭉치고 약간 부어서 그것을 비우는 데 새벽녘까지 애를 먹었다.

다음 날은 점심을 먹고 조금 지나서 시작하였다. 일단 환우의 상태는 어제저녁 비교적 잠을 잘 자서인지 혈색은 괜찮은데 부기와 복수는 원위치가 되어 있다.

오늘은 일단 환우의 남편이 투병도우미 보조를 하기로 하고 나는 왼손을, 남편분은 오른손을 맡아서 기본 치료를 시작하였다.

10분도 안 되어 다시 복수가 치밀어 올라 어제와 마찬가지로 앉은 자세, 누운 자세를 교대로 하여야 했다.

30분쯤 지났을 때 보조를 하던 남편분이 갑자기 가슴이 답답하고 어지럽다고 한다. 나는 얼른 손을 떼고 밖으로 나가 찬바람을 쏘이고 오라고 내보냈다.

5분도 못 되어 남편이 들어와 다시 보조하려고 하는데, 좀 더 쉬라고 하며 말리니 부인의 발끝에 앉아 발가락을 만지작거린다.

그래서 엄지발가락의 발톱 양쪽에 손가락을 대고 비장과 간장에서 나오는 어기를 빼내도록 했다.

복수의 응급상황 이외에 오늘은 1시간쯤 지났을 때 환우의 숨소리에 거친 소리가 섞여 있어서 살펴보니 양쪽 겨드랑이에서 가슴 쪽으로 이어지는 부분에서 뜨거운 기운이 뻗쳐 나온다. 어쩌면 폐에 염증이 생긴 것 아닐까, 하는 생각이 든다.

이것도 응급상황인데, 지금으로서는 달리 할 것도 없어서 등뒤에서 겨드랑이 사이로 내 두 손을 넣고 열기가 뻗치는 부근에 바닥 뜸을 해주었다. 무려 20분이 지나자 열기가 사그라지고 이어서 목덜미에서 식은 땀이 10여 분 동안 나온다.

식은땀이 다 나온 후에 체온을 재어 보니 36.5도다. 남편과 친구가 이제는 되었다며 좋아한다.

나는 며칠간 연이은 대리투병으로 기운이 달리는 것을 느껴 일단 치료에서 물러나고, 환우의 남편과 언니가 투병도우미를 하도록 몇 가지 요령을 알려 주었다.

그러면서 옆에서 지켜보고 있는데, 친구가 자기의 상태도 잠깐 점검해 달라고 부탁을 한다.

이 친구도 2일간 옆에서 계속 지켜보며 총감독 노릇을 했는데, 이 정도는 해주어야지 하는 단순한 생각에 기본자세로 오른쪽 손을 잡자마자 제법 세게 어기가 쏟아져 나온다.

그리고 10분도 안 되어 나의 왼쪽 가슴에서 뭔가가 살짝 터지면서 냉기가 솟아 나오는 느낌이 일어난다.

'엇!' 하고 놀랄 겨를도 없이 그 기운은 순간적으로 가슴 전체로 퍼지며 잠시 후에 사라지는데, '쳇! 이게 뭐지?' 생각해 봐도 알 길이 없다.

그래서 그 친구에게 폐에 암이 생긴 곳이 어디냐고 물어보자 오른쪽 맨 아랫부분에는 조금 큰 것이 있고, 왼쪽 가슴에는 좀 크기가 작은 것이 있다고 하며 손으로 집는데, 바로 내 왼쪽 가슴에서 뭔가가 터진 부분과 일치한다.

'뭐야! 비우기의 기본 치료를 시작한 지 10분도 안 되어 폐암의 종양 중의 하나가 터진 것인가?'

잘 이해는 안 되는데, 뭔가 중요한 사건이 터진 것이다.

그래서 다시 오른손의 모든 곳을 30여 분에 걸쳐 더듬어 보아도 가끔 어기가 나오는 것 이외에는 다른 특이사항이 없다.

자리를 머리로 바꾸어 20여 분을 더듬어 보아도 일반적으로 잡히는 어기만 가끔 나온다.

나는 친구에게 비우기를 해주면서 옆에서 남편과 언니가 하는 모습을 지켜보니 두 분 다 투병도우미를 하는 것이 대체로 자연스럽다.

온몸에서, 팔에서, 손에서 힘을 빼는 것도 아주 좋고, 손을 보니 두 손이 모두 벌겋게 달아올라 약손으로 변해 있다. 초보가 이 정도가 되려면 제법 시간이 걸리는데, 아마도 그동안 병간호를 하면서 저절로 약손이 된 모양이다.

환우의 부기는 약 60% 정도 빠져 있는데, 오늘의 성적은 이 정도로 만족을 해야 할 것 같다. 하기야 오늘은 환우가 화장실을 1번 밖에 가지 않았으니, 그래도 남편과 언니가 투병도우미를 하는 기초 동작은 터득하였으니 그것도 큰 소득이다.

나는 2일 후에 다시 오기로 하고, 그 사이에는 남편과 언니가 대리투병을 해주라고 당부하고, 몇 가지 주의사항을 이야기해 주었다.

다음 날 아침에 친구에게서 전화가 왔다. 환우의 배에서 꼬로록거리는 소리가 나는데, 대리투병을 해주는 분들의 배에서도 똑같이 꼬로록거리는 소리가 난다면서 괜찮냐고 묻는다.

이것은 매우 좋은 징조라고 설명을 해주고 남편과 언니가 너무 열심히 애쓰는 것 같은데, 그러면 쉽게 지쳐서 오래 하지 못하니 하는 시간을 삼등분하여 남편 혼자 하고 뒤이어 언니 혼자 한 뒤 완전 휴식, 이런 식으로 하라고 일러 주었다.

참고로 첫날 내가 혼자서 할 때 중간에 환우 머리의 상반부에서 뜨거운 기운이 온천지대의 간헐천처럼 여기저기 돌아가면서 1시간가량 용출이 되었는데, 아마도 이러한 기운이 빠져나가지 못하면 혼수상태가 올지도 모른다는 생각이 들었다. 복수가 찬 사람에게 혼수상태가 오면, '에이!' 이런 상황은 생각하기도 싫다.

이 글을 쓰고 있는데, 나의 왼쪽 가슴에서 이상 신호가 온다.

'쳇!'

어제 친구에게 비우기를 해주며 역살을 맞은 곳인데, 역시 며칠간 무리를 하고 어쩔 수 없는 상황에서 억지로 비우기를 해주다 보니 역살을 맞게 된 것이다.

이것을 잡으려면 일주일은 쉬어야 하는데, 여기저기 약속을 해 놓아서 난감하다. 어쩔 수 없이 취소가 가능한 약속은 다음으로 미루고 며칠간 투병도우미는 쉬어야겠다.

'에이 참, 어찌 이런 일이…!'

산책하면서 다시 생각해 보니 여자 환우분을 대리투병할 때 여기저기에서 간헐천같이 솟아 나오는 기운이 솟아 나왔는데….

친구에게서 그리고 여자 환우분에게서 나온 간헐천같이 솟아 나오는 기운은 어쩌면 침 박사에게 침 맞고 그분들의 몸안에서 웅크리고 있던 어기들이 내가 비우기를 해주자 이때다 하고는 내 몸으로 도망쳐 온 것인 듯하다.

그런 것을 2일에 걸쳐 두 사람의 몸안에 있던 것을 모두 고스란히 맞앉으니….

'어찌 이런 일이…!'

세상일은 참 묘하다.

응급 비우기를 해주다가 악살을 맞은 일로 고민하다가 어쩔 수 없이 일정의 일부를 취소하는 공지를 내보내고 내 몸안으로 들어온 악살을 비우기 위하여 아파트 주변을 산책하며 인근 아파트의 주변 샛길을 지나는데 이상한 돌멩이가 눈에 들어온다.

내 손바닥하고 같은 크기여서 잠시 가지고 만지작거리다가 저녁을 먹고 바로 초저녁잠을 자면서 그 돌을 가슴에 안고 잤는데, 신기하게도 악살이 거의 사라졌다.

'와~!'

신기하여 혹시 그 돌멩이가 운석이 아닌지 확인하러 자석을 붙여보니 붙지를 않는다.

　그렇다면 운석은 아닌 것 같고 뭔지는 잘 모르지만 일단 악살을 거의 사라지게 하는데 도움이 되었으니 나로서는 좋은 보물을 주운 셈이다.

　'참~! 세상일은 묘하다!'

　비록 악살은 거의 사라졌지만 일단 이번 주말은 토요일 하루만 영등포수련원에 가고 나머지는 집에서 쉬면서 이 돌멩이를 가지고 좀 더 놀아보아야겠다.

　(2008/03/07) 내 몸이 대체로 회복이 되어 어제 오후에 약 4시간, 오늘 오전에 약 1시간 추가로 응급 비우기를 해드렸다.

　응급상황은 어제에 시작 30분쯤 지나서 목에서 머리로 약 30분가량 열기가 치솟은 것이 전부인데, 이것을 바닥 뜸으로 잡아주자 목에서 식은땀이 나면서 사그라졌다.

　그 이후로는 멀리 떨어져서 혼원공으로 온몸에 기와 공을 보내는 것을 해드렸는데, 머리 상부 너덧 곳에서 감응이 오고 다리의 족삼리 부근에서도 강한 감응이 와서 이 부근을 집중적으로 혼원공을 보내자 냉기를 함유한 어기가 뼛속을 파고 들어가는 듯한 감응이 몇 초 동안 이어진다.

그 후부터 다리와 발에 있던 부기가 서서히 빠지기 시작하고 1시간쯤 지나자 정강이뼈의 윤곽이 조금씩 보이기 시작한다.

전체적으로 80~90% 정도 부기가 빠지더니 더 이상은 빠지지 않는다.

오늘 아침에 확인하니 대체로 어제의 상태를 유지하고 있다.

다시 떨어져서 1시간가량 혼원공을 보냈다. 어제와 비슷한 곳에서 1~2초 정도 감응이 오다가 끊어지는 것을 대여섯 번 하였고, 그 사이에 환우분이 10여 분씩 두어 번 곤하게 잠이 든다.

부기는 전체적으로 10% 정도 남아 있고, 피부색도 옅은 황색으로 대체로 양호하다.

이 상태를 다음 주 화요일까지 유지할 수 있을지…, 남편분이 어제 저녁에 고향 집으로 급한 농사일을 하러 갔고, 언니와 어제 서울에서 내려온 딸이 어려운 투병도우미를 하느라 고생을 많이 한다.

> (2008/03/10) 응급 비우기를 받으시던 환우분이 어제 영면하셨다는 부음을 접하였다. 저의 실력이 아직은 많이 부족하여 도움을 드리지 못한 것이 못내 아쉽고 죄송하다. 삼가 고인의 명복을 빌어드린다.

부신종양 치료기

약물 과용으로 인한 부신종양 치료기를 올린다.

부신종양은 바로 부신에 종양이 생긴 것을 말하는데, 이런저런 병으로 과다하게 약물치료를 하다 보면 부신종이 생기고, 이것을 절제하고 나면 남은 삶은 혈액투석을 하여야 한다.

부신은 보통 콩팥이라고 하는데, 그 생긴 모양이 콩이나 팥과 비슷하여 붙인 이름이다. 본래 이 콩팥은 몸속에 2개가 있어서 우리의 핏속에 떠도는 노폐물을 걸러서 방광으로 보내어 오줌으로 배출시키는 정화조와 비슷한 기능을 한다.

이 콩팥은 여러 가지 원인에 의하여 그 기능을 상실하게 되는데, 콩팥의 기능이 상실되면 핏속의 노폐물을 거를 수 없게 된다. 그러면 오줌을

눌 수 없게 되고 온몸이 부어올라서 결국에는 죽음에 이른다.

콩팥의 기능이 손상되는 가장 큰 원인은 독성이 강한 약물을 복용하는 것인데, 보통 악성 피부병을 치료하기 위한 약물을 과다 복용하면 흔히 생긴다.

또 하나는 당뇨를 치료하기 위한 약물을 장기간 복용하면 결국에는 부신의 기능이 손상을 입게 된다.

막냇동생에게서 장인 어르신(별명: 우당탕탕, 남, 당시 75세)의 신장에 종양이 생겨서 비상이 걸렸다는 전화를 받고 사연을 좀 더 들어보니, 몇 개월 전부터 허리가 아파서 고생을 하다가 한 달 전에 척추전문병원에 가서 MRI를 찍어보니 뭔가 이상이 생겼다며 수술을 하여야 한다는데, 주변에 허리 수술을 하다가 잘못 되어 큰 고생을 하시는 분들의 이야기를 듣고 망설이다가 다른 병원에서 MRI 사진을 가져와 보라고 해서 갖다 주었다.

그런데 그 병원에서는 신장 부근이 이상하다며 CT를 찍었다는데, 신장 주변에 신장 크기와 거의 같은 종양이 생겼다고 하며, 신장 수술을 잘한다고 소문이 난 대학병원을 소개해 주더란다.

그 병원의 전문의를 만나 의견을 들어보니, 악성일 가능성이 크다고 하며 일단 입원하여 정밀검사를 받으라고 해서 1월 6일 입원하기로 예약을 했다고 한다.

이러는 와중에 막내사위에게서 나의 이야기를 듣고, '비우기' 라는 건강법으로 자연치유를 할 수도 있다는 이야기에, 일단 나의 치료를 한동안 받기로 하였다.

내가 1월 5일 신탄진에서 첫 기차를 타고 영등포역에 내려 지하철을 갈아타고 영등포구청역에 내리니 제수씨가 마중을 나와 있고, 우당님도 자전거를 타고 와서 출구 밖에 마중을 나와 있다.

거기에서 약 5분 거리에 있는 연립주택 2층에서 사시는데, 부인과 제수씨의 언니가 나와 인사를 한다.

안방의 침대에는 조그마한 여자아이가 잠을 자고 있고, 그 침대 옆에 커다란 요를 깔아 놓아 내가 바로 치료에 들어갈 수 있게 준비가 되어 있었다.

아마도 제수씨가 나의 치료를 몇 번 받아보아서 미리 알고 준비를 한 것 같다.

일단 요위에 자리를 잡고 앉아 어르신의 말씀을 들어보는데, 앞에 대충 적어놓은 사연을 설명하면서, 마음이 급해서인지 숨도 쉬지 않고 단숨에 줄줄이 말씀하신다.

그래서 내가 오늘부터 내일까지 치료를 할 거라 시간이 아주 많으니, 천천히 쉬어가며 말씀을 하시라고 하니, 그제서야 한숨을 돌리시는데, 옆에 둘러서서 심각하게 듣고 있던 식구들이 살포시 웃음을 짓는다.

우당님이 허리를 다친 것은 젊었을 때 차에 치여서 다친 것이라고 하고, 그 후에 얼마 안 되어 오토바이의 뒷좌석에 타고 가다가 사고가 나서 장파열이 생기고, 수술 결과 오른쪽 콩팥이 파열되어 제거하였다고 한다.

또 젊어서부터 고혈압과 당뇨가 있어서 40여 년간 약을 먹고 있다고 한다.

사모님이 타 오는 커피 한잔을 마시며 대충 이 정도까지 듣고, 일단 치료에 들어가기 위하여 우당님이 편하게 느끼는 대로 자리에 누우시라고 하자, 거실 반대쪽 벽을 향하여 눕는데 오른쪽에 내가 앉아서 치료할 정도의 좁은 공간이 생긴다.

사실 내가 동생에게 들은 대로 왼쪽 신장에 생긴 종양을 잘 살펴보려면, 우당님의 왼쪽에 자리를 잡고 치료를 시작해야 하는데, 그쪽은 벽에 거의 붙어 있어서 앉을 공간이 없다.

그런다고 우당님에게 자리를 옮겨서 누우라고 하면, 뭔가 자연스러운 흐름을 깨는 것이 되어 일단 오른쪽 손부터 살펴보기로 했다.

그런데 우당님에게 복과 운이 있어서인지, 이것이 치료의 실마리를 풀어주는 계기가 된다. 심장, 간장, 신장의 이상을 살피려면, 왼쪽 손목의 촌구맥을 진맥하여야 한다.

특히 우당님처럼 왼쪽에만 신장이 있는 경우, 또 그 신장에 종양이 생긴 경우에는 왼쪽 손목의 촌구맥 중에서 척맥의 이상 유무를 살펴보는 것이 최우선이다.

그런데 오른쪽에만 내가 겨우 앉을 자리가 있으니, 일단 오른손의 촌구맥부터 진맥하며, 오른손 기의 움직임을 살펴보기로 하고, 이리저리 손가락과 손등, 손바닥을 더듬어 보는데, '어럽쇼!' 엄지와 검지 사이에 있는 췌장혈에서 뭔가가 감지된다. 그래서 좀 더 머물며 조심스레 움직임을 살피는데, 달콤한 미각이 입안 가득 고인다.

'이게 뭐지?' 하고 따지는데, 우당님이 고혈압과 당뇨약을 40여 년 복용하였다는 말이 떠오른다.

'아! 당~ 당뇨!'

이런 생각을 하는데, 드르릉하고 코고는 소리가 들린다.

비우기를 시작한 지 겨우 5분도 안 되어 드르릉 코를 고는 것은 아마도 요즈음 며칠간 마음고생을 하느라 잠을 제대로 주무시지 못하여서일 것이다.

하기야 어느 누가 암일지도 모른다는 대학병원의 권위 있는 의사 선생님 말씀에 걱정이 앞서지 않으랴.

비우기 치료에 들어가면서 식구들은 모두 방문을 닫고 밖으로 나가고 나와 우당님, 그리고 침대에서 여전히 곯아떨어진 어린 손녀가 남아 있다.

아마 이 손녀는 어젯밤 늦도록 컴퓨터 게임을 하고 아직도 꿈나라에서 헤매고 있는 것이리라.

조금 여유가 생겨 다시 한 번 우당님의 안색을 살펴보니, 여기저기 부기가 탱탱하고, 눈 주변이 거뭇거뭇하고 귀밑이 도톰하니 돋아 있어 호르몬의 흐름이 엄청나게 막혀 있다.

이러한 것을 바로 잡으려면 가락침을 놓는 위치를 바꾸어야 하는데, 현재 대고 있는 췌장혈 부근에서 당기가 여전히 꾸르륵거리며 나온다.

5분~ 10분~ 15분~ 20분~, 20여 분이 지나며 당기 나오는 것이 차츰 누그러든다.

그 동안에 나의 왼손은 우당님의 오른손 검지와 엄지 사이의 췌장혈에 머물고, 왼손으로는 일단 오른쪽 귓불 밑에 대주면서 뭉친 호르몬이 풀어지게 한다.

20여 분이 지나 우당님의 몸속에서 당기가 어느 정도 가시자 이어서 부기 비우기에 들어갔다.

나는 평소에 환우에게 대리투병을 해줄 때는 부기 비우기를 우선으로 해야 한다고 생각했는데, 오늘 우연히 당기 비우기를 먼저 해보니 아무래도 오랜 당뇨가 있는 환우에게는 당기 비우기가 우선인 것 같다.

☞ **참고** : 이 당시에는 달콤한 미각이 입안 가득 고이는 것이 당뇨에 의한 당기라고 생각했는데, 나중에 다른 분에게 비우기를 하면서 그것이 그분의 몸안에 죽은 세포가 있다가 비우기를 하자 그것이 분해되어 비워지는 과정에서 나오는 현상이라는 것을 알게 되었다.

40분~50분이 지나며, 안색이 서서히 정상으로 돌아올 즈음에 우당님이 뒤척이며 잠에서 깨어나신다.

그래서 잠시 휴식을 취하기로 하고 거실로 나오니, 동생이 와 있고, 조촐하나마 술상이 차려지고, 제수씨가 술을 따라 권한다.

제수씨는 내가 평소에 투병도우미를 하면서 사이사이 술을 한잔씩 걸치는 것을 알고 있어서 그런지 술상이 차려져 있다.

술이 한 잔~ 두 잔~, 차려진 안주 중에서 묵은 무김치, 갓김치가 입맛을 돋운다.

이어 3잔, 4잔에 은근히 술기가 오르고, 내 주둥이는 바삐 움직이며 뭔가를 시부렁거리는데, 동생, 제수씨, 제수씨의 언니가 맞장구를 쳐서 분위기를 맞추어 준다.

얼큰한 기분에 다시 우당님을 치료하며, 이번에는 내가 왼쪽에 자리를 잡고, 오른쪽 침대 위에는 제수씨와 제수씨 언니가 앉아서 나의 이야기를 듣는다.

나는 우당님의 왼손에서 부기, 당기, 어기, 그리고 왼쪽 팔에 생긴 몇 개의 정맥류를 풀어주며 비우기 대리투병의 이런저런 원리를 설명하여 주었다.

그리고 이왕 시작한 김에 내가 최근에 새로 개설한 Daum(다음) 카페 '대리투병'에 관하여 이야기를 꺼냈다. 때 마침 아침에 올라오며 우당님을 도울 대리투병 보조를 급모하는 글을 카페에 올린 것을 보여주면서 이달 말까지 회원에 가입하면 바로 우수회원으로 모시고, 우수회원에게는 특별히 여러 가지를 우대한다고 하니, 우당님을 비롯하여 온 식구가 카페회원으로 가입한다고 한다.

나는 다음카페를 열면서 내용만 좋으면 우르르 회원들이 몰려올 줄 알았는데, '어럽쇼!' 작년 연말에 한 달을 애썼지만 달랑 9명만이 회원으로 가입하였다.

그런데 이번에 우당님을 치료하면서 무려 10여 명이 한꺼번에 회원이 되었으니 이걸로도 장땡을 잡은 기분이다.

오전 치료를 마치고 우당님은 친구들과 점심 약속이 있다며 나가신다. 나는 사모님이 차려주는 맛깔스러운 점심을 대접받고, 오후에는 동생이 소개하는 다른 환우분에게 대리투병을 해주러 갔다.

오후에 대리투병을 해준 환우분들하고 저녁 식사를 하고, 다시 우당님의 집을 찾아가니, 대학을 마치고 대학원 과정으로 한의학을 공부하려고 하는 큰손녀가 인사를 하며, 오늘 내가 우당님에게 한 치료법에 대하여 알고 싶은 것이 많다고 한다.

그래서 큰손녀는 우당님의 왼쪽에서 보조하게 하고 나는 오른쪽에서 비우기를 해드리며 손에 있는 '칠장칠부'의 비우기 치료혈에 대하여 잠시 설명을 하고, 가락침을 놓는 요령을 알려주고 따라 하게 하니 거의 30분이 다 되어서 손에 뭔가가 튕기는 느낌이 온다고 한다.

저녁의 대리투병에서는 당기는 거의 안 나오고 부기와 어기가 간간이 빠져나온다.

나는 큰손녀에게 대리투병에 대하여도 간략하게 소개하며 예전에는 뭔가 죄를 지으면 곤장형을 내리는데, 이때 매품을 파는 사람이 있어서 대신 곤장을 맞아주고, 품삯을 받아 식구들을 부양하는 직업이 있다. 대리투병도 뭔가를 잘못하여 죄를 짓고 벌로 병에 걸린 사람을 대신하여 대리로 투병을 해주고 품삯을 받는 것이라고 설명을 하자 큰손녀는 갸우뚱하는데, 우당님은 수긍이 가는지 고개를 끄덕인다.

> ☞ **참고** : 이어지는 이야기는 우당님의 큰딸 이연님이 카페에 올린 글로 대신한다.

아버지의 투병담; 제2의 삶

1회

금요일 오후 주말을 앞두고 느긋한 마음으로 마사지를 받으러 갔던 내게 걸려온 막냇동생의 울음을 삼킨 목소리….

"누나! 어디야? 아버지가…."

"뭐라고?"

마침 서울에서는 친정아버님께서 척추 수술을 받기 위하여 입원해서서 검사 중이었다.

그렇잖아도 수술 날짜만 잡히면 간호차 올라가려던 참이었는데, 콩팥에 종양이라니….

공무원으로 근무하시면서 풍족하지 않은 살림에도 우리 다섯 형제를 키워내셨는데…, 처음엔 동생의 전화가 실감이 나지 않아 멍하니 앉아 있다가 걷잡을 수 없이 눈물이 흘러내린다.

마침 곁에 있던 이가 콩팥에 이상이 있으면 허리가 아플 수도 있다 하여 가만히 생각해 보니 요즈음 아버지께서 이유도 없이 몸이 많이 여위었음을 느껴 본다.

그날 오후 내내 눈물로 밤을 지새우고 다음 날 서울로 올라가야 하는데 엄두가 나지 않는다.

'아직 부모님께서는 병명을 모르고 계실 텐데 행여 내가 눈물 바람이라도 하면 어떡하지(?)'

여동생과 그리고 남동생과 통화를 하니 전주에 있는 오빠와 작은아버님께서 서울에 올라가셨다고 하신다.

오후에야 겨우 마음을 가다듬고 아버지께 전화를 드리니 모두 올라온다고 하고, 또 콩팥에 혹이 있다는데 결과를 알려주지 않는다며 내심 의심하시는 목소리이다.

온종일 어떻게 해야 하나 걱정을 하다가 늦게 올라가기로 하고 저녁 7시 반 비행기에 몸을 실었다.

마중 나온 여동생과 막내의 뜻밖의 소식, 부모님께서 다 알게 되셨다는 것이다. 한편으로는 겁이 덜컥 나기도 했지만, 차라리 잘 되었다 싶은 생각이 들었다.

사방엔 어둠이 내리고 오늘 따라 어쩌면 이렇게 캄캄한 어둠이 내 가슴속 같을까.

친정의 분위기는 무거운 침묵과 함께 소스라치게 싫어지는 눅눅한 공기로 숨이 턱턱 막힌다.

애써 미소짓는 아버지의 모습을 차마 바라볼 수 없어 눈물만 삼키는데 마침 친정엄마께서 아버지께 손톱을 깎아달라고 하신다.

평소 손가락에 관절염이 있어서 늘 아버지가 손톱을 깎아주셨는데, 말없이 엄마의 손톱을 깎던 아버지께서 눈물을 떨구신다.

"평생 고생만 시키고 호강 한 번 시켜주지 않았다."

온 집안은 울음바다가 되었고 애써 마음을 다독이며 참으셨을 엄마는 통곡하신다.

젊은 날부터 유달리 금실이 좋은 부모님, 그리고 며칠 전, 겨우 하루 동안 병원에 입원하셨는데도 엄마는 아버지께 눈물 바람을 했다고 한다, 당신 없이 난 못 살겠다고.

'아, 불쌍한 우리 아버지. 안쓰러운 우리 엄마는 어떻게 살아가실까.'

며칠 후 이대 목동병원 신장 전문의께 수술을 받기로 입원 절차를 밟으셨다고 하셨다.

그런데 수술을 받으시고 혹시라도 다른 곳에 전이라도 되어있다면 수술하지 않으신 것만 못하실 텐데…. 이러지도 저러지도 못하는 가족들의 마음은 까맣게 숯덩이로 변해만 간다.

며칠 내내 앓았던 지독한 독감이 나은 줄 알았더니 다시 도졌는지 밤새 두통으로 한숨도 이루지 못했다.

다음 날 아침.

우리 가족에게 한 가닥 실낱같은 희망이 찾아왔다.

새벽부터 올라오신 비우기님. 반신반의하는 우리 가족에게 환한 미소와 친절하신 설명으로 가족 모두를 안심시켜 주시고 무엇보다도 당사자이신 친정아버님께서 당신의 육신과 마음을 맡기시며 전적으로 의지를 하시다니 정말 다행스러운 일이다.

아무리 비우기님이 정성스럽게 치료한다 해도 당사자가 정작 마음을 열지 않는다면 그만큼의 효과를 기대할 수 없을 테니 말이다.

우리 가족은 하나가 되었다.

비우기님의 말씀을 듣고 아버지께서 웃으시면 우리도 덩달아 따라 웃고, 비우기님의 재미있는 비유법인 새마을운동 재건사업, 대리곤장 등등을 곁들이시며 어른들께서 이해하기 쉽도록 애써 설명하시는 열정적인 모습에 신뢰가 간다.

첫 치료를 받으신 후 놀라웠던 것은 한쪽 눈과 볼, 그리고 한쪽 다리가 무척 많이 부었었는데 거짓말처럼 부기가 쫙 빠져 버렸다.

가족 모두 놀라고 아버지께서도 너무도 좋아하신다.

불과 하루 전날만 해도 온 가족들이 통곡하고 눈가가 짓무르도록 눈물을 흘렸는데, 오늘은 밝은 미소가 환한 웃음이 집안을 온통 날아다닌다.

'이게 바로 희망이야~!'

어쩌면 천행 중 다행인지 모른다.

수술하기 전에 비우기님을 만나서 기적을 일으킬 수 있음을 우리 가족은 하나가 되어 굳게 믿어본다. 행여라도 믿지 않는다면 절대 안 되는 것처럼….

그 다음 날 치료에는 아버지께서 발가락 사이에 침을 맞는 듯한 고통을 느끼시더니 더불어 비우기님도 같은 고통을 느끼신다.

상당히 반응이 좋다는 비우기님의 말씀에 우리 가족은 그제서야 겨우 '휴~' 안도의 한숨을 조심스레 내쉬어 본다.

광주로 내려오니 잔뜩 쌓였던 긴장이 풀렸는지 온종일 비몽사몽에 빠져 잠에서 깨어나질 못하겠다.

겨우겨우 정신을 차리고 컴퓨터를 켜보니 반가운 우리 아버지의 소중한 메일이 와 있다.

[나는 오늘 정말 기분이 상쾌한데 사랑하는 우리 딸은 어떤지?]

'아, 소중하고 사랑하는 우리 아버지. 75세의 연세에도 이렇듯 딸에게 멋진 메일 보내시는 아버지 있으면 나와 보세요~~. 비우기님, 아버지께 희망을 주셔서 정말 감사합니다.'

아버지의 투병담; 제2의 삶

2회

2차 치료가 있기 전날, 일산에 사는 여동생의 전화가 왔다.

"언니! 내일 올라올 거야?"

사실 서울에서 광주는 가까운 거리가 아니다.

하지만 다녀온 지 나흘밖에 되지 않았기에 행여라도 오지 않을까 봐 전화했나 보다.

하지만 그것 때문이 아니었다. 첫 진료를 받으신 후 무척 표정이 밝아지시고 희망을 품으셨던 아버지께서 주위분들이 병원에 가지 않고 터무니없이 그런 치료를 받는다며 걱정을 하셨는지 다시 마음이 약해지신 것 같다며, 언니가 피곤하고 힘들겠지만 꼭 올라왔으면 좋겠다고 동생이 조심스레 말을 꺼낸다.

사실 동생의 전화가 아니었어도 나는 올라갈 예정이었다.

하지만 아버지께서 다시 마음이 약해지셨다니 내심 걱정이 이만저만되는 게 아니었다.

무엇보다도 아버지의 굳센 결의가 치료의 밑바탕이 될 텐데 마음이 약해지시면 그나마 희망을 걸고 있는 부분이 무너지는 것이 아닌가.

버스를 타고 올라가려 했으나 그 말을 들은 남편이 이른 새벽 첫 비행기로 올라가 치료하는 시간에 맞춰가라며 예약을 해준다.

어찌나 고마운지…, 하지만 소리 내어 표현하지는 못했다.

다음날 새벽 4시부터 일어나 준비를 하고 며칠 동안 혼자 지낼 남편의 출근 준비까지 모두 마친 뒤 캄캄한 어둠을 뚫고 남편과 함께 광주공항으로 출발하였다.

이른 아침 시간인 8시 반 친정에 도착해 보니 벌써 비우기님은 도착하셔서 아버님과 담소를 나누고 계신다.

그 모습이 어찌나 든든하고 고마우신지, 아버지의 표정을 살짝 살펴보니 비우기님이 있으셔서 그런지 환한 미소를 띤 얼굴에 다행스러운 안도의 한숨이 내쉬어진다.

아버님은 자리에 누우시고 비우기님의 지휘하에 여동생과 나는 보조역할을 한다.

그런데 아버지의 손을 잡고 막 시작하려는데 갑자기 내 가슴이 울렁거리고 역한 기운과 함께 방안이 빙그르르 도는 듯 어지럼증을 느끼기 시작한다.

내가 어지럽다고 하자 비우기님께서 비장을 통해서 나온 기운을 그대로 맞았다며, 내 정수리에 손을 얹으시고 내 손의 여기저기를 짚어주시니 순식간에 어지럼증과 역한 기운이 사라진다.

그리고 어느새 아버지는 '푸~' 하며 코를 골더니 금세 잠이 드신다.

진료하는 도중 잠을 자거나 방귀를 뀌는 현상은 아주 좋다고 한다.

아버지께서 잠을 주무시는 동안 비우기님께서는 율동 안마를 시작하셨고 그 오묘함을 설명해 주시는데….

스무 명이 동시에 하는 효과를 내면서 우리 신체를 지배하는 미토콘드리아의 활동을 활성화시키는데, 그렇게 되면 산소가 많이 필요해지면서 곧 아버지께서 숨이 찰 거라고 하시더니만 그 말이 끝나자마자 곤하게 주무시던 아버지께서 숨을 몰아쉬신다.

'헉! 이렇게 신기할 수가…?'

첫 번째 진료와는 달리 아버지 당신의 발가락 사이에서 묘한 기운이 빠져나가는 것을 느끼는데 저릿저릿하다거나 아니면 꼭 손가락으로 꾹 누르는 것같이 멍한 느낌에 본인도 무척 신기해 하신다.

여동생과 나는 번갈아가며 아버지의 발등 부분을 수시로 손등으로 스쳐보는데 이번에는 확실하게 무어라 표현할 수 없는, 정전기 같다고나 할까. 점차적으로 뜨거운 기운이 느껴지기도 하는 것이다.

다음 날 아침 아버지의 표정은 훨씬 밝아지셨고, 평소 건강하실 때처럼 새벽 4시부터 일어나셔서 엄마와 함께 부지런히 집안도 정리하시면서 비우기님을 맞으실 준비를 하신다.

어김없이 새벽 5시가 되자 비우기님이 도착하셨고, 아버님과 앉아 담소를 나누시면서도 아버님을 향해 손을 휘젓곤 하시는데, 나중에 아버지께 들어보니 그럴 때마다 전류 같은 찌릿찌릿한 느낌을 받으셨다고 한다.

정성스러운 새벽 진료를 마치고 비우기님께서는 아버지와 우리 가족에게 또 이만큼 더욱 커진 희망을 듬뿍 안겨주시고 아침을 안겨주는 태양처럼 총총 떠나셨다.

그날 오후 아버지께 서투르나마 딸과 함께 비우기님이 가르쳐 주신 것을 흉내 내어 보았다.

'어럽쇼!? 이게 웬일인가…(?)'

비우기님께서 하실 때처럼 아버님은 저릿한 느낌이 온다며 신기해하시고 더더욱 놀라운 것은 어지럼증을 느끼곤 했던 나는 어지럼증은 커녕 평소 차디찬 내 손이 순식간에 불에 덴 듯 뜨거워지는 것이 아닌가.

하지만 흉내 내기를 끝내기가 무섭게 내 손은 다시 평상시대로 돌아가고야 만다.

'이게 왜 그러는 걸까? 날보고 수수깡이라고 하셨던 비우기님의 의미는 무얼까?'

벌써 비우기님이 기다려진다.

오늘 아침 평소처럼 나는 아버지께 전화로 묻는다.

"기분이 어떠세요?"

"아주 좋아."

어느새 우리 멋진 아버지는 평소처럼 밝고 활기찬 목소리로 대답하신다.

아버지와 내 가슴에는 또다시 희망이 가득 부풀어 오른다.

아버지의 투병담; 제2의 삶

3회 - 이 글은 작은딸이 쓴 투병담이다

먼저 글을 쓰기 전에 걱정이 앞선다.

2회까지는 나의 언니가 투병담을 썼는데, 이번에 같이 참석하지 못한 이유로 옆에서 지켜봤던 내가 글을 올려야 한다는 심적 부담감이 나를 짓누른다.

'언니만큼 글솜씨도 없는데… ㅎㅎ.'

새벽 공기를 마시며 부랴부랴 아빠 집을 향해 갔다.

역시나 아주 이른 시간부터 일어나셔서 비우기님 맞을 준비로 아빠와 엄마는 바쁘게 움직이신 듯하다.

난 내심 오늘은 어떻게 치료를 해 주실까, 또 아빠가 얼마나 호전되실까, 잔뜩 기대해 본다.

조금 후 어김없이 비우기님이 약속 시각에 '짠' 하고 나타나셨다.

다른 날과는 달리 바로 치료에 들어갔는데, 머리 부분을 집중적으로 치료하셨다.

이 치료는 뇌를 깨끗하게 하는 치료인데 뇌속에 담배를 피워서 긴 니코틴과 타르 찌꺼기를 제거하는 치료라고 한다.

다른 치료효과와 더불어 치매 예방까지 된다고 하니 참으로 일거양득, 일석삼조…, 너무 신기하고 신바람이 났다.

매번 치료할 적마다 느끼는 거지만 방안엔 새로운 희망과 기대감이 마치 소용돌이치는 듯 샘솟고 웃음꽃 또한 만발하여 병이 모두 다 날아가 버리는 거 같다.

다만 아쉬운 게 있다면 우리 언니가 있으면 얼마나 더 재밌었을까.

이 기쁨과 희열을 항상 같이했던 언니랑 느꼈으면 하는 마음이다.

콩팥과 허리가 아파 치료하시는 우리 아빠를 덤으로 기본 치료보다 더욱더 많은 세세한 치료로 정녕 이십대로 만들어 주신다니, 이 어찌 기막힐 노릇이 아니겠는가.

덤에 관해 얘기하는데 남편이 옆에서 하는 말.

"어렸을 적 군산에서 살 때 아귀를 500원 주고 사면 그 아귀의 배속을 열어보면 더 좋은 조기며 새우가 20,000원어치 이상 들어있다"라고 한다.

'후…, 후…!'

비우기님께서 아빠를 벽에 ○칠할 때까지 사실 수 있도록 완벽하게 치료해 주신다길래 난 말했다.

"이런~ 변이 있나!! 투(two)라고?!"

"호호호~! 하하하~!!"

다른 때와 달리 아주 오랫동안(약 4시간째) 치료를 하신다.

한참을 치료하시는데 자꾸만 다른 데서 감이 잡히지 않는 안 좋은 기가 빠져 나와 멈출 수가 없다고 하셨다.

난 보조를 하다가 허리가 아파 이리 빼고 저리 빼고 몸을 뒤트는데 비우기님은 미동도 없이 바른 자세로 쉴 새 없이 손을 움직이시며 계속해서 나쁜 병마를 전술로(?) 퇴치하고 계신다.

한참을 치료하신 후에 그 나쁜 놈이 아빠가 전에 콩팥 수술하신 부위란 걸 알아내시고는(꿰매고 아물고 한 상처 부위의 후유증) 수술 부위 치료 후 아빠 몸은 이제 30대라 하신다.

생각보다 이 나쁜 놈들이 빨리 퇴치되어 치료가 일찍 마무리될 듯하다니…, 조금은 섭섭한 듯한 이 어이없는 생각은 무엇이란 말인가(?) 나도 모르게 웃음이 나온다.

이번 치료에서 내가 체험한 일은 전엔 기(?)가 전기 통하듯이 '우웅~' 미세하게 느껴졌는데, 이번에는 바늘보다 더 가는 침으로 콕콕 미세하게 찌르는 듯 느껴졌다.

아빠의 손을 잡고 있는데 나의 손이 콕콕 찌르는 듯하더니 팔을 타고 내려가 허리에서 또 찌릿한 것이 아닌가.

그게 바로 상대방의 아픈 부위를 알 수 있는 거라 설명하시는데…, 참으로 신기하다.

아빠를 이 세상에서 제일 사랑하시는 우리 엄마의 충격은 지금도 얼떨떨한 채 실감이 나지 않는 듯하지만, 엄마가 변화되어 가는 모습도 차츰 눈에 보인다.

아빠의 몸 상태가 좋으면 엄마도 덩달아 신이 나고, 아빠가 아파하면 자신이 더 아파하는 모습…, 바로 사랑하는 부부의 모습이다.

엄마는 말씀하신다.

"아빠가 낫기만 하면 비우기님께 큰절을 해야 한다."

'비우기님, 우리 가족에게 희망과 건강과 기쁨을 주셔서 정말 고맙습니다. ·0· 사랑해요!'

아버지의 투병담; 제2의 삶

4회 – 다시 이연님의 투병담이다

사람은 참으로 간사한 동물이다.

아니 감정의 변화가 극을 달린다고나 해야 할까.

새해가 밝아 새로운 희망과 계획에 부풀어 있던 1월 초, 생각지도 않았던 친정아버지의 어마어마한 병환을 통고받고서 왜 내게 이런 일들이 닥쳐야 하는지 세상이 원망스러워서 두 눈이 퉁퉁 붓도록 울고…, 혼자 외롭게 남아서 슬퍼하실 착하고 순한 엄마가 안쓰러워서 또 울었다.

또한 최근에 어려운 지경에 처해 세상을 원망하며 단지 부모님만을 의지할 뿐인 막냇동생과 조카들이 안쓰러워서 울며, 온통 세상이 까만 어둠으로만 보였었건만…, 우리 가족에게 행운의 여신이 손길을 뻗어 주셨나 보다.

아니 내 남편의 절대자를 향한 간절한 기도가 응답을 받았나 보다.

세상 사람들이 하는 대로 따라서 했더라면 지금쯤 우리 아버지께서는 온통 소독약 냄새가 코를 찌르고 환자들이 신음하는 병실에서 그나마 남은 기운을 쇠진하고 있을지도 모른다.

시간, 짜여진 시간마다 진통제를 투여하고, 간호사가 시키는 대로 시간 맞추어 기계처럼 약을 먹어야 하고…, 가끔 표정 없는 의사가 회진을 와서 상태를 살펴보고는 전혀 알 수 없는 심각한 그의 표정 하나하나에 우리 가족의 가슴은 시시때때로 덜컥덜컥 내려앉을 것이다.

그리고 우리 가족 모두는 의사의 표정 하나하나에 울거나 웃거나 할 것이고…, 아마도 내 머릿속은 혼란하다 못해 이미 핑핑 돌아버렸을지도 모른다.

하지만 비우기님을 만났고, 또한 아버지의 현명하신 판단과 결단력으로 인해 우리 가족은 웃음을 되찾았다.

게다가 감히 상상하지도 못했던 행복 보너스까지 듬뿍…(?) 비우기님만 오시면 웃음꽃이 만발하니 은근히 비우기님 오시는 날만 기다려진다.

불과 한 달도 되지 않은 기간에 눈에 띄게 달라지는 아버지 안색의 화사함, 부기는 물론 흔적도 찾아볼 수가 없고, 구부정하던 허리는 완전하지는 않지만 그래도 곧게 펴지며 조금은 부드럽다고 하신다.

비우기님 말씀으로는 몇 번의 치료 후에는 거의 완치에 다다른다는 믿기 힘든 기적을 기대하게 한다.

흰 눈이 예쁘게 내리는 아침, 부지런하신 비우기님께서는 평소 모습 그대로 나타나신다.

어찌나 미더운 모습인지 정겹게 느껴지기만 한다.

마치 오래 전부터 알아 왔던 것처럼, 꼭 오라버니 같다고나 할까.

바로 아버지 치료부터 들어가는데 어설프게나마 도우미를 하던 내가 먼저 방정맞게도 어지럼증이 느껴진다.

옆에서 거들던 동생이 내 안색이 창백하다고 하자 비우기님께서 나를 치료해 주기 시작하셨고, 십여 분이 지나자 마치 흐렸던 유리창이 맑아지는 것처럼 머릿속이 개운해지기 시작한다.

그리고 난 비우기님 말씀에 그만 깜짝 놀라고 말았다.

"머리를 너무나 많이 써서 과부하가 걸린 것 같아요."

불과 한 달 전에 직장을 그만두기 전 일 년 동안 엄청난 스트레스를 받았는데 바로 그 탓이 아닌가 싶다.

그 뒤로 자주 편두통이 일어나 고통스러웠는데 어떻게 그것을 알아내신 걸까(?)

'에그머니나~! 무섭다~! ㅎㅎㅎ'

게다가 오늘 광주에 돌아와 샤워하다 보니 최근 들어 가끔 스트레스를 받으면 생기곤 하던 대상포진의 물집이 허벅지 부분에 며칠 전부터 또 자리를 잡기 시작했는데 아마도 비우기님의 치료 덕분에 스르르 제풀에 꺾여버렸는지 저절로 아물어있지 않는가(!?)

그렇지 않으면 지금쯤 좁쌀처럼 작은 물집이 생기면서 무척 아파서 최소한 일주일 정도는 꼬박 고생해야 하는데 말이다.

이것도 바로 보너스가 아닌가 싶다.

그리고 보니 놀라운 것은 그것만이 아니었다.

내가 치료받는 사이 아버지의 손은 비우기님의 발에만 닿아 있었음에도 아무도 모르게 아버지의 치료는 계속되고 있었다.

아버지는 계속 느낌이 이상하다고 말씀하셨지만 우리는 내가 치료를 받고 있었기에 의아해 하고 있었는데…(?)

게다가 1월 초, 병원에서 신경이 죽어 전혀 움직이지 않았던 아버지의 왼쪽 발가락이 비우기님의 치료 후 십여 분만에 자유자재로 움직이기 시작하시는 것이 아닌가.

'이럴 수가…!?'

불과 이십여 일만에 우리 가족에게 웃음을 주신 비우기님, 그렇다고 해서 결코 권위를 내세우시거나 다가서기 힘들 정도로 무게를 잡는 것도 결코 아닌, 마치 친정 오라버니처럼 푸근하고 사람 좋아 보이시는 바로 이 분이 천사가 아닐까.

우리 딸아이에게 좋은 말씀을 해 주시며 다독여주는 모습이 얼마나 멋지신지…, 감사합니다.

그날 아버지는 온종일 자유자재로 움직이는 발가락을 보시며 눈가에 웃음이 머물고 있다.

착하디착한 우리 엄마는 '세상에~'라는 말만 연발하며 그런 아버지의 모습이 보기 좋으신지 무지무지 행복한 미소를 띠우신다.

사랑스러운 우리 부모님.

아버지의 웃음 속에 예전에는 느끼지 못했던 소중하고 아름다운 행복이 맺혀 있음을 보고 내 눈에는 그저 감사함에 자꾸 눈물이 맺혔다.

아버지의 투병담; 제2의 삶

5회

새벽 3시 반에 집을 나서려니 살을 에듯 바람이 차갑다.

1월 들어서 빈번하게 친정 가는 마누라를 공항이며 터미널에 데려다 주느라 늘 새벽잠을 설치는 남편은 단 한 마디 군소리도 없이 일일이 챙겨주며 내가 탄 버스가 떠날 때까지 지켜봐 준다.

며칠 후면 결혼 25주년 기념일이라고 하던데 말없이 흐르는 세월은 화살 같다더니 참말인가 보다.

어둑어둑한 터미널 한쪽에 점퍼 주머니에 두 손을 집어넣고 내가 탄 버스를 바라보는 저 남자….

이왕 나온 김에 손이라도 좀 흔들어 주면 어디가 덧나나, 하긴 내성적인 성격에 절대 못 할 것이다.

'남편과 나, 전생에 무슨 인연으로 이렇게 부부가 되었을까(?)'

이런저런 생각을 하다가 깜박 잠이 들었는지 눈을 떠보니 어느새 강남터미널에 도착해 있다.

이것저것 잡다한 것들을 챙겨 왔더니 두 개나 되는 가방이 꽤 무거워서 지하철을 타면서도 여간 불편한 게 아니다.

손가락 사이에 붉게 패인 자욱이 저리다 못해 아프다.

왜 이렇게 날씨는 추운지 온몸을 웅크리며 걷다가 딴 생각을 했는지 매번 곧잘 갈아타곤 하던 지하철의 통로를 잘못 찾아서 이른 아침부터 짐가방을 끌고, 들고 헤매야 했다.

'아~, 정말 이 띨띨함은 어쩔 수가 없다~, ㅎㅎㅎ.'

그런데 오늘 따라 아버지께서 지하철 출입구로 마중을 나오신다고 한다.

몸도 안 좋으시고 날씨도 차가운데, 그러면서도 콧등이 찡해져 온다.

다시는 이런 날들이 돌아오지 않을 것만 같은 절망감에 얼마나 가슴이 무너져 내렸었던가.

저만큼 신호등 건너 자전거를 타고 마중 나오시는 아버지의 모습이 얼마나 감사한지….

이른 아침 학원에 가려던 딸도 나를 기다렸는지 해맑은 미소를 가득 띠우며 반긴다.

새삼 핏줄이 통하는 가족이라는 존재가 주는 막강한 든든함과 따스한 사랑의 소중함을 느낀다.

친정에 도착하여 차 한잔을 막 마시고 나니 부지런하신 비우기님께서 도착하신다.

아버지의 진료가 시작되고 비우기님의 친절하신 설명과 더불어 또한 즐거운 시간의 연속…, 그런데 오늘 따라 어설프게 도우미 역할을 하는 내가 어찌나 졸음이 밀려오는지 졸음을 참느라 두 눈을 부릅뜨고 한껏 힘을 주느라 애먹었는데 그렇게 졸리우면 나 자신도 더불어 치료가 된다고 하신다.

또한 올해 중학교에 입학할 조카가 대견스럽게도 비우기님의 진료에 관심이 많은지 이것저것 여쭈어보며 도우미를 곧잘 하는데, 너무나 잘하고 있다며 비우기님께서 칭찬을 거듭거듭 해 주신다.

이쁜 우리 조카는 열심히 배워서 저희 아빠를 치료해 주겠다고 한다.

그런 조카를 위해 칠지비병(우리 몸에 있는 여섯 가지 부위와 마음 ⇒ 심지)이라든가, 우리 손에 있는 장기부위 등등을 자세히 설명해 주신다.

또한 비우기님께서 가락침을 놓으실 때도 그냥 살그머니 손가락만 올려놓는 것 같은데, 무려 6가지 단계가 있다고 하여 곰곰 생각해 보니 얼마 전 직접 내가 가락침을 맞을 때 비우기님의 손가락이 닿던 부분이 마치 뭔가 단단한 것으로 누르는 듯한 느낌이었음이 어렴풋이 기억이 난다.

조금 후에 보니 조카는 손가락의 장기부위에 번호가 깨알같이 적힌 인쇄본을 들고 골똘히 생각하며 공부하는 눈치다.

치료 후 아버지의 혈색은 눈에 띄게 더욱 좋아지셨고, 이제 부기는 흔적도 찾아볼 수가 없다.

오늘은 콩팥 옆에 생긴 종양 속의 독소를 완전히 빼내셨다고 하는데 아버지께서도 허리가 한결 가볍다고 하신다.

이제 다음번 치료만 마치면 완전히 치료가 끝났다고 할 수 있다니 얼마나 고맙고도 감사한지….

아버지의 치료가 끝나면 관절염으로 고생하는 엄마를 치료해 드린다며 아버지는 너무나 좋아하신다.

삼십 년이 넘도록 관절염으로 고생하셔서 우리가 학교 다닐 때도 엄청 마음이 아팠었는데…, 오늘 따라 밝고 환하게 웃는 엄마가 어찌나 이쁘고 사랑스러운지 예쁘다고 칭찬해 드리니 수줍어하시는 모습이 더욱더 이쁘시기만 하다.

올해는 아버지의 병환 때문에 비우기님을 알게 되었으니 이 어찌 우리 가족의 행운이 아니런가.

비우기님께서 카페에 올려놓으신 세세한 부분들이 이렇게 공개되어 버리기에는 너무나 아깝다고 말씀드렸더니 많은 사람들이 함께 공유하고 널리 알려지게 되어 같이 건강해짐이 좋지 않으냐는 그분 말씀에 난 다시금 어리석고 좁은 내 마음을 반성하게 되었다.

역시 그릇이 크신 분이신지라 다르신가 보다.

덕분에 오늘도 난 비우기 사부님께 소중한 교훈을 얻었으니 이 또한 크나큰 소득이다.

자폐증 대리투병

JD(남, 당시 21세)는 현재는 대학교에 들어가 2학년에 재학 중인데, 아직도 대인관계가 원만하지 못하여 어려움을 겪고 있다.

JD도 다른 자폐아와 마찬가지로 어렸을 때 문제점이 발견되어 치료를 위하여 부모님들이 많은 고생을 하였다고 한다.

많은 어려움을 무릅쓰고 초등학교, 중학교, 고등학교를 모두 정상아들이 다니는 학교로 다녀서 많은 어려움이 있었지만 잘 극복하고 작년 초에 고등학교를 졸업하고 대학시험에도 당당하게 합격하였다.

JD 본인과 가족들의 노력으로 이룩한 지금까지의 성취도 장한 것인데, 좀 더 목표를 높게 잡아 JD가 앞으로의 사회생활을 좀 더 즐겁고 원만하게 할 수 있도록 돕는 것이 이번 도전 과제이다.

JD에 대한 대리투병은 1주일에 1시간씩 1회를 하기로 했다.

지금까지 6회를 했는데, 그 과정을 간략하게 소개한다.

자폐증 환우에 대한 대리투병을 처음 해보는 것이어서 전체적인 방향을 미리 정하고 할 수는 없는데, 그래도 일단 하기로 했으니 그냥 편한 마음으로 첫걸음을 내디뎌 본다.

비우기에서의 첫걸음은 대부분은 환우에게 가벼운 질문을 몇 가지한 후에 환우가 가장 편하게 느끼는 장소를 선정하게 하고, 가능하면 편안하게 자리에 눕게 하고 오른손부터 살펴보는데, 자폐증이라고 해서 달리 해야 할 이유가 없으니 일단 같은 방식으로 시작을 했다.

그리고 다른 환우에게 하듯이 오른손 새끼손가락에 손을 살짝 대고지금 하는 것처럼 시술하는 동안에 조금도 아프지 않게 아주 살살 가볍게 손가락을 대는 정도로 시술을 하였다. 그래도 어딘가가 조금이라도아프면 꼭 이야기하라고 당부를 하였다.

JD의 새끼손가락 라인에서 약간 저르르하는 어기(나쁜 기운)가 나오고 나의 입안 혀끝에서 단맛이 살짝 감돈다.

그래서 JD에게 혀끝에서 단맛이 감도냐고 물어보니 머리를 끄덕인다.

이것은 JD의 신장 라인에 뭔가 죽은 세포들이 있다는 이야기이고, JD가 다른 정상인들과 마찬가지로 내가 느끼는 것을 그대로 느끼고 있어서 JD를 대리투병하는 것이 별로 큰 어려움이 없을 것 같다는 생각이든다.

신장 라인에서 나오던 어기가 약 20여 분이 지나자 모두 스러지고 온기로 바뀐다.

이것은 신장 라인이 약간은 문제가 있는데, 별로 심각하지는 않다는 표시이다.

다음에는 JD의 엄지손가락 라인을 점검하여 비장, 췌장, 위장의 상태를 살펴보는데, 이곳도 약간 어기가 나오다가 약 5분 정도 지나서 살그머니 스러진다.

이어서 JD의 집게손가락 라인을 점검하여 간장, 담의 상태를 살펴보는데, 이곳도 약간 어기가 나오더니 약 10분 정도 지나서 살그머니 스러진다.

다음에는 JD의 무명지손가락 라인을 점검하여 폐와 대장의 상태를 살펴보는데, 이곳도 약간 어기가 나오더니 약 5분 정도 지나서 살그머니 스러진다.

마지막으로 JD의 중지손가락 라인을 점검하여 심장과 소장의 상태를 살펴보는데, 이곳도 다른 곳과 마찬가지로 약한 어기가 나와서 마음을 놓으려는 순간 JD가 '앗! 아파…!' 하고 소리를 친다.

깜짝 놀라 어디가 아프냐고 묻자 손바닥 가운데가 아프다고 한다.

그래서 그곳을 중심으로 나의 오른손과 모든 손가락을 동원하여 둥글게 감싸고 족집게로 잡듯이 어기를 빼내는데, 나오는 어기가 마치 바늘로 내 손끝을 쑤시는 듯이 따가운 기운이 이어진다.

그래서 비우기를 해주면서 언제 손바닥을 다친 적이 있느냐고 물어보니 중학교 다닐 때 합기도 연습을 하다가 실수로 판자에 박혀 있는 녹이 슨 못을 손바닥으로 내리쳐서 손바닥을 찔렀는데, 병원에 가서 치료하고 주사도 맞았다고 한다.

이런 경우에 병원에서는 외상과 파상풍이나 염증이 생기는 것을 막아주는 치료를 하고 외상이 다 나으면 완치된 것으로 간주하는데, 실제로는 흉터가 생긴 곳이 근치가 된 것이 아니어서 대부분은 크고 작은 후유증이 생기기 마련이다.

JD의 경우도 손바닥 한가운데에 생긴 흔적도 거의 보이지 않는 흉터가 심장 라인에 뭔가 후유증을 만들고 있었을 터인데, 다행하게도 심장 라인을 점검하다가 발견이 된 것이다.

그리고 이렇게 쏘는 듯한 어기가 거의 30여 분간 이어지는 것은 이 후유증이 JD의 심장 라인을 제법 심각하게 위협을 하고 있었다는 것을 알 수 있다.

하기야 JD는 키가 175센티미터 정도이어서 거의 정상으로 자랐지만, 전체적으로 허약하니 심장 라인도 허약한 것이 꼭 못에 찔린 후유증 때문이라고 말할 수는 없지만, 어쨌든 이러한 사소한 것부터 하나하나 해결을 하다 보면 자폐증을 대리투병하는 실마리도 찾을 수 있을 것이다.

못에 찔린 후유증을 처리하다 보니 시간이 많이 지나 거의 1시간 반이 지나갔다.

첫날 치료는 이 정도로 마치고 다음 주에 다시 온다고 하고 그 집을 나왔다.

JD의 2번째부터 4번째 대리투병은 첫 번째와 거의 비슷한데, 다만 오른발, 왼발, 왼손을 돌아가며 비우기를 해주다가 어디가 아프다고 하면 그 부위에 생긴 문제점을 해결하는 방법을 사용하였다.

두 번째 오른발을 중심으로 대리투병을 해줄 때 발을 보니 목욕을 한지가 오래 되었는지 까마귀발이었는데, 세 번째 왼발을 중심으로 대리투병을 해줄 때는 그 사이에 목욕하였는지 백로처럼 하얗고 가냘프다.

JD가 주로 아프다고 하는 곳은 발목이나 무릎, 팔꿈치 같은 곳인데, 아마도 예전에 넘어져서 다친 것을 치료하지 않고 그대로 버려두어 생긴 해묵은 병들이었다.

또 하나 특기할 만한 것은 JD의 온몸이 즉, 사지와 칠장칠부가 전체적으로 부실한데, 이러한 원인이 아마도 머리 쪽의 부실이 몸의 부실로 이어지고 또 자폐증으로 이어진 것인지도 모르겠다.

온몸이 부실하여 수시로 다치는데, 그것을 버려두다 보니 몸이 더욱 부실해지고 뭔가를 해 보려는 의욕도 점점 줄어든 것은 아닐지…(?)

어쨌든 내가 온몸을 돌아가며 한 번에 몇 군데씩 예전에 아프던 곳을 안 아프게 해주니 JD가 나를 맞이하고 헤어질 때 하는 인사가 점점 더 공손해진다.

다섯 번째 대리투병을 해줄 때는 나의 왼손으로는 JD의 양쪽 다리에 감공을 해주면서 오른손으로는 격기공을 사용하여 JD의 얼굴을 이리저리 돌아가며 머릿속의 상태를 점검하는데 얼굴에 고운 웃음이 번진다.

나는 그동안 JD가 웃는 것을 보지 못하였는데, 잠을 자면서 웃음을 띠니 자폐스럽던 얼굴 모습이 정상인의 얼굴로 되돌아간다.

아마도 웃음을 잃은 채로 오랜 세월을 지내다 보면 얼굴이 자폐스럽게 변하는지도 모르겠다.

이런 생각을 하는데, 나의 손끝이 JD의 입언저리에 머무를 때 다시 '아얏~!' 하고 소리친다.

물어보니 이빨이 아프다고 한다.

다른 것이 아플 때는 비우기를 해주면 쉽게 해결이 되는데, 잇몸이나 이빨이 아플 때는 치과에 가서 치료해야 하는데, 그러라고 하기는 싫어서 다음번에 살구씨 기름을 가져다가 일단 잇몸 치료를 해 보기로 했다.

JD의 여섯 번째부터 아홉 번째 대리투병은 주투병 대상으로 예상이 되는 얼굴과 머리 부분을 주대상으로 벌리었다.

여섯 번째 날에는 전번의 약속대로 살구씨 기름이 반 홉쯤 들어있는 약병을 가지고 가서 이것을 한두 방울 칫솔에 묻혀서 잇몸을 아래위로 닦아 주며 잇몸을 튼튼하게 해주는 칫솔질을 가르쳐 주고, 매일 한 번씩 10분간 잇몸 닦기를 하도록 일러두었다.

이날은 얼굴을 중심으로 대리투병을 해주면서 잇몸에 끼어 있는 나쁜 어기를 집중적으로 비워 주었다.

살구씨 기름을 묻혀서 매일 한 번씩 잇몸을 닦는 그것만으로는 잇몸 아픈 것이 한 번에 좋아지지는 않는다.

이러한 치료는 적어도 1주나 2주 정도가 지나야 효험을 볼 수 있는데, 이렇게 되면 자폐가 있는 JD가 잇몸 닦기를 열심히 할 것 같지 않아서 내가 대리투병으로 잇몸의 부기와 어기를 모두 비워주어 아픈 것이 사라지게 해주면, JD는 자기가 한 살구씨 기름 잇몸 닦기가 바로 효과를 본 것으로 생각하고 매일 열심히 잇몸을 닦을 것이다.

JD의 일곱 번째 대리투병 시에 확인을 해 보니 매일 한 번씩 잇몸 닦기를 하니 잇몸 아픈 것이 모두 사라졌다고 한다.

그래서 한 주간 더 잇몸 닦기를 하고 그 이후에는 잇몸이 아프려고 하면 다시 살구씨 기름 잇몸 닦기를 하라고 일러주었다.

그리고 대리투병해 주면서 잇몸의 상태를 확인하니 더 부기나 어기가 나오지 않는다.

이어서 머리 부분에 대하여 1차 점검을 반 시간가량 실시하였는데, 예상외로 별다른 어기가 감지되지 않는다.

아마도 잇몸 아픈 그것이 해결되어 JD의 몸도 맘도 모두 편안해져서인 것 같다.

여덟 번째 대리투병은 타이어 수리결을 이용하여 JD의 양쪽 귓바퀴에 기를 불어 넣어 주었는데, 10여 분이 지나자 다리를 좌우로 비틀면서 꿈틀거리다가 양다리를 꼬는데, 바짓가랑이 한가운데로 가운뎃다리가 불끈 솟아 있다.

'에궁~! 몸에 기를 넣어준다는 것이 가운뎃다리로 모두 몰려가다니, 쯧쯔!'

JD에게 타이어 수리결을 해주자 가운뎃다리가 불끈 치솟은 것은 아마도 JD의 오행 성감대가 수성이어서 신장 라인에 해당하는 귓불을 자극하자 민감한 반응을 보인 것 같다.

어쨌든 가운뎃다리가 아주 장대하고 튼튼하니 장가가는 데는 별로 문제가 없을 것 같다.

아홉 번째 대리투병은 오른손에서부터 다시 시작하기로 정하고 새끼손가락 라인에서 어기를 비워내는데, 10분쯤 지나자 JD가 검지 라인의 손목 부위가 아프다고 한다.

그래서 바로 그 부위로 이동하여 어기를 비워주는데, JD가 스르르 잠이 든다. 잠든 얼굴을 유심히 관찰해 보니 5분쯤 지나서 양쪽 눈이 살짝 떠져서 실눈이 된다.

검지 라인은 간장에 해당하고 얼굴에서는 간장이 바로 눈에 해당한다. JD가 잠이 들면서 실눈이 되는 것은 아마도 간장의 기능이 약해서인 것은 아닐지, 하는 생각을 하고 있는데 JD가 깨어나며 머리가 아프다고 한다.

그래서 바로 자리를 바꾸어 JD의 머리 부분으로 이동하여 자리를 잡고 머리 어디가 아프냐고 물어보니 이마 안쪽이 아프다고 한다.

다시 이마 주변을 더듬어 보다가 한 손은 JD의 눈위에, 다른 손은 옆머리에 대고 반쪽 공 바닥뜸을 해주자 무려 30여 분간 어기와 냉기가 쏟아져 나온다.

'와~!~!~!'

위기탈출

'위기탈출' 이란 제목으로 이번 휴가 중에 있었던 이런저런 이야기를 모아서 적어본다.

기만(氣滿)은 자기의 몸과 맘에 기라고 불리는 에너지가 가득 차는 상태를 말하는데, 비우기를 하는 사람에게는 몸과 맘의 상태가 가장 나쁠 때 나타나는 현상으로 상황에 따라서는 큰 위험에 처할 수도 있다.

기만은 개념적으로는 설명이 간단한데, 실제로 특정인이 언제 어떠한 상황에서 어떻게 하면 기만이 되고, 어떻게 다르게 하면 면기만(免氣滿)을 하느냐를 구체적으로 기술하는 것은 불가능하다.

이러한 것을 쉽게 설명하기 위하여, 누가 바가지로 샘에 있는 물을 퍼서 100개의 모양과 크기가 다른 항아리에 랜덤하게 담는데, 이때 항아리의 속을 들여다보지 않고 물을 붓는다면, 언제 어떤 항아리에 부은 물이 넘치는가를 미리 알 수가 없다.

우리의 몸은 오장육부를 포함하여 수많은 장부와 기관, 구성품으로 이루어져 있고, 또 이들이 서로 복잡하게 연결이 되어 다양한 기능을 하는데, 누가 어느 순간에 어떤 행위를 한 것이 나쁘게 작용하여 특정 장부를 기만의 상태로 만들 것인지 아닌지를 미리 알 수 없다. 그래서 우리는 평소에 안전확인이 된 행위는 마음 놓고 할 수 있지만, 확인이 안 된 행위나 경험상 조금 위험한 것은 아주 조심스럽게 된다.

위의 설명을 좀 더 구체적으로 하기 위하여 좀 유치한 수치놀이를 해보자.

일반적으로 기만의 상태는 기라고 불리는 에너지의 충전 상태가 수치로 100%일 때를 말한다.

그런데 우리의 몸과 맘은 어느 정도 안전 여유도를 가지고 있어서, 뭔가 위험한 사고를 당할 수준은 120% 정도로 보면 된다.

그리고 우리가 일상생활을 편하게 할 수 있는 에너지 상태는 밤에 잠을 잘 때는 20% 정도이고, 낮에 활발하게 활동을 할 때는 50% 정도이다.

즉, 건강한 사람은 비교적 자유롭게 활동을 해도 기만이 될 가능성은 거의 없다.

문제는 여러 가지 원인으로 건강이 손상된 사람의 경우에는 활동하고는 전혀 상관이 없는, 아니 오히려 활동을 방해하는 나쁜 에너지가 추가로 충전되어 있어 평소에도 에너지 상태가 80%~90%까지 올라가 조금만 무리를 해도 바로 기만이 된다.

내가 하는 비우기는 우리의 몸과 맘속에 여러 가지 원인으로 생겨난 나쁜 에너지를 비워내어 안정된 에너지 상태인 '저 20%~고 50%'를 유지하는 것이다.

이것은 어떤 경우에도 지켜져야 하는데, 유감스럽게도 이런 일 저런 일을 하느라 조금 무리를 하다 보니, 나쁜 에너지가 쌓여서 마치 어디가 아픈 사람처럼 되었다.

그래서 큰맘 먹고 목포로 휴가를 가서 그동안 쌓인 나쁜 에너지를 모두 비우고 오려 했다. 그런데 세상만사가 다 그러하듯, 어찌어찌하다 보니 오히려 나쁜 기운이 더 쌓여서 거의 기만의 위기를 당하게 되었다.

'휴~.'

나의 별장은 목포와 무안의 경계에 있는 금동이라는 바닷가 마을에 있는데, 방 2개에 거실과 창고가 각각 하나씩 있는 흙벽에 슬레이트 지붕으로 된 집이다. 우리 내외가 이곳에 올 때는 항상 목포 시내에서 혼자 사시는 장모님도 모시고 와서 같이 지낸다. 이 마을은 약 30호쯤 되는데, 가게가 하나도 없어서 여기에 올 때는 목포 시내에 있는 시장에 들러서 찬거리나 일용품을 사갖고 온다.

이번에는 5일간 이곳에 머물며 집수리를 하려고 했는데, 내내 비가 오는 바람에 평소처럼 빈둥거리며 보내야 했다. 그런데 예기치 않은 손님이 2팀이나 찾아오는 바람에 그런대로 손바람을 내다가, 그만 도가 지나쳐서 큰 화를 당할 뻔하였다.

나를 찾아온 첫 번째 손님은 집사람의 친구인데, 이야기를 들어보니 여기저기 다니며 뭔가 잡다한 공부를 하는 것 같았다. 하기야 그분의 관점에서 보면 나도 그런 공부를 하는 사람 중의 하나이겠지만…. 어쨌든 집사람의 처녀시절 친구이니 꽤 깊은 인연이다.

집사람과 거의 한 시간가량 밀린 이야기로 회포를 푼 후에 비우기 치료에 들어갔다.

일단 안방에 자리를 잡고 비우기의 기본 치료에 들어가면서 어디를 고치고 싶으냐고 물어보니, 몸이 부은 것, 살찐 것, 위장병, 부인병 두어 가지, 머리 아픈 것 등등인데, 보통 살이 찐 50대 중반의 부인들이 흔히 아픈 그런 것들이다.

나는 먼저 비우기의 원리를 잠시 소개하고, 그 부인의 오른손 새끼손가락에 비우기를 하여 온몸의 상태를 탐색하며 먼저 부기를 빼는데, 20여 분이 지나면서 부기가 어느 정도 빠지고 중지에 다다를 즈음, 그 부인의 호흡이 갑자기 깊어지더니 목과 어깨를 들먹이다가 점점 그 진폭이 커지면서 목과 어깨를 연동하여 롤링을 약 5분 정도 하면서 뭔가를 게워내는 시늉을 한다.

그리고는 다시 호흡이 고르게 바뀌며 다시 코를 잠시 드르렁거린다.

50여 분이 지나면서 엄지에 다다를 즈음, 나의 가슴에 잠시 답답증이 오면서 참을 수 없는 기침이 '크~' 하고 나오는데, 이때 다시 그 부인의 호흡이 깊어지며 다시 목과 어깨의 롤링이 시작되더니, 이번에는 그 정도가 더 커져서 가슴과 허리까지 들먹거리고, '끄~억 끄~억' 거리며 앓는 소리를 낸다.

이러기를 몇 분 정도 하는데 힘들어 하는 기색이 역력하다. 그래서 등을 받쳐주니 일어나 앉아서 가부좌를 틀고, 뭔가 운기를 10분쯤 하다가 서서히 의식이 돌아온다.

정신이 돌아온 부인이 설명하는데, 나의 도움으로 아버지 것하고 할아버지 것을 뱉어낼 수 있었다고 하면서, 자기의 병중에서 위장병은 아버지한테서 물려받은 것이고, 가슴 병은 할아버지한테서 물려받은 것이라고 한다.

처음 자기의 병을 이야기할 때에 일부러 가슴 병을 말하지 않았는데, 내가 '크~' 하고 기침을 하며 가슴에도 문제가 있는 것 같다고 하자, 자기의 가슴 병이 갑자기 움직이며 요동을 치다가 다행히 뱉어낼 수가 있었다고 한다. 참, 별난 병도 다 있다.

이 부인이 추가로 하는 설명에 의하면, 자기가 하는 공부 중에 사람의 몸에 있는 병이 조상에게서 물려받는 것이 많이 있는데, 그것을 밝혀내고 치료하는 것이 있다.

그래서 자기의 병중에 어머니에게서 물려받은 것은 얼마 전에 삼켜서 해결하였는데, 아버지와 할아버지에게서 물려받은 것을 이번에 해결하였다며 매우 고맙다고 한다.

이 부인이 이야기하는 선조에게서 물려받은 병에 관한 설명은 일견 유전병을 말하는 것 같지만 곰곰이 따져보면, 그것이 아니고 선조가 뭔가 병에 걸려 고생을 하다가 죽었을 때 그 병의 에너지가 소멸되지 않고 이 세상을 떠돌다가 어느 순간에 자손 중의 누구에게 옮겨 와서 병에 걸리게 한다는 그런 종류의 이론인 것 같다.

이것은 흔히 말하는 혼령의 일종인데, 민간 신앙이나 민간요법을 하는 곳에서 다양한 방법으로 변형을 시켜 그럴듯하게 명맥을 유지하는 그렇고 그런 것이다.

나를 찾아온 두 번째 팀은 사촌동생 부부이다.

동생 부부는 안성에서 서각을 전문으로 하는 조그만 목공소를 운영하는데, 25명의 직원 중에서 장애인이 15명이나 되는 아주 특이한 회사이다.

이들 부부는 아주 독실한 기독교 신자이어서 이 공장에서 만드는 대부분의 서각 작품은 종교인을 위한 것이다.

이 서각을 하는 데는 팔힘이 충분히 있고, 끈기가 있으면 누구나 할 수 있는데, 그래서 하체가 부자유한 분들이나 지적장애인들도 이 공장에서는 떳떳한 한 사람의 일꾼으로 자랑스럽게 자기가 맡은 일을 한다.

사촌동생 부부가 나를 찾아온 것은 마침 목포에서 온 주문에 맞추어 물건을 납품하고 돌아가는 길에 우리 집에 들른 것이었다.

저녁 무렵에 갑자기 들이닥쳐서 저녁은 냉장고에 비치된 것들로 대충 몇 가지 안주를 장만하여 저녁 겸 술판을 벌였는데, 제수씨가 술을 마시지 못하여 여자들은 술을 마시지 않고 동생과 나 둘이서만 술을 마셨다.

집에 있던 소주 5병을 모두 비우고, 그것도 모자라 마시다 남은 양주 반병도 모두 마셨다.

이렇게 술을 많이 마시게 된 것은 이들 부부와 만난 지가 오래되어서이기도 하고, 또 하나 작년 말에 동생이 운영하는 공장에 불이 났는데, 그때 있었던 기적 같은 일들을 동생이 열을 올리고 이야기했기 때문이다.

사촌동생은 본래 안양에서 서각을 시작하였는데, 좀 넓은 공장 용지를 구하여 8년 전부터 안성에서 서각 공장을 운영하고 있었다.

　이곳 안성으로 옮기고부터 장애인을 고용하기 시작했는데, 동생 부부의 품성과 잘 맞아떨어져 나름대로 대성공을 거두었고, 밀려드는 주문량을 맞추기 위하여 차로 20여 분 거리에 제2공장을 마련하고 종업원의 숫자도 늘렸다고 한다.

　이러한 것은 외적으로는 대성공인데, 내적으로는 아주 큰 문제점을 잉태하고 있었다.

　가장 큰 문제점은 2개의 공장에서 일을 나누어서 하다 보니 하루에도 몇 번 중간제품을 다른 공장으로 옮겨가서 나머지 일을 해야 하고, 그러다 보니 사장 부부가 처리해야 할 업무가 너무 과다하게 늘어난 것이다.

　대부분의 소기업이 그러하듯이 모든 관리 업무는 사장이 직접 처리해야 한다.

　다행히 동생 부부는 모든 관리 업무를 일심동체로 처리할 수 있어서 그나마 견딜 수 있었는데, 문제는 이 회사가 명성을 얻으면서 안성에서는 으뜸 기업으로 성장을 하였고, 그러면서 대외 업무가 많이 늘어나 동생은 거의 쉬지를 못하고 바쁜 하루하루를 보내야 했다. 때문에 40대 후반의 사장님들이 겪는 체력의 한계로 인하여 쓰러지기 일보 직전의 상태까지 갔었다는 것이다.

　사촌동생이 겪은 이러한 인생의 위기를 벗어나게 해 준 것이 아이러니하게도 작년 말에 제2공장에 불이 나서 억대의 손실을 본 덕분이라고 하니, 참 세상일이란 알다가도 모를 일이다.

　제2공장은 3동의 블록 벽에 경골조 지붕으로 되어있는데, 마감칠을 한 후에 완제품을 포장하고 보관하는 가운데 건물에서 불이 나서 억대의 재산 피해를 보았다고 한다.

　이러한 작업을 하는 공장은 화재보험에도 가입이 되지 않아 모든 손실이 고스란히 순손실이 되어 큰 어려움을 겪었는데, 그나마 다행인 것은 화재가 좌우에 있는 작업장 건물로 번지지 않아 인명 피해가 전혀 없었다는 것이다.

　이들 건물이 겨우 1미터의 간격밖에 없었고, 불이 난 가운데 건물에는 수많은 목제 완제품과 수백 통의 페인트와 신나가 있어서 이것들이 펑 펑 터지는 굉음과 지붕 위로 높이 치솟는 불꽃을 내면서 몇 시간을 탔는데도 인접 건물로 번지지 않은 것은 동생이 믿는 하나님의 은총으로 기적이 일어난 것이라고 말한다.

　사실 인접 건물에는 15명의 하반신 장애인 및 지적장애인을 포함하여 20여 명의 종업원이 일하고 있었는데, 그곳으로 불이 번져서 인명 피해가 있었더라면 복구 불능의 손실을 보았을 것이라 한다.

　화재 잔해를 치울 때 대형 트럭 17대분의 쓰레기가 나왔다는데, 이것은 안성시와 관련업체에서 자원봉사로 지원을 해주었고, 복구하는 데에도 각계에서 여러 가지 지원이 있었다고 한다.

　특히 감동을 주었던 것은 모든 종업원이 작게는 수십만 원, 크게는 적금을 털어 수백만 원을 가지고 와서 공장 복구비에 보태었는데, 이것은 모든 종업원이 평소에 자기가 일하는 곳이 바로 자기 자신의 공장이라는 자부심이 있었기 때문이다.

　장애인들이 정상인들과 같이 일을 하면서, 모든 면에서 동등한 대우를 받는 그런 곳이 그리 많지는 않을 것이다.

　동생 부부가 장애인을 고용하는 것은 그들을 동정해서가 아니고, 그들 개개인에게 꼭 알맞는 일거리가 있으므로 그 일을 시키기 위하여 고용한다고 한다.

예를 들면, 이 공장에서 가장 중요하고 가장 많은 인력이 필요한 서각 작업은 나무판에 인쇄된 원본 종이를 붙이고 조각칼로 나무를 파내어 작품을 완성하는 것인데, 이러한 작업은 팔힘이 있는 하반신 장애인은 정상인과 똑같이 할 수가 있는 일이다.

그러니 이 일을 하는 데 구태여 정상인을 고용할 이유가 없다는 것이다.

다른 예를 들면, 숫자 10을 셀 줄 모르는 지적장애자에게는 물건을 나르는 일을 시킨다고 한다.

재미있는 것은 이러한 일꾼에게 어디에 가서 무엇을 10개 가져오라고 하면, 대충 7개쯤 가져오고, '사장님~ 내가 몇 개를 가져왔게~요?' 하고 물어보고, '응~ 어디 보자~ 일곱 개네~요!' 하고 대답하면, '맞았어~요! 딩동댕~' 하고 칭찬을 한 후에 다시 가서 3개를 더 가져온다고 한다.

물론 이런 일꾼에게는 절반 정도의 급료를 주지만, 이런 식으로 일을 하는 것이 너무 재미있다고 한다.

공장 복구를 하며 작업장을 재배치하였는데, 제2공장은 원목을 건조하고 보관하는 장소로만 활용하고, 그 이후의 모든 작업은 제1공장에서 일관된 작업으로 할 수 있게 변경하였다고 한다.

이렇게 바꾸고 보니, 사장 부부의 관리 업무가 대폭 줄어들어 이제는 숨을 좀 쉬면서 하루 일을 할 수 있게 되었는데, 이러한 공장 재배치는 만약 불이 나지 않았다면 생각도 해 보지 않았을 거라고 한다.

그러니 큰 재앙을 입은 것이 오히려 동생 부부에게는 큰 복을 가져다 준 꼴이 되었다.

물론 이런 모든 것이 평소에 하나님을 열심히 믿은 덕분이겠지만….

그리고 보면, 사촌동생의 경우에는 제2공장을 증설하고 사업상 대성공을 거둔 것이 바로 기만(氣滿)에 해당하고, 그 공장에서 불이 난 것이 바로 면기만(免氣滿)에 해당하는 응급일수(應急一手)인 셈인데, 누구에게나 살아가면서 언젠가는 이것과 비슷한 조치를 스스로 알아서 과감하게 할 수 있는 지혜가 필요한 것 같다.

우리 부부와 사촌동생 부부는 다음날 새벽에 목포 청호시장으로 찬거리를 사러 갔다.

제수씨는 젓갈 파는 가게에서 창난젓, 갈치속젓, 오징어젓, 낙지젓을 각각 만 원어치씩 사면서, 식구들이 삼겹살 구운 것을 쌈 싸서 먹을 때에 젓갈을 넣어 먹는 것을 제일 좋아한다고 하며, 목포 젓갈의 감칠맛과 파는 아줌마의 푸짐한 덤에 마냥 즐거워한다.

또 시골 할머니들이 주로 와서 물건을 파는 도깨비 골목에서는 풋마늘을 통째로 담은 장아찌를 오천 원어치 사는데, 할머니의 손이 유난히 커서인지 검정 비닐 주머니에 하나 가득이다.

우리 집사람도 갈치속젓 삼천 원어치, 겉절이 배추김치 삼천 원어치, 조개 깐 것 삼천 원어치, 무화과 육천 원어치, 풋마늘 장아찌 천 원어치를 각각 사고, 단골로 다니는 생선가게에 가서 목포 먹갈치 새끼를 오천 원어치 샀는데, 그 아줌마가 덤으로 넣어 주는 싱싱한 초가을 조기가 갈치보다 더 많다.

이런 푸짐한 덤을 처음 접해 보는 사촌동생 부부는 전라도 인심이 이렇게 좋다고 하며, 마냥 신기해 한다.

아침상은 사서 온 밑반찬, 밭에서 딴 호박과 고구마순을 살짝 데쳐서 조개를 넣어 만든 호박 무침과 고구마순 무침, 갈치와 조기를 함께 넣어 끓인 짬뽕 매운탕인데, 모든 음식이 전라도 특유의 맛깔스러움이 넘쳐나고, 특히 싱싱한 생선 매운탕은 얼큰하고 시원하고 입안의 감칠맛을 돋우며, 살살 녹여주는 푸짐한 맛에 동생 부부는 연신 감탄사를 터뜨리기에 바쁘다.

집사람은 손님들의 과분한 칭찬에 기분이 좋아졌는지, 커피 한잔으로 입가심을 하는 나한테 동서의 어깨가 아프다는데, 한 번 솜씨를 발휘해 보라고 권유한다.

나는 어제 저녁부터 사촌동생 부부는 비우기 치료에 별로 흥미가 없는 모양이라고 생각해서 홀가분한 마음으로 신나게 술을 마셨고, 아침에도 해장술을 제일 큰 물컵으로 한 컵이나 마셨는데, 그래도 이 정도는 괜찮겠지, 하는 생각이 들어 안방으로 자리를 옮겨 제수씨의 치료에 들어갔다.

제수씨는 40대 중반의 나이인데, 본래 작은 체격에 조금 허약한 체질이다.

동생을 도와 큰 살림을 도맡아 하다 보니 강단이 있고, 또 아이를 낳지 않아 피부에 탄력이 있다.

다만 서각 작품의 마무리 작업과 포장 등의 일을 지적장애인 두 명과 함께 하다 보니 어깨와 허리에 무리가 가서 여기저기 아프고, 다리에도 관절염 기운이 약간 있고, 온몸이 전반적으로 냉하고, 젊은 나이에 폐경이 되었다고 한다.

또 집안 살림을 하면서 항상 물을 만져서인지 주부습진이 있다고 한다.

나는 제수씨의 오른손을 두 손으로 살며시 감싸듯이 하며, 왼손으로는 소지에서, 오른손으로는 엄지에서 각각 비우기를 하여 온몸을 상하 두 방향에서 정밀 탐색을 시작하였다.

이런 자세로 30여 분에 걸쳐 온몸을 정밀 탐색하였는데, 특별히 이상한 기운이 나오는 곳을 찾지 못하였다.

'어렵쇼~! 이럴 리가 없는데….'

나는 작전을 바꾸어 왼손으로는 제수씨의 오른손 손등을 살포시 감싸고, 오른손으로는 비우기를 가동해 일단 귀 주변을 돌아가며 비우기 MS&R이라는 특수 치료에 들어갔다.

비우기 MS&R은 '마이크로 스캐닝 앤드 리커버리' 라는 비우기의 기법의 하나인데, 온몸을 돌면서 정밀 스캐닝하다가 뭔가 걸리는 느낌이 오면 비우기 리커버리로 복구하고 지나가는 기법으로 사람 몸속의 막힌 기를 뚫어 소통을 시킨다.

이 비우기 MS&R은 시간과 공력이 많이 들어 보통은 호르몬 장애가 있는 환자에게 귀 주변의 막힌 통로를 뚫어주는 정도까지만 하는데, 제수씨의 경우에는 온몸의 곳곳에 기가 막혀 있는 것 같아 큰맘 먹고 온몸을 전부 돌며 비우기 MS&R을 해주었다.

귀 주변에서 시작하여 얼굴과 목을 거쳐 차츰 아래로 내려오며 가슴, 복부, 하복부, 허벅지, 다리까지 모두 비우기 MS&R을 하는 데 무려 한 시간이 걸린다.

이렇게 한 번 몸 전체를 뚫어주자, 온몸에 따뜻한 기운이 잘 돌아간다.

마무리로 비우기 안마를 이용하여 어깨, 허리, 다리 아픈 것을 풀어주니, 어언 치료를 시작한 지 2시간이 훌쩍 지나간다.

치료를 마친 제수씨가 일어나면서 하는 말이, 자기의 다리 쪽으로 뭔가가 내려가는 느낌이 있었고, 또 귀밑과 입 가장자리를 타고 목 아래로 뭔가가 꼼지락거리는 느낌이 왔는데, 벌레가 기어가는 것 같았다고 한다.

집사람이 옆에서 듣고 동서는 예민하여 한 번 하고 그런 기의 흐름을 다 느낀다고 칭찬한다.

제수씨가 일어나서 잠시 몸을 움직여 보며, 팔과 허리도 가뿐하고, 눈도 번쩍 뜨인 것같이 사물이 환하게 잘 보이고, 자기의 온몸이 평생 처음으로 따뜻하게 변했다고 신기해 하자, 사촌동생도 자기는 선이(제수씨 이름)가 건강해졌다는 이야기를 하는 것이 제일 듣기 좋다고 하며 같이 즐거워한다.

그래서 '너는 괜찮냐?'고 물어보니, 자기는 모두 건강한데 당뇨가 있다고 한다.

나는 사촌동생 부부가 평소에 좋은 일을 많이 하는데, '몸이라도 건강하게 해 주어야지…' 하는 생각이 들어 사촌동생의 당뇨도 한 번 손을 보아주기로 했다.

사촌동생을 자리에 눕게 하고, 제수씨에게 처음에 한 방법대로 나의 양손으로 사촌동생의 오른손 소지와 엄지에 비우기를 하였는데, 1분도 안 되어 미미한 기운이 빠져나오며, 사촌동생은 바로 코를 드르렁거린다.

이곳에서 약 10분 정도 나쁜 기운을 비워내고, 이어서 무명지와 검지로 비우기 지휘본부를 이동시켰는데, 무명지에서는 좀 더 센 기운이 비교적 수월하게 나온다. 하지만 문제의 검지에서는 꼼지락꼼지락거리며 나오기 싫어하는 어떤 것이 어쩌지 못하고 삐져나오는 것같이 새어 나온다.

검지는 당뇨환자의 치료혈이 있는데, 보통은 그곳에서 당뇨를 유발하는 나쁜 기운을 비워내려면 많은 시간과 노력을 투자해야 한다.

그런데 사촌동생의 경우에는 그곳에 손을 대자마자 기다렸다는 듯이 나오는 것이 무척 신기하다.

참, 이 친구는 하나님이 불을 내서 도와주더니 이번에는 당뇨도 쉽게 치료되도록 도와주는 모양이다.

참, 별 신기한 일도 다 있다. 한 10분쯤 지나자 무명지에서 나오는 나

뻔 기운은 다 끝이 나서 중지로 옮겼는데, 검지에서는 여전히 뭔가가 꼬무락거리며 미묘하게 움직인다.

나는 지금까지 제법 많은 사람을 치료해 보았지만, 지금 사촌동생의 검지에서 나오는 이상한 기운의 미묘한 움직임은 처음 경험해 본다.

'참~! 별 신기한 일이 다 있다' 고 생각하며 이것이 어쩌면 췌장의 막힌 샘구멍이 뚫리면서 나오는 기운이 아닐까, 하는 생각이 들었다.

전체적으로 약 40분이 지날 무렵, 나쁜 기운이 더는 나오지 않아 치료를 마치기로 하고, 일어나는 사촌동생에게 느낌이 어쨌느냐고 물어보자, 잠에 곯아떨어져 기억나는 것이 하나도 없다고 한다.

'참~, 미련 곰탱이(?)는 복도 많구나….ㅋㅋㅋ.'

사실 비우기 치료를 받으면서 완전히 곯아떨어졌다는 것은 최고로 치료가 잘 되었다는 것을 의미한다.

물러힐러 지리산 영송수련원

여수공단에서 근무하는 J씨(당시 52세)는 올해 건강검진을 받고, 큰 병원으로 가보라는 진단이 나와 몇 군데를 갔지만 모두 간으로 전이된 급성 담도암 4기여서 수술을 할 수가 없다는 진단이 나왔다.

그래서 전남대 화순병원에서 2019년 8월 6일 1차 항암치료를 받기 시작하였고, 8월 14일 2차 항암치료를 받을 예정이었다.

J씨는 부인과 함께 8월 11일 10시경에 물러힐러 지리산 영송수련원에 와서 물러힐링을 받기 시작하였다.

J씨는 오른쪽 부위에 문제가 생겨 예비힐링으로 반대편인 왼손 검지 라인과 목힐링을 1시간 정도 시행하였는데, 처음에는 긴장하여서 별다른 반응이 없다가 주변에 앉아 이런저런 이야기를 나누는 부인, 영송 원장님, 사모님, 그리고 나의 대화에 조금 긴장이 풀어지자 서서히 힐링 반응이 나온다.

나는 예비힐링을 하면서 전체적인 힐링 전략을 세웠다.

이번에 하는 J씨의 힐링은 앞으로 있을 영송수련원의 성공을 위한 디딤돌로 삼기 위하여 몇 가지 특별한 작전을 구상하였다.

첫 번째는 J씨를 조기 완치시키는 것이다.

J씨의 담도암은 급성이어서 힐링도 속전속결로 해야 한다.

사전 준비가 아무것도 없는 상태에서 속전속결로 힐링을 수행하려면 J씨의 마음을 최단 시간에 내 편으로 만들어야 한다.

처음 만난 환우의 마음을 사로잡으려면, 보통의 경우에는 환우가 내가 명의라는 소문을 듣고 몹시 어렵게 나를 찾아와야 하지만, 아직은 나의 명성이 미미하여 이것은 기대할 수 없고, 다음 전략은 금전으로 슬쩍 미끼를 던지는 것이다.

즉, 환자에게 아주 특별한 치료 조건을 이야기하는 것이다.

이것은 예전에 'YJ의 뇌종양' 때에도 써먹은 방법이다. 치료비는 매달 얼마를 내는데, 그 액수는 내가 힐링시키기 위해 오가느라 소요되는 교통비 정도, 즉 최소의 비용만 받는 것이다. 대신 치료 시간은 내가 필요로 하는 만큼 자유롭게 언제든지 할 수 있는 것이 조건이다.

환우는 자기의 몸 상태가 급하여 내가 어떤 조건을 요구해도 웬만하면 수용을 하는데, 내가 요구한 조건은 처음에는 무슨 의미인지 잘 이해할 수 없지만, 시간이 지날수록 환우에게 너무나도 좋은 것이라는 것을 느끼게 된다. 그때쯤 되면 미끼가 제 효력을 발휘하여 찌가 서서히 움직이고, 어느 순간 낚아채면 커다란 월척이 잡힌다.

보통의 낚시에서는 낚시에 걸려드는 월척이 물고기이지만, 물러힐러 낚시터에서 걸려드는 월척은 환우의 각종 질병이다. 이런 월척을 '잡느냐! 놓치느냐!'에 따라 한 생명의 운명이 바뀐다.

어느 정도 분위기가 잡히기 시작할 즈음, 힐링장소를 영송수련원에 있는 별채로 옮겼다. 이 별채는 이동식 주택이기는 하지만, 물러힐러를 하기에는 아주 좋은 장소이다.

J씨를 방 한가운데에 눕게 하고, 앞서 하던 왼손 검지라인과 목힐링을 계속하자 바로 코를 골며 잠을 자는데, 내가 대고 있는 양손에서 번갈아 가며 나쁜 기운이 올라오고, J씨의 다른 손과 양쪽 발이 꼼지락거리는 힐링반응이 나온다.

힐링이 아주 순조롭게 진행이 되자, 우리의 머리맡에 앉아 진행 상황을 지켜보던 부인의 안색에 웃음이 번진다. 아마도 내가 제시한 미끼가 너무나도 유혹적이라는 것을 어렴풋이 알아차린 것 같다.

일단은 부인의 마음을 절반쯤 낚았으니 오전 낚시는 성공이다.

J씨는 계속 잠을 자도록 하고, 다른 사람들은 함께 점심을 먹는 중에, 내가 오전에 벌인 작전을 영송 원장님이 평가하는데 칭찬인지 아닌지 아리송하다.

영송 원장님은 30여 년 전에 광주에서 유명한 S선생이라는 분에게서 기치료를 받았는데, 그 당시에 한 번 치료를 받으려면 아주 거금을 주었다고 한다.

그런데 내가 J씨에게 S선생의 기치료와 거의 대등한 성능의 물러힐러를 해주며 교통비만 받는다고 하자, 온갖 감회가 새로운 듯하다.

영송 원장님의 놀람은 오후가 되고, 밤에 이어 다음 날 아침이 될 때까지 점점 커졌는데…, 내가 오전에 2시간, 오후에 3시간, 저녁 먹고 2시간, 새벽 1시 반에 일어나서 30분, 새벽 4시에 1시간, 아침 6시에 1시간가량 물러힐러를 한 후에 아침을 먹고 대전으로 가면서, 8월 15일 새벽에 다시 온다고 했기 때문이다.

즉, 영송 원장님은 그동안 40여 년을 각종 병증으로 시달리며 수십 가지의 치료를 받았지만, 치료사가 한 번에 한 시간 이상 뭔가를 하는 것을 본 적이 없었는데, 내가 처음 만나는 환자를 한 번에 10여 시간 연속으로 치료하는 것을 처음으로 눈앞에서 생생하게 보았기 때문이다. 그것도 교통비만 받는다고 하면서….

그보다 더 놀라운 일은 J씨를 힐링시키는 과정에서 모습을 드러낸다.

J씨의 오전 힐링은 아주 순조롭게 진행되어 J씨는 힐링 후에 2시간을 더 자고 일어나 점심을 잘 먹었는데, 이때 먹은 마늘이 문제인지 오후

에는 딸꾹질을 하기 시작한다.

나는 아직 딸꾹질을 잡는 법을 배우지 못하여서 오후 힐링을 제대로 할 수 없었는데, 다행히도 약 1시간 만에 딸꾹질하는 원인과 해결법을 알게 되어 아주 유익한 시간을 보냈다.

딸꾹질의 원인은 며칠 전에 한 1차 항암치료의 후유증으로 신장기능이 저하되어 딸꾹질한 것이고, 해결책은 J씨의 명치 부위에 있는 검상돌기가 밤톨만큼 튀어나온 것을 원위치시키는 치료와 왼손 소지라인의 나쁜 기운을 30여 분가량 뽑아주자 딸꾹질을 멈추고 코를 골며 잠을 잔다.

자는 중에 원격으로 간과 담도에 생긴 암에 대하여 1차 기습 공격을 1시간가량 시도하였는데, 적군이 몇 번 번개로 응수한다.

'그래 담도암 4기라면 이 정도의 반격은 있어야지~!'

나는 오후 힐링을 마치고 원장님과 이런저런 이야기를 나누었는데, 원장님은 나의 몸상태가 장시간 기치료를 하고도 괜찮은지 은근히 살피는 눈치이다.

왜냐하면 예전에 S선생은 한 시간 정도 기치료를 해주고, 기를 보충하러 인적이 드문 산이나 섬으로 간다고 했기 때문이다.

J씨는 1시간쯤 지나서 잠에서 깨어나 밖으로 나오는데, 혈색이 많이 좋아졌다. 그러나 저녁 식사 때에 나온 오리고기로 끓인 국을 나뿐만 아니라 J씨도 아주 맛있게 먹었는데, 그것이 문제인지 J씨가 다시 딸꾹질을 한다.

이번에는 낮에 한 번 잡아본 경험을 살려 같은 방식으로 해보는데, 어쩐 일인지 잡히질 않는다.

그래서 저녁 식사 때에 영송 원장님이 예전에 S선생에게서 받아본 경험을 이야기하며, 딸꾹질은 명치와 등을 동시에 양 손바닥으로 압박하면 효과가 있다고 해 그 말대로 해보는데, 이것은 힘은 엄청나게 소모되고 한참을 하자 아주 조금 딸꾹질이 부드럽게 되는 효과는 있었지만 내가 먼저 지쳐서 탈진되어 오늘은 그만하고 꼭두새벽에 올 테니 놀라지 말라고 하고 잠을 자러 안채로 갔다. 확실히 S선생의 방법은 흉내를 조금 내는 데도 기력의 소모가 엄청나다.

거실에서 TV를 보고 있는 영송 원장님에게 좀 전의 치료 상황을 이야기해 주자, 영송 원장님은 역시 고기가 문제라고 새삼 다시 말한다.

새벽 1시 반에 일어나서 J씨의 상태를 보러 갔는데, 다행스럽게도 J씨는 딸꾹질을 안 하고 모로 누워 곤히 자고 있다.

나는 그 상태 그대로 J씨의 등쪽에 앉아 왼손은 J씨의 오른쪽 어깨에 장뜸을 하고, 오른손은 꼬리뼈 주변에 장뜸을 해주었는데, J씨의 어깨가 가끔 불룩 불룩거리며 파도를 치고, 항문쪽으로 어기가 간헐적으로 솟구치며 J씨는 가끔 드르렁거린다.

이러한 힐링반응은 처음 보는 것이지만, 좋은 징조라는 느낌이 온다. 이러기를 30분쯤 하자 나오는 기운이 부드럽게 변하여 그만 마치고 다시 잠을 자러 갔다.

4시에 일어나 다시 J씨에게 가보자 이번에는 반대로 돌아서 모로 누워 잠을 잔다.

이번에는 내 왼손으로 J씨의 오른손 검지라인을 잡아주고, 오른손으로는 원격 삼지안으로 J씨의 간 주변을 약 1시간가량 집중적으로 공략하였다.

적군의 반응도 가끔 번개를 치고, J씨의 손과 발을 꼼지락거리게 만드는 정도, 즉 도망가는 패잔병을 때려잡는 느낌으로 비교적 평온한 전투가 이어진다.

'이러한 부드러운 반응의 진정한 의미는 무엇일까?'

6시에 다시 J씨에게 가보니, 여전히 잠을 잘 자고 있다.

이번에는 J씨의 오른팔을 중심으로 추억의 비우기 안마를 1시간가량 해주었다.

이때에도 적군의 반응은 전에 한 것과 거의 비슷하다.

'쳇! 이 녀석들이 나를 깔보는 것 아냐?!'

나는 아침을 잘 먹고 대전으로 차를 모는데, 뭔가 찜찜한 꼬리가 내 차 뒤를 따라서 온다.

예전에 한 경험에 의하면, 내가 투병도우미를 해준 암환우의 경우에 암의 크기가 30% 수준으로 줄어드는 것은 비교적 수월한데, 그 다음부터는 좀처럼 진전이 없어 나의 애간장을 녹이며 세월을 까먹는다.

그래서 이번에는 8월 15일부터 시작되는 2차 전투에서 초전박살 전법으로 적진을 완전 초토화할 예정이다.

'그러려면…, 그러려면…?'

이런저런 생각의 꼬리가 꼬리를 물고 길게 늘어진다.

뇌 건강 간편 진단법

다음 그림에서 사람의 얼굴이 몇 개나 보이는가를 알아보는 재미있는 문제가 있는데, 보는 사람의 뇌 건강을 재미로 알아볼 수 있다.

이 문제의 요점은 뇌가 건강한 사람일수록 더 많은 얼굴을 발견할 수 있다. 필자가 몇 달 전에 보았을 때는 8개가 보였는데, 이번에 다시 보니 놀랍게도 10개가 모두 선명하게 보인다.

이것은 필자가 최근에 매주 지리산에 있는 물러힐러 수련원을 다니면서 모든 건강이 한 단계 더 좋아져서인 듯하다.

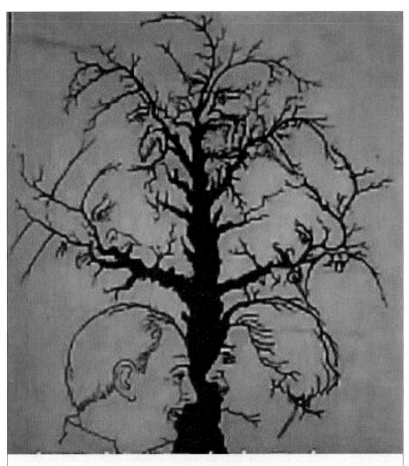

사람 얼굴이 4개 보이면 치매 초기증상
6개가 보이면 치매는 아니지만 주의요망
8개가 보이면 그런대로 건강한 편
10개가 보인다면 정말 대단한 사람임

이 그림을 보고 얼굴이 10개보다 적게 보이는 분은 뒷머리 여기저기에 갈퀴 장뜸을 수시로 하면서 피라미드 신기루 보기를 동시에 하면 도움이 된다.

피라미드 신기루 보기도 눈과 뇌를 건강하게 유지하는 힐링법 중 하나인데, 자기의 눈과 뇌 주변의 조직을 이용하여 머리 상부에 피라미드를 세우고 하부에는 그 피라미드의 뒤집힌 신기루를 만드는 것이다.

설명은 엄청 복잡하지만 피라미드의 5개 코너 중에서 하나를 먼저 세우고, 그것이 익숙해지면 다음 코너를 세우는 방식으로 연습하면 언젠가는 피라미드와 신기루의 10개의 코너를 모두 세울 수 있게 된다.

필자도 이제 겨우 3개의 코너를 세우는 정도이지만, 첨부한 위 그림에서 10개의 얼굴을 모두 알아볼 수 있다.

씨번개

원장 사모님의 오른쪽 눈꼬리 부근이 씀벅거린다고 하여 눈치료를 하고 있는데, 번개가 몇 차례 내리친다.

사연을 들어보니 몇 년 전부터 여름 이맘때쯤이 되면, 눈에서 번개가 치고 눈꼬리가 씀벅거린다고 한다. 이것은 언젠가 눈꼬리에 은하우주선을 피폭 받아서 생긴 후유증으로 판단된다.

내 친구 중에 P군은 골프광이어서 한겨울에도 필드에 나가는데, 몇 년 전부터 찬 바람을 쐬면 왼쪽 눈썹 바로 아래 부근이 엄청 시리고, 양쪽 눈에서 눈물이 나와 공을 칠 수가 없다고 한다.

이 두 경우 모두 눈 주변에 은하우주선이라는 '씨번개'를 맞아서 생긴 후유증이다.

P군의 경우에는 여름에 그 사연을 듣고 한 번 삼지안으로 힐링을 해보았는데 별다른 힐링반응이 없었고, 그 다음 겨울에 다시 눈물이 흘러나온다고 한다.

아마도 겨울에 맞은 씨번개는 여름에는 안쪽 깊은 곳에 숨어 힐링이 잘 안 되는 듯하다.

사모님의 경우에는 여름 씨번개여서 이번 여름에 뿌리를 뽑을 수 있을지 기대해 본다.

봄이나 가을에도 씨번개가 극성을 부리는데 각종 알레르기의 원인이 된다.

의외의 복병

8월 7일 수요일에 서울로 딸을 만나러 가는데, 버스에서 왼쪽 다리의 발목 위쪽에 가려움이 느껴져 손톱으로 긁었더니 손톱에 피가 묻어 있다.

그런데 달리는 버스 안에서는 아무것도 할 수 없는 상황이라서 일단 버스터미널에 도착한 후에 지하상가로 가서 바지 한 장을 사고, 탈의실에서 갈아입고는 벗어놓은 옷을 봉투에 담아서 딸을 만나러 갔는데, 8월 13일 저녁에 딸에게서 문자가 왔다.

"저번에 고속버스터미널 지하상가에서 새 바지 사신 게 벌레가 있어서였어요? 다리 두 군데가 물렸는데 모기 자국은 아닌 것 같아서 궁금해서 물어봐요? 혹시 같은 벌레인가 해서요."

"그래. 나도 어떤 벌레가 세 군데를 물었는데 지금도 다 낫지 않았다. 일단 피부병약을 잘 바르고, 이불 홑청을 빨아라."

"저도 두 군데 물렸는데 빨간 게 안 없어져요. 이불에 있나 봐요. 모기에게 물리면 이 정도 지나면 없어지는데 없어지지 않아요."

"쓰쓰가무시병 비슷한 것인데, 나는 상처만 있지 나쁜 증상은 아직 없다."

"잠복기 일주일 후 다른 증상 있나 보세요."

"나는 7월 31일에 물렸으니까 지금 거의 2주가 지났다."

딸과의 카톡을 마치고 다시 잠을 자고 새벽에 일어났는데, 3시 반쯤 왼쪽 겨드랑이 안쪽에서 은은한 통기가 올라온다.

삼지안을 지긋이 10분가량 하였는데 별 차도가 없고, 오히려 주변으로 확산하는 기미가 보여 트윈스타 반 알을 복용하고 이 글을 쓴다.

그러기를 몇 분 후에 이런저런 신경을 써서인지, 앞머리가 묵직하게 살짝 두통이 온다.

오른손은 왼쪽 겨드랑이에, 왼손은 머리 뒤로 돌려 오른쪽 뒷머리 귀 근처 부위에 갈퀴 장뜸을 한동안 하여 주자 모든 징후가 많이 완화된다. 이것은 '쓰쓰 힐러'라고 불러도 될 듯….

그런데 아침으로 옥수수를 먹는데 가슴 부위에 체기가 있다. 먹기를 중단하고 가슴을 쓸어내리고 물을 마시자 체기가 대충 내려간다.

2시간쯤 지나 사과를 먹는데, 또 가슴 부위에 체기가 오른다. 먹기를 중단하고 왼손 엄지 주변을 살펴보니 살짝 부어 있었는데, 손톱 위에 지조침을 놓자 한 식경이 지나자 부기도 사라지고 체기도 내려간다.

점심을 먹을 때에도 약간의 체기가 느껴지는데, 그런대로 식사하기에는 별문제는 없다. 대신 살짝 두통이 온다.

오후 4시경에 코에서 살짝 고약한 냄새가 풍긴다. 바로 약지라인을 힐링시켜 주었다.

저녁 6시에 식사를 마치고 산책하는데 살짝 감기 기운이 온다. 집으로 돌아와 살펴보니 왼쪽 뒷골에서 열기가 나와 갈퀴 장뜸을 해주었다.

이런 모든 것도 쓰쓰가무시병 후유증인지, 잘 모르겠다.

쓰쓰가무시병 후유증이 마치 은하우주선 피폭장애와 비슷하게 나타나기 시작한다. 즉, 몸안 여기저기에서 미세번개가 치기 시작하고, 이상한 미세징후가 곳곳에서 나타난다.

이것은 은하우주선 피폭장애를 힐링시키는 '은애힐러' 나 '물러힐러'를 사용하면 감염에 의한 각종 질병을 잠복기 또는 초기에 힐링시킬 수 있다는 것이다.

이것으로 내일 지리산 영송수련원에 가서 J씨를 위한 2차 전면전을 치르는데 전력 약화의 원인이 되지 않기를 바란다.

갈퀴 장뜸은 엄지를 제외한 나머지 4개의 손가락을 살짝 구부려 갈퀴처럼 하고 장뜸을 하는 것인데, 장뜸과 지조침을 합친 것과 비슷한 효과가 있어, 장뜸이나 지조침을 할 때 섞어서 사용하면 의외로 좋은 효과가 나온다.

첫째 날에는 아침 8시에 도착하여 아침을 먹고, 먼저 사모님과 원장님의 불편 사항을 각각 30분 정도 힐링시키고, 이어서 J씨 아들 SH(당시 33세)의 허리 아픈 것을 40분 정도 힐링하여 주었다.

이때 사용한 방법은 왼손은 꼬리뼈에, 오른손은 허리 아픈 부위에 갈퀴 장뜸을 하여 주었는데, 약 20분 만에 힐링이 완료된다.

마무리로 허리 주변에 갈퀴 안마를 해주는데 허리뼈에서 꼬리뼈까지 뼈 주변조직에 뭔가 이상이 느껴져 오른손으로 위에서부터 뼈 주변조직의 이상 징후를 바로 잡아주며 내려갔다. 그런데 J씨 부인의 말 중에 SH가 일 년에 한 번 정도 요로결석이 와서 난리를 친다고 한다.

그 이야기를 듣고 잠시 생각을 해보니 지금 SH의 허리뼈부터 꼬리뼈까지 그 주변조직에서 느껴지는 이상한 징후는 석회석이 뼈와 근육 사이에 쌓여서 일부는 허리뼈협착증을 일으키고, 일부는 요로결석을 일으키는 원인이 된 것이다.

어쨌든 이곳에 있던 이상 징후까지 모두 힐링시키는 데 또 20분이 소요되었지만, 이런 힐링을 마치고 SH는 허리가 잘 돌아간다고 요리조리 엉덩이를 돌려보고 주변을 거닐며 날아다닐 것 같다고 좋아한다.

나는 오늘 하루는 허리를 사용하면 안 된다고 주의를 주었는데, 잘 지켜질지 의문이다.

어쨌든 요로결석이 있다는 SH의 병근도 해결된 듯하다.

즉, 나는 요로결석 힐링법을 덤으로 알게 되었으며, 척추, 허리뼈협착증과 요로결석이 같은 원인으로 생겨나고 양손 갈퀴 장뜸을 사용하면 약 20분 만에 쉽게 힐링이 된다는 것을 알게 되었다.

잠시 쉬고 11시부터 메인 전투인 J씨의 힐링을 시작하였는데, 아들에게 물러힐러를 배워 볼 생각이 있는지 물어보자, 방금 자기의 아픈 허리를 순식간에 힐링시키는 뭔가를 배운다고 해서 일단 조수를 시켰다.

내가 메인 전투를 뒤로 미루고 오픈 전투를 4회에 걸쳐서 한 이유는 물론 이날 주변에 있던 네 사람이 모두 소소한 문제가 있는데, 이것은 메인을 먼저 뛰고, 다음에 오픈을 뛸 수가 없기 때문이기도 하다. 또 다른 이유는 오늘 와서 J씨가 병원에서 받은 검사 결과가 약간 실망스러웠기 때문이다.

병원에서는 암이 더 퍼지지 않았고, 백혈구 수치도 정상이어서 본격적으로 항암치료를 한다고 하는데, 그러려면 어깨 부근에 중심 정맥 천자술을 8월 20일에 하고 3차 항암치료를 29일에 한다고 한다.

그런데 이런 이야기를 하는 중에 J씨의 암이 위로는 목까지, 아래로는 하복부까지 퍼져 있고, 조금 지나면 전립선도 막힐 것이라고 했다는 것이다.

그래서 4기라고 했겠지만 이런 J씨를 힐링시키는 데, 어떤 전략을 써야 할지 3시간 동안 다른 곁다리 환우들을 힐링하며 길고 긴 장고를 하였고, 결론으로 메인 전투는 '장서힐러'로 서전을 치르기로 했다.

J씨를 방 가운데에 눕게 하고, 나는 주장쪽인 J씨의 왼손 라인을 힐링시킬 수 있는 위치에 앉고, SH는 조수석인 맞은 편에 앉아 오른손 라인을 힐링하게 했다.

먼저 심장과 주변 연결부위를 힐링시켜 주는 제1단계 '장서힐러'를 하는데, J씨의 엄지손가락에 나의 중지와 약지로 걸고, 엄지로는 J씨의 엄지손가락 라인을 따라 두 치 위 손등에 있는 약간 튀어나온 뼈를 살짝 짚어주고, 이 모습을 SH에게 따라 하게 하였다. 이어서 다른 손으로는 J씨의 어깨에 얹도록 하고, 온몸의 힘을 빼는 요령을 알려주었는데, 바로 따라 한다.

이렇게 하고 약 5분이 지나자 힐링반응으로 움칠하기, 굼뜰거리기, 살짝 흔들기, 쩌릿한 느낌, 입술 주변에 달콤한 맛, 따끔한 미세번개 등이 나온다.

그런데 이것도 설명해 주자 SH도 바로 감지한다. 즉, SH는 기감이 아주 좋아 A급 자질이 있다. 또 SH가 조수를 해주자 힐링효과도 배가되어, 1단계를 20여 분만에 마쳤다.

제2단계 '장서힐러'는 간과 주변 연결부위를 힐링시키는 데, J씨의 검지라인과 목덜미를 사용하고, 시술하는 방법은 전과 유사하다.

이 부위는 J씨에게 생긴 암의 본진이 있는 곳이어서 적들의 강한 반격이 예상되는데, SH는 조수를 하다가 약 10분이 지나 힘들어 하는 내색을 보여 그만 쉬라고 하였다. 그리고 나 혼자서 하는데, 거의 40분이 되어 그나마 평온해져서 국지전을 일시 휴전하였다.

점심 식사 후에 한 제3단계 '장서힐러'는 머리와 주변 연결부위를 힐링시키는 데 J씨의 중지라인과 뒷머리를 사용하고, 시술하는 방법은 전과 유사하다.

이때에는 J씨의 부인에게 요령을 알려주고 조수를 시켰다.

J씨의 머리부위는 아직 암세포가 거의 퍼지지 않아 몇 번의 작은 충돌만 감지되어 10분 만에 중지하고 다음 단계로 넘어갔다.

제4단계 '장서힐러'는 폐와 주변 연결부위를 힐링시키는 데 J씨의 약지라인과 겨드랑이를 사용하고, 시술하는 방법은 전과 유사하다.

이 4단계 힐링을 시작하고 5분쯤 지나서 J씨의 오른쪽 가슴 주변에 예리한 통증이 온다고 한다.

이것은 폐로 전이가 많이 진행되어 암세포가 신경을 일부 손상해서인 듯하다.

자세를 바꾸어 아픈 부위에 장뜸을 직접 해주자 통증이 바로 사라지는데, 그래도 그곳에서 20여 분을 더 해주고 4단계를 마무리하였다.

저녁 식사 후 제5단계 '장서힐러'는 신장과 주변 연결부위를 힐링시키는데, J씨의 소지라인과 허리를 사용하고, 시술하는 방법은 전과 유사하다.

어제 오후에 본당에서 J씨를 물러힐링하던 중에 오른손 검지에서 엄지 방향으로 작은 어골이 잡혔는데, 5분여 만에 '푹' 하고 터지는 느낌이 왔다. 이것으로 어쩌면 담도관과 십이지장 사이의 막힌 통로가 뚫리는 느낌이다.

어쩌면 이것으로 인하여 암의 본거지가 폭삭 무너지고 결국에는 소멸할 것으로 예상한다.

J씨의 오른쪽 몸통을 여기저기 더듬어 살펴보니 살과 근육이 죽은 데가 없고 거의 정상으로 회복되어 있다.

오늘 오전에 J씨의 왼쪽 손을 물러힐링하는 데, 중지손가락에서 검지쪽으로 뼈가 5밀리미터 정도 각지게 튀어나와 있다.

그것을 약 10분 정도 얼러주자 이상하게도 반대편으로 어기가 빠져 나온다. 이곳은 다음에 한 번 정밀수색을 할 필요가 있다.

J씨의 왼쪽 몸통을 여기저기 더듬어 살펴보니 여기도 살과 근육이 죽은 데가 없고 거의 정상으로 회복되어 있다.

J씨 부부, 원장님 내외와 내가 모여 있는 자리에서 내일 J씨가 병원에 가면, 담당 의사에게 혈관이 잡힐 때까지는 가능하면 혈관으로 항암주사를 맞도록 이야기해 보라고 권유하였다.

점심에는 원장님 내외, 두 딸과 내가 함께 구례읍내로 한우를 먹으러 갔다.

돌아와서 딸들이 서울로 갈 준비를 마치고, 오늘 오전에 나와 사모님이 산에서 따온 수박을 먹었다.

'어살내기' 물러힐러는 최근에 집중적으로 수련하는 연구과제이다.

우리는 예전부터 갑자기 어디에 이유를 알 수 없는 장애가 생기면, '살 맞았다' 라는 표현을 쓰고, 못된 짓을 하는 사람에게 천벌을 맞으라는 의미로 '오살 맞을 놈' 이라고 하였다. 이럴 때 쓰는 '살' 이나 '오살' 이 누군가의 몸과 맘속에 몰래 스며들어 온갖 못된 짓을 하는 것을 '어살' 이라고 하며, 이것이 피에 스며들면 '어혈' 이 되고, 또 기에 스며들면 '어기', 골에 스며들면 '어골', 피부와 살에 스며들어 고름이 잡히면 '어근', 그리고 골수가 더러워지면 '어수' 라고 한다.

'어살내기' 물러힐러는 이러한 어살을 모두 뽑아내어 환우의 몸과 맘에 생긴 장애를 물러힐러하는 신개념 힐링기법이다.

'어살' 은 수없이 다양한 원인으로 생겨나는데, 그중에서 우리가 알 수 있는 것은 절반도 안 되고, 나머지는 원인도 모르는 채 고통 속에서 겪게 된다. 그래서 어쩌면 '어살' 은 신이 우리에게 내리는 일종의 벌인 것 같다.

이러한 '어살'을 뽑아내는 '어살내기'는 우리 인류가 함께 풀어가야 할 영원한 숙제이다.

다행스럽게도 지리산 영송수련원에서는 원황 정기의 도움을 받아, '어살내기' 물러힐러라는 신개념 힐링기법을 사용하여 이러한 어살을 가능한 한 최대한으로 뽑아내고 환우의 몸과 맘에 생긴 장애를 물러힐러하는 길을 열어가고 있다.

우리의 몸과 맘에 '어살'이 생기는 주요 원인은 크게 두 가지인데, 그 중 하나는 먼 우주에서 지구로 날아오는 '씨번개'라고도 불리는 은하 우주선 피폭장애가 있고, 다른 것으로는 아주 예전에 있었던 어떤 상처나 질병의 후유증으로 생긴 '씨흉터'가 있다.

이 '씨번개'와 '씨흉터'는 언뜻 보기에는 너무 사소한 장애이어서 누구나 다 그냥 무시하고 사는데, 이것이 실은 우리의 몸과 맘에 '어살'이라는 아주 고약한 괴물 고래로 나타나 우리를 끝없이 괴롭힌다.

'씨번개'와 '씨흉터'는 아주 신기한 것이어서 마치 신이 우리를 길들이기 위하여 사용하는 어떤 도구처럼 여겨진다.

즉, 신이 '씨번개'와 '씨흉터'를 사용하여 우리에게 어떤 벌을 내리면, 우리는 '언제, 왜' 그런지도 모르고 온갖 고통을 겪게 된다.

'씨번개'는 은하우주선 피폭장애이며 여기에 대해서는 앞에서 설명하였으니 보충 설명은 생략한다. '씨흉터'는 우리가 예전에 겪은 어떤 상처나 질병으로 생긴 흉터가 우리 몸과 맘에 남아 있는 것이어서 누구나 잘 생각해 보면 어느 정도는 알 수 있는 것이다.

이 '씨흉터' 중에는 우리가 전혀 알 수 없는 것도 있는데, 바로 뭔가에 감염이 되어 그 균이 우리 몸안에서 새로운 '씨흉터'가 되고, 잠복기를 지나면 '어살'로 나타나는 경우이다.

오늘 밭에서 일하다 여기저기 벌레한테 물려 가려운데, 이것도 '씨흉터' 의 일종으로 갈퀴 장뜸을 하면 해결이 된다.

'어살내기' 물러힐러는 피라미부터 고래까지 모든 물고기를 잡는 데 같은 원리로 거의 같은 수법(?)을 사용한다.

어떤 이상한 질병으로 고통을 받는 환우가 영송수련원을 찾아오면, 원황도사라는 돌팔이(?)가 뭔가 조금 이상한 짓거리를 한동안 하는데, 그러면 환우의 이상한 질병은 슬그머니 물러힐링이 된다.

이것은 그 도사가 뭔가 이상한 도술을 부려서 그렇게 된 것이 아니고, 그 환우에게 이상한 질병을 일으킨 '어살' 의 근본 원인인 '씨번개' 와 '씨흉터' 를 찾아서 '어살내기' 를 해주었기 때문이다.

우리는 '어살' 이 아래 사진의 고래만큼 커졌을 때, 작살잡이들이 온 몸을 날려 고래를 잡는 모습을 보면 아주 통쾌한 전율을 느끼는데, 원황도사가 환우의 '어살내기' 를 하면 이것도 뭔가 신기함을 느낄 것이다.

약간 늦은 점심을 먹고 오후 한 시 반부터 J씨를 돌봐주었다. J씨가 있

피라미(?)를 향하여 커다란 작살(?)을 날리는 원황도사

는 방으로 가보니 기다리다 지쳤는지 잠을 자고 있다.

내가 아침 8시 15분 전에 왔을 때 J씨 부인이 마중 나오면서 나를 보니 이렇게 기쁠 수가 없다고 반색을 하며, 내 말대로 담당의와 이야기가 잘 되어 중심정맥관(C-line) 삽입 수술을 안 하고 직접 혈관주사로 항암치료를 하기로 했다고 한다.

내가 아주 잘하였다고 칭찬을 하는데, J씨가 웃으면서 방에서 나와 잘했다는 의미로 어깨를 다독거려 주었다.

이렇게 아침에는 기분이 좋았는데, 내가 사모님, 영송 원장님, 그리고 N여사까지 3명을 돌보느라 무려 5시간 반이 지나도록 코빼기도 안 보이니 지쳐 잠이 든 것 같다.

그런데 사실은 J씨에게는 이러한 기다림도 심리치료의 일종이다. '가뭄에 단비'라고 J씨의 마음이 절박해지면, 내가 해주는 작은 손길도 더 반가운 효과를 낼 것이다.

이것이 맞았는지 이날 오후에 있었던 첫 번째 물러힐러는 전에 하던 대로 '장서힐러'로 시작하였다. 중간에 사모님, J씨 부부, 그리고 내가 산에 올라가서 산수박 2개와 단호박 4개를 따와 산수박 하나를 맛있게 나누어 먹고, 영송 원장님 내외와 J씨 부인은 김장배추 모종을 심으러 갔다.

나와 J씨는 일단 샤워를 하고 두 번째 물러힐러는 '어살내기'로 J씨의 간장라인에 박힌 엄청나게 튀어나온 어골의 산마루를 반쯤 무너뜨렸는데, J씨의 얼굴에 불그레한 혈색이 피어나고, 힐링을 마치고 나오는 나에게 J씨가 두 번이나 '수고하셨습니다'라고 말한다.

원장님이 아침 식사 중에 꿈을 꾼 이야기를 하시는데, 누군가가 방에서 옷을 홀라당 벗고 있는 꿈을 꾸었다고 하시며, 오늘 뭔가 신기한 일이 벌어질 것 같다고 하신다.

아침 식사 후에 사모님 힐링을 하려고 자리를 잡는데, J씨 부인이 와서 제사를 지내러 집에 간다고 하여 J씨를 먼저 20분간 물러힐러를 해주고, 부인도 명치 부근이 아프다고 해서 10분 정도 힐링해 주었는데 나가더니 돌아오지 않는다.

왼쪽 새끼손가락 셋째마디 바로 옆으로 위에 생긴 사마귀가 나의 오른쪽 귀의 기능을 약화한 주범이다.

오늘 새벽에 사마귀를 오른손 엄지로 문질러 주는데, 왼손 엄지에서 번쩍하고 번갯불이 빠져나간다.

2차 힐링을 하는데, 꼬리뼈에서 정수리까지 온몸이 활성화되면서 몸이 붕 뜨는 느낌이 온다.

3차 힐링을 하려는데, 오른쪽 겨드랑이에서 번쩍한다.

J씨가 짐보따리를 놔두고 줄행랑을 친 것 같다.

정확한 이유는 알 수 없지만 한 달 물러힐러비와 방값을 낼 돈이 없는 것 같다.

'이런 경우에 어떻게 해야 할지…?'

담도암 4기로 암세포가 목과 하복부까지 확 퍼진 상태로 1차 항암치료를 받고 온 J씨를 3주간에 걸쳐서 물러힐러를 해주고, 일단 구렁 속에서 건져내 그런대로 살 만하게 만들어 놓았는데, 도중에 줄행랑을 친 이유가 무척 궁금하다.

오늘 따라 영송수련원 앞산에 드리워진 운해가 무척 애잔하다.

부드러운 얼차려

얼차려는 요즈음 군대에서 주로 사용하는 용어인데, 얼빠진 졸병들에게 선임이 얼차려를 주는 것을 말한다.

이러한 얼차려는 목적은 좋아도 대부분은 타인에게 정신과 육체적인 가혹행위를 하는 것이어서 심각한 부작용을 유발하기도 한다.

부드러운 얼차려는 여러 가지 이유로 얼이 조금 빠져 나간 자기 자신을 발견하고 스스로가 스스로 얼차려를 하는 것이어서 과부가 싱숭거리는 마음을 잡으려고 허벅지를 바늘로 찌르는 것과 같은 가혹행위를 하지 않고 부드럽게 할 수 있는 것이다.

이 부드러운 얼차려를 하게 된 동기는 며칠 전에 주말농장에 갔는데,

우물에 설치한 양수 펌프가 얼어서 터져 있었고, 터진 상판을 새로 사와서 교체하였지만 펌프가 돌아가도 물이 올라오지 않는다.

마을에 이런 일을 잘하는 분을 모셔와 물어보니 수도꼭지를 전부 잠그고 펌프를 돌린다. 그럼으로써 펌프 내부에 압력이 걸리고 그 후에 수도꼭지를 열자 물이 콸콸 잘 쏟아진다.

'제길, 먼저 압력을 충분히 걸어주어야 지하 깊은 곳에 있는 물이 위로 솟아오를 수 있는 것인데…, 쯧쯔쯔.'

전문가가 하는 것을 보니 당연한데, 처음에 무조건 하려니 중요한 절차를 하나 빼먹은 것이다.

펌프가 돈다고 해서 그냥 물이 순환하는 것이 아니고 지하에 있는 물이 지상으로 순환되어 올라오려면 깊이에 따른 중력을 이길 수 있는 압력이 충분히 걸린 상태에서 펌프가 돌아주어야 물이 나온다.

이러한 것은 우리 몸과 맘에 있는 나쁜 기운을 비워낼 때도 마찬가지일 것이다. 즉, 얼이 빠진 상태에서는 아무리 비우기를 해보아도 나쁜 어기는 빠져 나오지 않는다.

오랜 기간 여기저기 아파서 고생하는 분들은 그분의 몸과 맘 여기저기에서 얼이 빠진 상태인데, 이러한 환우분들에게 대리투병을 하려면 먼저 기압을 넣어 주는 얼차려가 필수 선결 조건이다.

그러려면 먼저 나 자신부터 부드러운 얼차려를 해야 하는데, 그 방법은 바로 '소망 풍등 암얼로 간다' 이다.

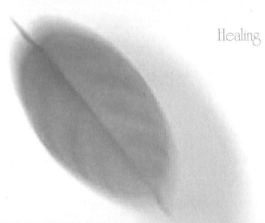

Healing

제3부

힐링

Healing

'힐링' 은 연구하는 돌팔이 힐러의 20년 생존비법을 담은 책이다.

20년 동안 돌팔이 힐러노릇을 하면서 살아남으려면, 그 사람이 뭔가를 힐링시키는 능력이 있어야 하고, 또 20년간 연구를 했다고 하니 뭔가 그 사람만의 특별한 힐링비법이 있을 것이다.

1999년 초부터 어머니의 병을 고치기 위하여 돌팔이 힐러가 되어 이런 저런 병으로 고생하는 분들에게 뭔가 도움을 주는 돌팔이 힐러노릇을 20여 년 동안 하면서 그동안 겪었던 사연들을 모아 '비얼로 간다' 1권 과 2권을 2020년 12월에 출간하였고, 그 안에 담지 못한 이야기들을 본 서 '힐링' 의 '제1부 소망 풍등 암얼로 간다' 와 '제2부 연구하는 돌팔이 힐러' 에 담았다.

이 안에는 내가 힐링을 해준 분들의 사연 중에서 뭔가 읽을거리가 있는 것을 골라 수록을 하였는데, 대부분 특이한 힐링효과가 있어서 그것을 내가 경험한 그대로 적었다.

'제3부 힐링' 에서는 그들 사연을 되짚어 보며 그 안에 숨겨져 있는 특별한 힐링비법을 찾아본다.

SH의 물렁살

우리 주변에서 가끔 온몸이 부대하니 물렁살인 분들을 가끔 볼 수 있는데, 이것도 그 사람의 건강이 좋지 못해서 생기는 것이다.

일반적으로 어디가 많이 아프면 그 주변이 붓게 되는데, 이것을 의사나 한의사는 아파서 부은 것이어서 치료를 받고 아픈 것이 나으면 부기는 저절로 빠진다고 하고 부은 것에 대한 치료는 별도로 하지 않는다.

그런데 필자는 돌팔이 초년 시절부터 환우의 힐링을 시작하면 먼저 환우의 몸에서 부기를 비워내는 치료를 하고, 이 부기가 어느 정도 빠진 후에 아픈 증상에 적합한 힐링을 하여 주는 것을 원칙으로 하였다.

그러한 이유는 필자가 주무기로 사용하는 비우기 안마는 내가 안마를 해주기는 하지만 실은 환우의 몸속에 있는 림프구를 활성화하여 환우의 문제점을 해결하는 것이어서 이것이 효과를 발휘하려면 당연히 환우의 림프구가 사건 현장에 파견되어야 한다.

그런데 사건 현장 주변의 조직에 부기가 있으면 림프구가 사건 현장으로 접근을 할 수가 없게 된다.

이것은 어디에 불이 나서 소방차가 사이렌을 요란하게 울리며 현장으로 긴급 출동을 하여도 중간에 많은 차 때문에 정체가 되어 현장을 수습할 적기를 놓치는 것과 같다.

의사나 한의사가 환우의 부기는 버려두고 증상에 맞는 대증치료를 하는 것은 소방차는 중간에 길이 막혀 현장에 바로 도착하지 못하니까 우선 주변에 있는 간이소방기구로 불을 끄는 것과 마찬가지로 이것은 화재진압에 조금은 도움이 되어도 뒤늦게 소방차가 도착해서 본격적인 수습을 한다 해도 이미 상당 부분 재산 손실을 보고 난 후가 된다.

의사나 한의사는 이것이 정해진 의료 절차이어서 자기들은 부기는 버려두고 환우의 상태에 맞는 대중치료를 하면 된다고 생각한다.

　필자의 생각에는 의사나 한의사들은 환우의 몸에 생긴 부기를 빼는 방법을 몰라 부기를 버려두고 환우의 상태에 맞는 대중치료를 먼저 하는 것 같다.

　필자와 같은 돌팔이 힐러들은 환우들의 다양한 증상에 맞는 다양한 방법의 대중치료를 할 수 있는 장비나 약을 사용할 수가 없어서 자신이 가지고 있는 만병통치의 주무기를 이용하여 자신이 만나는 다양한 증상의 환우들을 힐링시켜 주어야 한다.

　필자는 돌팔이 초기에는 만병통치 주무기로 비우기 안마를 사용하고 그 이후로 아주 많은 무기를 개발하였으며, 최근에는 비얼힐링과 암얼힐링을 개발하여 주무기로 사용하고 있다.

　그런데 필자가 개발한 모든 무기는 처음 개발한 비우기 안마를 좀 더 체계적으로 하여 어떻게 하면 힐링 시간을 단축할 수 있느냐를 중점으로 개발된 것이어서 힐링 원리는 내가 어떤 무기를 써서 환우를 힐링시키는 신호를 보내면 환우의 몸속에 있는 림프구들이 그 신호에 맞춰 문제를 해결하는 방법을 사용한다.

　따라서 필자가 사용하는 모든 힐링법에서 첫 단계는 환우의 몸에 있는 부기를 가능한 한 많이 빼내서 림프구가 사건 현장으로 정체 없이 파견되도록 하는 것이다.

　우리의 몸은 80조 개의 세포로 되어 있고 각각의 세포는 세포막으로 둘러싸여 있으며 인접한 세포와 작은 간격이 있는데, 이 간격이 모세혈관으로 작용하여 심장에서 출발한 피가 온몸의 세포까지 전달이 되어 세포에서 사용하는 산소, 영양물질, 각종 무기물질이 공급되고, 거기에서 사용하고 폐기된 탄산가스, 각종 노폐물이 회수되어 간, 신장, 폐 등

해당 처리 조직으로 이송된다. 이러한 모든 것들은 우리의 몸이 건강하여 혈액순환이 순조롭게 이루어질 때 가능한 일이다.

그런데 어느 날 어떤 원인으로 우리 몸의 어딘가에 문제가 생기면 그 주변 조직에 혈액순환이 제대로 안 되고 세포에 피의 공급이 잘 되지 않고 세포 내의 수분이 세포 사이로 빠져 나와 그 주변 조직에 부기가 나타난다.

그러면 혈액이 모세혈관으로 흐를 수가 없고, 이러한 정체현상이 주변 조직으로 파급되어 부기를 나타내는 면적이 점점 확대된다.

이러한 상태의 환우를 치료하는 데 의사나 한의사는 사건 현장의 상황만 파악하여 필요한 대응 조처하고 상태가 변화하면 거기에 맞춰서 추가조치를 하여서 사태가 종결되고 해당 조직으로 혈액순환이 재개되면 주변의 정체 상황도 종료된다고 생각한다.

이것은 의사나 한의사가 현행법으로 정해진 절차를 따르기 때문이고, 당연히 의사나 한의사 면허를 유지하려면 그대로 하는 수밖에 없을 것이다.

그런데 필자의 생각으로는 의사나 한의사가 자기들이 하여야 하는 대증치료를 하면서 잠깐 환우에게 부기 비우기를 하여 부기가 없는 상태에서 진료하면 그것이 실정법을 위배하는 불법 의료 행위가 될까 의문이다.

이러한 것을 알아보려면 현재 병원이나 한의원에서 진료를 받는 환우들에게 일부는 필자가 부기 비우기를 해주고, 일부는 그대로의 상태에서 그 다음의 조처를 했을 때에 치료효과나 회복 속도에 어떠한 차이가 있는지를 알아보면 된다.

그리고 만약 부기가 없는 상태에서 치료를 받는 것이 효과적이면 의사나 한의사가 자기들의 치료절차에 부기 비우기를 추가하면 될 것이다.

필자가 하는 부기 비우기는 몇 분이면 끝이 나는데, 이것은 의사나 한의사가 환우를 문진하면서 몇 분간 환우의 팔목을 잡고서 진맥을 살펴보면서 필요한 부분에 필자가 SH의 물렁살을 잡아줄 때 사용하였던 조도힐링을 해주면 된다.

JI의 두개인두종 수술 후 잔류증상

친구 JI의 코안 쪽의 비인두에 생긴 양성종양이 두개인두종인데, 수술 후에 방사선 치료를 추가로 받았지만 수술 후 잔류증상이 있어서 나의 비우기 안마를 3시간 정도 받았다. 본래 비우기 안마를 해주면 환우의 몸에 있는 림프구들이 활성화가 되어 환우의 환부 주변에 있는 이물질들을 모두 비워내는 일을 해주기 때문에 이 안마의 이름에 비우기를 붙인 것이다.

그런데 처음 30분이 지나도록 힐링효과가 없었던 것은 친구가 내가 하는 비우기 안마에 대한 신뢰가 없어서인데, 내가 이런저런 이야기를 하는 중에 뭔가가 친구의 마음을 움직여 힐링효과가 나오기 시작한 것이다.

그러면 이 경우에 힐링비결은 환우의 마음을 움직여 환우 몸안의 림프구가 힐링에 협조하도록 하는 것이며, 이것은 정해진 비결이 따로 없고 대부분 상황에 맞추어 즉흥적으로 극본 없는 단막극을 연출해야 하는데, 이것은 필자가 대부분 성공해서 지난 20여 년간 돌팔이노릇을 계속할 수 있었던 것이다.

어머니의 방광 · 유방 · 자궁암

필자의 어머니는 1998년 12월 초에 방광암이 유방과 자궁으로 전이되었다는 판정을 받고 수술을 받기로 한 바로 전날 저녁에 74세의 연세에 수술은 무리라고 판단되어 퇴원을 시키고 우리 집으로 모셔와 내가 돌보아 드리기로 했다.

그때 해드린 왕뜸도 암의 진행속도를 늦추는 데 도움이 되었다. 또 마른 나팔꽃 덩굴을 씨까지 함께 넣고 끓여 국부에 훈증을 하도록 해 드렸는데, 의외로 이것이 효과를 내서 어머니의 국부는 힐링 2달 만에 깨끗하게 되었다고 말씀하신다.

이것은 내가 확인을 할 수 없는 사항이어서 어머니의 말씀을 그대로 믿기로 했는데, 그 진실은 지금도 알 수가 없다.

다만 방광암이 그대로 남아 있는데, 어머니가 아들 편해지라고 거짓말을 했다면, 그 후 서울에 사는 딸집에 가서 월급을 받고 집안 살림을 해주고 어린 손자 2명을 키워주는 중노동을 8년 동안 하실 수가 없었을 것이다.

어머니의 유방암은 왕뜸과 그 후에 필자가 개발한 항아리뜸으로 진행속도를 억제하고 있었지만, 계속 조금씩 커져서 2년 후에는 바가지를 엎어 놓은 그것만큼 커져서 거동이 점점 불편하게 되어가고 있었는데, 그때 필자가 보름간의 명상보행 중에 터득한 비우기 안마가 놀라운 효

력을 발휘하여 3시간의 비우기 안마로 어머니의 오른쪽 유방의 크기가 개구리참외 크기로 작아졌다.

그런데 이 효과는 겨우 일주일간 유지가 되고 다시 바가지만 하게 부풀어 오르는데, 일주일 후에 내가 서울로 올라가서 다시 비우기안마를 3시간 동안 해드리면 다시 개구리참외 크기로 줄어들었다.

하기야 이 정도만 유지되어도 충분히 만족할 수 있었는데, 세월이 몇 년 흐르면서 점점 꾀가 나서 서울에 올라가는 것을 가끔 걸렀음에도 어머니는 별로 불편한 말씀이 없으셨다.

그런데 이것이 문제가 되어 재발 후 8년이 지날 무렵에 어머니의 방광암이 3차로 발병하여 통증이 오기 시작하자, 어머니는 그것을 나에게 숨기고 어느 한약방에서 지어온 진통효과가 있는 한약을 드신 것이다.

몇 달이 지나 어느 날 내가 어머니에게 비우기 안마를 해드리는데, 그때서야 국부에 통증이 심해서 힘들다고 하셔서 어머니를 모시고 대전으로 와서 며칠간 계속 안마를 해드려도 통증을 잡을 수가 없었다. 그래서 SM병원의 호스피스 병동에 입원하였는데, 그 후로 2개월을 더 사시고 돌아가셨다.

어머니의 경우에 매주 한 번씩 하던 비우기 안마를 빼먹지 않고 지극정성으로 해드렸으면 좀 더 오래 사셨을 터인데, 조금 상황이 좋아지면 조그마한 핑계가 생겨도 이번에는 건너뛰자는 꾀를 부리는 것이 화근을 불러온 것이다.

어머니의 유방암 힐링에 비우기 안마가 효과가 있었던 것은 비우기 안마 자체가 만병통치의 효능이 있었기 때문이다.

비우기 안마는 리듬 호흡과 노젓기를 기본으로 하는 안마법의 일종인데, 이것은 암얼힐링의 진복 5~8단을 하는 것과 거의 유사한 효과를 발휘한다.

다만 비우기 안마는 중병의 경우에 3시간을 해야 하는데, 진복팔단을 하면 30분 만에 비슷한 효과가 나온다.

그래도 그 당시에는 비우기 안마를 전가의 보도처럼 만병을 통치하는 데 두루 사용하였다.

YJ의 뇌종양

필자가 YJ의 뇌종양 치료에 보조로 비우기 안마를 해준 것은 그 당시의 상황이 뭔가를 해야만 어머니를 잃은 아픔을 달랠 수 있었기 때문이다.

YJ의 집에 찾아가 그 친구의 상태를 보고, 그 간의 사정을 들으면서 이것은 내가 아무리 애써 뭔가를 해보아야 100% 실패할 것이라는 생각이 들어 내가 언제라도 필요하다고 생각되는 시간에 와서 필요한 시간만큼 비우기 안마를 해주는 조건으로 힐링을 시작했다.

이것은 나중에 YJ가 저세상으로 가도 그의 장례식장에 갔을 때 한국원자력연구원에서 오는 동료들에게 내가 할 수 있는 최선을 다했다고 알리고 싶었기 때문이다.

그런데 놀랍게도 YJ는 내가 비우기 안마를 해주고 두 달 만에 뇌종양이 모두 사라졌다.

그러면 '비얼로 간다' 에 나오는 YJ의 뇌종양 치료기 속에 뭔가 비법이 들어있는지 찾아보자.

여기에도 첫 단계로 부기 비우기를 하는 이야기가 나오는데, YJ의 상태가 몹시 나쁘고 거의 전신이 부어 있어서 아주 힘들게 부기 비우기를 하는 것이 적혀 있다.

그것을 다시 정리하여 보면 다음과 같이 4단계로 요약할 수 있다.

부기 비우기 1단계 : 자기의 왼손가락을 환우의 오른손 약지 중간 부위에 잡고 그곳에서 나쁜 기운을 비워낸다. 이것은 부기를 좌우하는 신장의 기능을 약지에서 진단할 수 있는데, 이곳에서 나쁜 기운 비우기를 하면 부기가 잘 빠진다.

부기 비우기 2단계 : 오른손으로 격지공을 써서 환우의 신장과 방광 주변에서 나쁜 기운을 소멸시켜 그들의 기능을 회복시킨다.

부기 비우기 3단계 : 팔뚝에 있는 신경 줄기를 정밀 탐색하여 나쁜 기운이 나오는 신경 줄기를 찾아 조도힐링을 해주면 이 자극이 세포 안으로 전달되어 소세포들이 활동을 시작하는데, 이때 필요한 물을 세포 사이에서 가져옴으로써 부기가 빠진다.

부기 비우기 4단계 : 수면제 없이 자연 숙면을 충분히 하게 한다.

여기에서 환우가 수면제를 복용하지 못하도록 하는 것이 매우 중요한데, 비우기 안마와 같은 자연요법에서는 환우의 모든 감각기관이 자연스럽게 가동이 되어야 하며, 그러려면 환우가 수면제를 복용하지 않고 자연 잠을 깊이 자는 것이 필수 요소가 된다.

YJ의 경우에는 필자가 군대에서 철책선 경계근무를 할 때 터득한 기절요법이 성공하여 그 이후로는 정상적인 숙면을 할 수 있게 되었고, 온몸의 부기가 사라져서 병원에서 하는 치료가 큰 효과를 나타냈으며, 결국에는 100% 실패할 것이라는 처음의 생각을 완전히 뒤집는 결과를 가져 왔다.

JS의 췌장암

JS에게 2.5센티미터 크기의 췌장암이 발견된 것은 2005년 봄이었다. S대병원에서 수술을 받고 방사선과 화학요법을 모두 받고 몇 개월 후에 완치 선고가 있어서 성공적으로 사회생활을 다시 시작하였다.

그런데 2006년 10월 말경에 간에 1.5센티미터 크기의 종양이 발견되었는데, 췌장암에서 전이가 된 것이어서 수술은 못 하고 항암치료를 받기로 했다고 한다.

내가 JS에게 해준 것은 항암치료를 받고 나타나는 부작용을 그 당시에 개발하고 있던 기공치료 수법이 가미된 각종 신형 비우기로 완화하는 것이었다.

나는 2004년 초여름에 원자력연구원에 다니는 연구원 도사로부터 기공술의 기초를 전수한 이후로 이것을 비우기에 가미하는 각종 신형 비우기를 한동안 개발하였다. 이것을 기회가 있을 때마다 시험 사용하여 성능 개선을 위한 연구를 하고 있었고, 우리 어머니와 JS의 힐링에 적극적으로 시험 사용하였다.

JS의 경우는 절반의 성공, 즉 항암치료의 부작용을 완화하는 것은 성공하고 S대병원에서 비슷한 사례로 치료를 받은 사람 중에는 최장 생존 기록을 세웠는데, 절반의 실패로 결국에는 2008년 6월 말경에 저세상으로 떠나갔다.

이렇게 된 원인을 되돌아보면 필자가 췌장암이라는 악명에 미리 겁을 먹고 좀 더 적극적으로 대응을 못하고 병원에서 하는 치료에 대하여 뒤치다꺼리만 하였기 때문이다.

그런데 사실은 그때의 어설픈 신형 비우기로는 주전으로 나서기에는 부족한 것이 너무 많아서 그 당시에 나에게서 힐링을 받은 분들을 어느 날 속절없이 저세상으로 보내는 안타까움을 맞이하였다.

그 후에 12년이 지나 비얼힐링을 개발하였고 그동안의 경험담을 담은 서금석 장편 실화소설 '비얼로 간다' 1권과 2권을 출간하고, 이어서 속편으로 연구하는 돌팔이의 20년 힐링비법을 담은 서금석 장편 체험소설 '힐링'을 집필하여 좀 더 많은 사람이 은하우주선 피폭장애 증후군 및 그 후유증에서 벗어나서 좀 더 건강한 하루하루를 즐겁게 살 수 있는 바탕을 마련하고 있다.

K사장의 위와 장에 생긴 연동운동 이상

위와 장의 연동운동은 자율신경이 주관하는 일이어서 대부분 사람에게는 밥을 먹으면 위와 장이 알아서 그것을 위에서 죽으로 만들고 장에서 흡수하여 그 영양분을 피로 보내고 온몸의 세포로 보내서 생명 활동을 이어가게 한다.

그런데 K사장의 경우에는 3살 때에 유사 장티푸스에 걸려 죽을 위기가 왔었는데, 약초 명의의 도움을 받아 구사일생으로 살아나고, 대학 1학년 때에 식도가 완전히 졸아붙는 유문협착증이 와서 또 한 번의 위기가 왔으나 이번에도 수술 명의를 만나 다시 살아났다. 하지만 그런 과정에서 생긴 후유증으로 일생을 여러 가지 고통 속에서 살고 있는데 그중에서 위와 장의 연동운동이 다른 사람들에 비하여 월등하게 빨라서 각종 부작용이 따르고 매년 한 번씩 식도 확장술을 받아야 한다고 한다.

이러한 복잡한 병은 알아듣기도 힘든데, 그래도 내가 연구하는 돌팔이라고 불리면서 아무것도 못 한다고 할 수는 없어 이야기 잘 들었다고 하고 새로 개발한 신형 자동 비우기로 힐링을 했는데, 의외로 아주 쉽게 위와 장의 연동운동을 정상으로 만들었다.

그런데 그때 K사장의 50년 고질병을 한 번의 시술로 정상으로 바꾸어 놓은 신형 자동 비우기는 K사장처럼 내가 자기의 병을 고쳐줄 세 번째 명의라고 철석처럼 믿는 사람에게는 기적 같은 효력을 발휘하는데, 나는 지금까지 그렇게 믿어주는 사람은 오직 그분밖에 없어서 그 이후로는 신형 자동 비우기를 써 볼 기회가 없었다.

지금 이 글을 쓰면서 되돌아보니 내가 K사장에게 해준 신형 자동 비우기는 암얼힐링의 진복 6단에 해당하는 것이어서 그런 이상한 고질병으로 고생하시는 분들에게도 도움을 줄 수 있다는 생각이 든다.

며느리의 복통

이것은 2017년 3월 말경에 있었던 일인데, 며느리가 잠을 자다가 한밤중에 갑자기 복통이 와서 병원 응급실로 가서 통증 치료를 받고 그 후에 필자가 가서 후속 힐링을 해주었다.

이 당시에는 필자가 은하우주선 피폭장애 증후군에 대하여 2년 정도 공부를 한 것이 있어서 며느리의 복통 원인이 은하우주선 피폭장애 증후군이고 거기에 대한 힐링을 내가 생각해 둔 방법으로 하여 2달 만에 통증에서 벗어났는데, 그 후로 4개월이 지나 재발하여 다시 한 달간 추가 힐링을 해주었다.

그리고 2020년 12월 말경에 다시 복통이 왔는데, 이번의 복통은 은하우주선에 새로 피폭되어 생긴 것으로 판단이 되었고, 약 3주에 걸쳐 암얼힐링을 해주자 거의 완치가 된 듯하다.

이번에 사용한 방법은 은하우주선 피폭장애로 복통이 있는 경우에 효과가 있는 새로운 비법으로 한 손으로는 왼쪽 고골 주변을 잡아주고, 다른 손으로는 겨드랑이 주변에 숨어있는 암얼을 뽑아내면서 암얼로를 진복 2단으로 작동시켜 주는 것인데, 웬만한 진통은 약 30분 만에 힐링이 된다.

또 며느리가 허리디스크가 있다고 해서 이것도 힐링시켜 주었는데, 이것은 신장이 약화하였을 때에 잘 나타나므로 한 손으로는 오른쪽 콩

알 골 주변을 잡아주고, 다른 손으로는 목뒤 뼈에 숨어있는 암얼을 뽑아내면서 암얼로를 진복 4단으로 작동시켜 주자 약 30분 만에 힐링이 된다.

초코 선배의 마사지 비법 요약

인도네시아 자바섬에서 마사지 잘하는 소로 소문이 난 초코 선배의 마사지 성공 비법은 다음과 같다.

1) 환자를 슬쩍 보는 것만으로도 환자의 아픈 곳을 정확하게 진단한다. 이때 환자는 초코에게 거짓말을 할 수가 없다. 향토명의 장병두 옹도 환자에게 아무것도 묻지 않는 거로 유명한데, 환자들이 본의 아니게 잘못 이야기하는 경우가 너무 많기 때문이었을 것이다.

2) 정성, 이러한 것은 우직한 초코를 따라갈 수 없다.

3) 삼위일체의 무념무상이다. 서로 속임이 없고 돈을 주고 받는 것이 없고 환자가 맘 놓고 자기의 몸을 초코에게 맡긴다.

사소한 상처

각종 고질병으로 필자를 찾아오는 환우 중 많은 분이 예전에 입은 여러 가지 상처의 후유증으로 고생하는 경우가 많은데, 이러한 것을 세심하게 물어보고 살펴보며 찾아내는 삼얼안(眼)을 가지는 것이 성공 비결이다. 환우에게서 고질병으로 고생하게 하는 각종 원인은 우리가 볼 수 없고, 들을 수 없고, 맛볼 수 없고, 냄새도 없고, 흔적도 없는 유령 같은 것일 때도 많은데, 비얼힐링이나 암얼힐링을 잘 하려면 아무리 어려워도 이러한 유령들을 찾아내는 삼얼안의 능력을 갖추어야 한다.

대리투병

예전에는 이런저런 병으로 힘들어 하는 환우들에게 대리투병을 해주는 것도 가끔 필요하다고 생각했었는데 대부분 실패로 돌아갔다.

실패 원인은 대리투병이라는 방법 자체가 환우를 일시적으로 편하게 하는 것이 주목적이어서 이것으로 큰 성과를 내기는 어렵다.

따라서 환우를 대할 때에는 그 사람의 능력에 맞는 자가 힐링법을 개발하여 환우가 스스로 배울 수 있게 지도하는 것이 필요하다.

암얼 언택트

코로나19가 장기화되면서 우리 주변에 언택트(Untact; 비대면) 문화가 하나둘 생겨나고 있다. 그래서 암얼힐링도 암얼 언택트로 바꾸어 본다.

암얼 언택트는 필자가 2010년 8월 15일 도룡동성당에서 세례를 받은 이후부터 꼭 터득하고 싶었던 제6번 성화 지복직관 안에 숨어있는 로고스이다.

그 후로 무려 10여 년이 지나 최근에 암얼로를 설계하면서 지복직관이 암얼로의 주요 부품인 시얼로라는 것을 알게 되고 내 몸안에 있는 암얼로를 복원하면서, 그 안에 부품으로 있는 시얼로도 함께 복원하면서 지복직관 안에 숨어있는 로고스를 해독할 수 있게 되어 10여 년 만에 숙원을 풀게 되었다.

지복직관은 글자 그대로 해석하면 하느님을 직접 뵙는 것이 최고의 복이라는 의미여서 처음 그 성화를 볼 때부터 평범한 우리가 하느님을 직접 뵙는 일은 절대로 일어날 수 없다는 선입견이 은연중에 있었는데, 그래서 지복직관 안에 들어있는 로고스를 풀 수가 없었다.

그런데 이번에 '힐링'을 집필하면서 예전에 연구원 도사가 기공 수련의 1단계 과정을 설명하면서 기공의 기본과 기를 감지하는 법을 설명했는데, 기공의 기본은 바로 '기가 존재한다는 것을 스스로 인정하는 것'이라는 의미를 되새기며, 지복직관을 하려면 우리는 누구나 하느님을 언제라도 직접 뵐 수 있다는 믿음을 먼저 가져야 한다는 것을 깨닫게 된 뒤 그런 마음으로 시얼로를 복원하는 수련을 하자 어느 날부터 하늘나라가 어렴풋이 보이기 시작한다.

'와! 하늘나라가 정말 있네…!'

2021년 1월 20일 신진서 바둑 9단이 중국의 렌샤오 9단과 춘란배 세계바둑선수권대회 준결승경기를 치루는 것을 TV로 보면서, 경기 내내 신진서 9단이 힘든 싸움을 하면서 힘들어 하는 모습이 역력하여 요즈음 필자가 개발중인 암얼 언택트를 시험 사용해 보았다.

게임의 중반전을 넘어서 종반으로 접어들어 거의 마지막 단계로 들어설 때까지 AI스코어가 20 : 80으로 신진서 9단이 불리했는데, 롄샤오 9단이 초읽기에 들어가면서 막판 끝내기 실수가 나와 전세가 역전되고 결국에는 신진서 9단이 흑불계승을 하였다.

바둑에서 막판 초읽기에 들어가며 판세가 뒤집히는 사례는 비일비재하여 어제의 경우도 그런 흔한 일 중에 하나로 볼 수 있는데, 그것이 실은 필자가 암얼 언택트를 사용하여 성공한 사례라고 주장해 보지만 믿어주는 사람이 별로 없을 것이어서 가벼운 마음으로 어제 필자가 애를 쓴 경험을 공개해 본다.

어제의 대국에서 신진서 9단은 초반부터 판세가 불리하고 중반에서 종반으로 들어가고 거의 끝내기 막판에 들어설 때까지 불리한 바둑을 두었다.

필자의 관심을 끈 것은 바둑을 두던 신진서 9단의 전신 주변 한 치 위치에 아우라가 선명하게 생기고, 가끔 두어 군데에서 간헐적으로 아우라가 솟구치는 것이 보였는데, 그럴 때마다 신진서 9단이 그 부근이 불편하다는 듯한 제스처를 보인다.

그래서 그 부근에 암얼 언택트를 해주자 은근히 나쁜 기운이 빠져 나오고 신진서 9단의 제스처도 편해지는 모습으로 바뀐다. 특히 후반 초기에 등과 목 뒷부분에 암얼힐링을 해주자 신진서 9단의 아우라가 정상으로 회복된다.

그러다 후반 중기를 넘어서고 롄샤오 9단의 시간이 10여 분 이내로 줄어들 때부터 신진서 9단이 머리카락 꼬기를 하는데, 신기하게도 신진서 9단의 아우라는 정상으로 보인다.

신진서, 개인통산 500승 달성하며 춘란배 결승 진출!

등록일 2021.01.20 | 522

▲춘란배 결승과 프로통산 500승 두 마리 토끼를 잡은 신진서 9단

'왜일까~?'

이후 렌샤오 9단이 초읽기에 들어가고 마지막 초읽기에 몰리면서 신진서 9단의 머리카락 꼬기가 멈추더니 비스듬하게 의자 뒤로 몸을 눕히 듯이 기댄 채 바둑을 두는데…, 다시 한두 수 지나자 갑자기 AI판세가 신진서 9단의 유리로 바뀐다.

'이것도 왜 그럴까~?'

어쨌든 이날의 바둑에서 필자의 암얼 언택트가 뭔가를 조금은 한 것 같아 흐뭇했다.

그리고 전설들의 바둑 삼국지, '바둑의 전설 국가대항전—제22회 농심신라면배 세계바둑최강전 특별이벤트' 중계방송을 보는데 1라운드에서 한국이 4승을 거두며 우승에 한 발짝 다가섰다.

1월 22일에 있었던 2라운드 경기인 한국과 일본의 대국 중계를 보았는데, 주장전인 조훈현 9단과 고바야시 고이치 9단의 경기는 조 9단이 연신 강수를 두면서 고바야시 9단을 몰아붙여 일방적으로 불계승을 거두는 통쾌한 일국이어서 그저 즐겁게 보고 즐기기만 하였다.

이어서 중계된 이창호 9단과 요다 노리모토 9단의 대국은 종반전 중간정도 진행이 되었는데, 이창호 선수가 서너 집 정도 지고 있는 불리한 상황이다. 그리고 요다 9단의 모습은 상기된 채 기운이 넘치는데, 이 9단은 조금 풀이 죽은 모습이다.

그래서 이 9단의 풀이 죽은 어깨와 뒷목에 암얼 언택트를 해주자 몇 분이 지나면서 내 손아귀로 찌릿한 통기가 빠져 나온다. 그래도 이 9단의 모습은 그대로이고, 판세 또한 아무런 변화가 없다.

신진서 9단과 이창호 9단에게 모두 불리한 상황에서 필자가 암얼 언택트를 하였다. 그런데 신진서 9단의 경우에는 막판 역전승이 되었고, 이창호 9단의 경우에는 아무런 변화가 없었는데, 선수들의 마음 상태에 따라 다른 결과가 나오는 듯하다.

이 책에는 결론이 없다.

그러나 이 책을 읽으신 분들의 몸속과 맘속에는 이 책을 읽은 독후감이 결론으로 남아 있을 것이다.

우주의 모든 것은 하느님이 창조하신 것이고 물질, 빛, 암흑물질, 암흑에너지도 모두 하느님이 우주를 만들기 위하여 사용한 자재들이어서 이 모두를 잘 이용할 수 있어야 하느님이 창조하신 우주에서 일어나는 일들을 알 수가 있다.

그런데 현재의 우리의 수준은 물질과 빛은 어느 정도 이용하고 있지만, 암흑물질과 암흑에너지는 그 존재를 겨우 인식하는 수준이어서 그것들을 이용하려면 상당기간 더 문명이 발달되어야 한다.

'힐링'에는 우리가 직접 컨택트하는 것과 언택트로 하는 것으로 크게 나눌 수 있고, 힐링 컨택트는 물질과 빛을 이용하면 할 수 있는데, 힐링 언택트는 물질, 빛, 암흑물질, 암흑에너지 모두를 이용하여야 제대로 할 수가 있다. 따라서 지구에 사는 우리의 문명 수준으로는 힐링 컨택트는 가능하지만 힐링 언택트는 할 수가 없다.

그런데 하느님이 도룡동성당에 남기신 힐링에 관한 성화에는 이 모든 힐링법에 관한 비밀을 풀 수 있는 2차원 홀로그램이 그려져 있다. 따라서 우리가 이것을 제대로 해독하면 힐링 언택트도 잘 할 수 있게 될 것이다.

하느님이 스테인드글라스에 힐링에 관한 성화를 담으신 이유는 스테인드글라스의 특성으로 그 안에 물질, 빛, 암흑물질, 암흑에너지를 모두 나타내는 2+차원의 홀로그램을 만들 수 있기 때문이다.

그래서 우리가 도룡동성당의 성화들을 묵상할 때에도 2+차원의 삼얼 안으로 보고 느끼고 듣고 맛보고 냄새를 맡아야 한다.

이 책을 읽으면서 가끔 '소망 풍등'을 띄우셨을 거라 생각한다. 만약 읽는 재미에 끌려 소망 풍등을 미처 띄우지 못하신 분은 지금이라도 이 책 안에 있는 암얼로의 그림을 보면서 소망 풍등을 몇 개 띄우시기 바란다.

여러분이 보낸 소망 풍등이 암얼로 안에 들어가서 어떤 빛으로 변신하는지 잘 살펴보면서, 아직 암얼로에서 아무런 빛이 나오지 않으면 사랑하는 사람과 함께 소망놀이를 하면서 암얼로에서 빛이 나올 때까지 소망 풍등을 몇 개 더 날려 보시기 바란다.

이제 이 책의 결론은 이 책을 읽은 분이 스스로 얼마를 받아들여 자기의 건강에 도움이 되게 하느냐이다. 이 책을 읽은 분들의 암얼로에 소망 풍등이 가득 차 멋지게 움직이면서 아름다운 오색의 빛을 발하면 꿈과 소망은 이루어지고, 서금석 장편 체험소설 '힐링'의 소망도 이루어질 것이다.

암얼힐링 기공은 필자가 이 책을 집필하면서 어렴풋이 그 작동 원리를 알아가는 초보 수준인데, 다음 작품을 공개할 때에는 좀 더 알찬 내용을 소개할 수 있기를 주님께 기도드린다. 아멘.

2021. 2. 3

서금석 살바토르 올림

비얼로와 암얼로, 그리고 힐링
— 서금석 장편 체험소설 '힐링'에 붙여

김 재 엽

(정치학박사 · 문학평론가)

1. 들어가며

지난 해 12월 1일자로 출간된 서금석 장편 실화소설 '비얼로 간다' ①
②에서 '비얼로'는 우리가 통상 밤하늘에서 볼 수 있는 '별'을 향해 간
다는 의미의 '별(비얼)로'의 장음(긴소리) 표기이기도 하고, 또 평생을
원자력전문가로서 일해 온 서금석 작가가 부인과 함께 은하우주선의
존재를 확인하고는 그로 인한 피폭장애가 현실적으로 존재하여 난치병
인 각종 암이 발병하게 되는데 이를 치유하고 힐링시키기 위해 사용하
는 원자로이기도 하다. 이 특별한 원자로의 출력에 따른 용량을 산출해
보면 1,500개의 비얼거봉을 장전하고 가동할 때 100메가와트(Mwe)의
출력을 사용하면 30년간을, 1메가와트의 출력으로 낮추면 5천년이나
사용할 수 있는 그야말로 영구적인 에너지 보급로이다. 특히 출력면에
서 치유자의 건강상태에 따라 힐링 강도를 자유자재로 조절함으로써
치유를 받는 환우에게 최상의 힐링 환경을 제공하도록 설계되었다.
　더욱이 비얼로 인근에 세워지는 '비얼수련원'은 은하우주선 피폭장

애로 생겨나는 난치병이나 치료과정에서 생겨나는 고질적인 후유증을 힐링시키는 방법을 연구하는 곳이다. 그야말로 정신력으로 지칭되는 모든 '얼' 을 동원하게 되는데 비얼로에서 발산하게 되는 인체의 치료나 힐링에 유익한 방사선과 힐러로서의 서금석이 뿜어내는 그 무형의 힘은 때로는 신비할 정도로 강력하게 작동된다. 아무튼 비얼과 쌍벽을 이루는 힐러 서금석의 '암(arm, 팔)얼' 은 그의 혼이 담긴 팔의 조화로운 힘으로 신비한 기공을 내뿜어 난치병으로 고생하는 환우들을 치유하며 힐링시키고 있다.

필자는 이 부분에 관심을 갖고 깊이 천착하여 간단하게나마 필설로 정리하려 하는데, 특히 서금석 작가가 쓴 장편 실화소설 '비얼로 간다' 를 접하면서 느낀 감흥과 계간지 『지구문학』에 신인작가상을 추천하고, 또 2권의 장편소설로 엮는 과정에서 얻게 된 소회를 포함하여 이번에 상재하는 '힐링' 에서 느낀 점까지 미흡하나마 진솔하게 풀어내고자 한다.

2. 원자력으로 맺어진 비얼로 혹은 암얼로 인생

올해(2021년)로써 계간 '지구문학' 의 제작을 24년째 대행하면서 어느 틈에 93호(2021 봄호)를 편집하고 있다. 그러다보니 제작과정 전반에 걸쳐 업무진행의 편의를 위해 지구문학 공식 e-mail을 공유하며 수시로 방문하는 시스템으로 운영되어 왔는데, 이 과정에서 필자는 지난해 10월에 '비얼로 간다' 를 투고한 서금석 작가의 소중한 원고를 접하게 되었다.

'지구문학' 김시원 주간선생님께서 내용을 한 번 검토해 봐달라는 특별한 주문이 있기도 했지만, "비얼로 가는 길은 멀고멀어 나의 느린 걸음으로는 족히 4,50년은 걸리는데, 그래도 제1단계로 장가를 간다" 고

쓰여진 첫 문장부터가 나의 시선을 확 잡아당겨 그냥 푹 빠져 읽은 기억이 난다.

그리고 오랜 동안 지구문학 소설부문 추천위원으로 활동해 오신 원로작가 김태호 선생님께 작품을 전송하고 또 전반적인 내용을 설명한 후 김시원 주간선생님께 약간의 윤문을 거쳐 출판하면 무난할 듯싶다는 의견을 개진하였다.

요컨대 서금석 장편소설 '비얼로 간다' 는 정통소설이라 하기에는 다소 거리가 있는 듯한 개인적인 결혼문제와 원자력분야에 평생 동안 종사해 오면서 직업과 관련하여 느낀 원자력 인생담론을 상세하게 토로한 내용으로서 소설이라기보다는 작가 자신의 삶과 관련한 이야기를 그대로 술회한 논픽션인데 개인의 전기라는 측면에서 장편소설적인 가치는 충분히 발하고 있다. 특히 리얼리티를 담보한다는 측면에서 내용이 매우 견고한 데다 저자 서금석 님의 필력도 출중하고 이야기를 풀어나가는 능력이 탁월하여 소설가로 추천함으로써 향후 더욱 좋은 소설을 쓰도록 유도하는 것도 한국 문단에 기여하는 것이므로 지구문학 겨울호에 신인상 당선작으로 선정하여 발표하는 것도 매우 의미 있는 처사라고 건의하였던 것이다.

그리고 장편소설의 특성상 일부를 떼어내어 '지구문학' 에 게재한다는 것은 별 의미가 없음을 전제로 독자들께는 12월 1일자로 출간하는 '비얼로 간다' ①②를 일독하기 바라며 전반적인 내용을 짤막하게 소개하는 것으로 양해해 줄 것을 부탁하기로 하고, 두 분의 조언을 참고하여 필자가 촌평을 정리하였다.

서금석 장편 실화소설 '비얼로 간다' 는 전2권 10부작으로 구성되어 있는데 1부부터 3부까지는 1권에, 4부부터 10부까지는 2권에 실려 있다.

무엇보다 작가 스스로가 대전 소재의 둘레산 잇기 7구간인 오봉산-구룡고개-보덕봉 사이의 상공에서 2013년 6월의 어느 날에 갑자기 나타난 UFO를 타고 비얼(별)나라로 간 저자의 아내와 함께 쓴 글이라고 말한다. 사실 갑작스럽게 이승을 하직하게 된 아내에게는 무형의 은하우주선이 강력하게 피폭된 결과라는 가설과 함께 먼 우주에 있는 어느 안식처에 머무르면서 지속적으로 저자와 교감하고 있다는 영적인 대화가 저자의 삶에 매우 중요한 요소로 존재한다는 점에서 이 소설은 끝까지 읽게 만드는 마력을 지니고 있다.

1권에서는 한 여인을 만나 결혼에 이르는 과정을 상세하게 기술하였고, 직장으로 대덕연구단지의 원자력연구소에서 근무하며 은하우주선의 존재도 파악하게 된 일화를 소개하고 만병의 근원이 누구나 대략 5년에 한 번꼴로 맞게 되는 은하우주선의 피폭임을 인지하고 치료법 또한 찾아내어 돌팔이의사라 자처하며 치료하는 내용으로 구성되어 있다.

통상적으로 소설은 작가 자신의 삶과 그 삶의 경험이 말하는 사회사적 척도를 나타내는 것이며, 어렵고 힘든 자리를 바탕으로 한 경우일수록 궁극적으로는 자신이 지향하는 곳으로 향하는 의지를 발현하기 마련이다. 여기서 일반적인 사회 통념상 '악'으로 지칭되는 돌팔이의사의 위치는 그 극복을 위해 있다는 레토릭(rhetoric, 수사학)과 리얼리즘을 예술의 건전한 경향이라고 지칭하는 미학이론을 근거로 한 시대의 희망을 그리는 존재양식의 기반 위에 자리하게 된다. 따라서 소설의 근간을 이루는 판도라의 상자 맨 밑바닥에 남은 희망 찾기는 서금석 장편 실화소설 '비얼로 간다'에도 적용된다.

1부에서는 극사실주의라 지칭할 만큼 저자는 1979년 2월 11일에 결혼하는데, 그 42일 전인 1978년 12월 31일에 소개로 시작된 아내와의 첫 만남, 그리고 일별로 상세하게 기술되는 결혼의 과정과 풍물 등이 그 자체만으로도 독립적인 중편소설이 될 만큼 매우 세밀하고 단단하게 구성되어 있다. 어쩌면 전체적인 구성에 있어 비얼로와는 다소 따로 노는 듯한 부분이기도 하지만 아내와 함께 써 내려가는 소설임을 전면에 내세운다면 상당부분 긴 것이 아쉬울 뿐 구조적으로는 매우 합당하다고 할 수 있다. 특히 특정 날짜에 특정 사건을 연계시킴으로써 리얼리티를 더욱 견고하게 유지시키고 있으며, 첫 만남 10분만에 청혼하고 또 수락하는 그야말로 사랑에 감전된 듯 번개처럼 맺어진 두 사람의 끈끈한 부부애가 시종 가슴 뜨겁고 아름다운 사랑을 일깨운다.

2부에서는 저자 자신이 한국원자력연구원에 근무하면서 핵연료 개발에 몰두해 왔는데 그 과정에서 겪게 되는 심리적 고뇌와 원하는 답을 얻었을 때 느껴지는 성취감이 리얼하게 묘사되어 있다. 무엇보다 캐나다에 원자력 기술 연수차 파견되어서는 국가적인 비밀자료도 입수하게 되고 초인적인 열정으로 습득하여 우리나라 원자력 발전에 크게 공헌한 일화를 상세하게 기술하고 있다.

3부에서는 1998년 IMF시절 어머니에게서 발병된 암을 치료하기 위해 뜸 요법을 습득하고, 또 직장에서는 명예퇴직을 하고 친지들의 난치병 치료에 나서게 되는데 스스로가 돌팔이라 비하하지만 20여 년간 원자력 분야에서 연구하면서 모종의 은하우주선의 존재를 탐구해내고 각종 암을 비롯한 난치병이 바로 이 은하우주선이 피폭됨으로써 생겨나는 원인임을 확증하게 된다.

그리고 나름대로 치료법을 찾아 환우들에게 적용하게 되었는데, 이러한 치료법으로 저자의 어머니도 병원에서 예상했던 기간보다 8년여 이상 더 살게 되었고, 다른 환우들도 상당한 효과를 얻어 이 부분에 실력 있는 전문가로 자리하게 된다. 비록 정통 의학계에서는 부정하지만,

대전 소재의 도룡동성당에서 천주교에 귀의하여 세례도 받고 스테인드글라스로 축조되어 있는 유리창에 그려져 있는 조광호 신부님의 성화에서 우리의 몸과 마음과 영혼에 깃든 모든 나쁜 기운을 들여다보고 비워내는 세 개의 손가락으로 이루어진 치유의 눈인 '삼지안'을 발견하게 된다. 그리하여 신비의 치료법을 지닌 저자의 능력이 매우 출중하게 발현되어 한의사 아닌 한의사로서 유명세를 떨치게 된다.

2권에서는, 개념 설계의 내용으로 상세하게 기술한 비얼로는 저자 부부가 함께 꿈꾸던 비얼나라에서 사용하는 원자로임을 전제로 소개한다. 이 원자로에 1,500개의 비얼거봉을 장전하고 한 번 가동되면 100Mwe의 출력으로는 30년을, 1Mwe의 출력으로는 5천년을 사용하고 그대로 폐기되는 일회용 원자로를 말한다.

앞에서도 언급했듯이 저자가 꿈꾸는 비얼로 인근에 세워질 예정인 비얼수련원은 은하우주선 피폭장애와 후유증을 전문으로 힐링시키는 방법을 연구하고 치유시키는 곳인데, 저자 부부가 함께 가꾸어 나가고 싶어 하던 비얼나라의 힐링센터이기도 하다. 이곳을 찾아오는 환우들, 특히 난치병으로 고생하며 삶의 의욕을 상실한 그 어느 나그네도 힐러 서금석 부부의 돌봄을 받고 몸과 마음이 건강한 새 사람이 되어 다시 사회로 나갈 것을 기대해 본다.

현재는 비록 두레아파트 작은 거실에서 비얼수련원을 시작했지만 은하우주선 피폭증후군으로 아파 고생하는 누군가가 비얼수련원을 찾아와 저자에게 비얼힐링을 받을 때는 우주 저 멀리에 머무르고 있는 저자의 아내 또한 UFO를 타고 살그머니 내려와 이것저것 꼼꼼히 챙기고 알뜰살뜰 잘도 돌보아줄 것이라 확언한다.

이렇듯 2권에서는 모든 내용이 은하우주선 피폭과 관련하여 생겨나는 난치병을 치료하고 힐링하는 과정을 다양하게 내보였는데 시종 난치병 치료에 물리학을 접목시킨 원자력 전문가의 열정이 돋보인다.

그리고 에필로그에서 속편 출간을 암시하며 '잠얼로 간다'를 전제하였다. 그야말로 핵잠수함과 연계되어 시야에서는 보이지 않는 수중의 핵폭탄을 연상하며 인체에서는 아무 피해 없이 은밀히 잠복해 있다가 어느 날 불시에 나타나 우리를 괴롭히는 미상의 얼을 '잠얼'이라 칭하여 그 잠얼을 치유하는 방법을 설한 사례를 중심으로 엮으려 했으나, 코로나19의 지속적인 유행에 대처한다는 의미로 '팔(arm)'의 무한한 힘을 담아내어 '암얼'로 치유하는 내용의 '힐링'을 출간하게 되었다.

본서 '힐링'은 앞의 내용 그대로 힐러 서금석이 한전원자력연료주식회사를 명예퇴직하고 어쩌면 새 삶을 개척해 나가는 과정에서 원자력과 우주와의 보이지 않는 힘의 연계성을 발견하고는 인체 또한 우주의 축소판인 소우주라는 관점에서 그 미지의 힘을 적용해 본 사례라 할 수 있을 것 같다.

3. 나가면서

어느 유명 작가는 '오리지널리티'(Originality, 독창성)는 단기간에 알 수 있는 것이 아니라고 말한다. 문학이 아닌 가수로서 비틀즈나 BTS(방탄소년단) 또는 블랙핑크처럼 대중음악계에 등장과 함께 전세계적으로 각광을 받는 경우도 있지만 대개의 경우 기존의 틀을 깨는 작품은 탄생 직후에는 별다른 주목을 받지 못하다가 어느 순간 재평가를 받게 된다. 피카소의 그림 역시 그런 과정을 거친 것으로서 사실 처음에는 기성세대로부터 저급하고 보기조차 불쾌하다는 반응을 받았지만 현재는 미술 분야 최고의 고전으로 추앙받고 있는 것이다.

작가가 아무리 '내 작품은 오리지널'이라고 소리쳐 본들 그런 소리는 그 즉시 바람 속에 날려 흔적 없이 허공 속 메아리로 사라져 버린다.

힐링

·

지은이 / 서금석
발행인 / 김영란
발행처 / **한누리미디어**
디자인 / 지선숙

08303, 서울시 구로구 구로중앙로18길 40, 2층(구로동)
전화 / (02)379-4514, 379-4519
Fax / (02)379-4516
E-mail/hannury2003@hanmail.net

·

신고번호 / 제 25100-2016-000025호
신고연월일 / 2016. 4. 11
등록일 / 1993. 11. 4

·

초판발행일 / 2021년 2월 20일

·

ISBN 978-89-7969-832-9 03810

'작품성'과 관련한 판단은 작품을 받아들이는 사람, 곧 독자 소관이며 합당한 만큼의 시간이 경과한 뒤에 평자들이 생성해내는 평설이 축적됨으로써 가치를 인정받게 되는 것으로서 '작품성'의 성패는 이들에게 맡길 수밖에 없는 것이다.

작가가 할 수 있는 일은 자신의 작품이 적어도 연대기적인 '실제사례'로 남겨질 수 있도록 전력을 다하는 것밖에 별 다른 방법이 없음을 인지하고 납득할 만한 수준의 작품으로 축적시켜 의미 있는 몸집을 만들고 자기 나름의 작품계열을 입체적으로 구축하는 것이다.

소설가라면 꾸준하게 소설을 씀으로써 작가 나름의 작품계열을 이룰 정도가 되어야만 나중에 그만의 작품세계의 독창성을 인정받게 된다는 것으로 단순히 한 방을 노리고 쓴 작품 한 편으로는 독창성을 평가 받을 수 없다는 사실도 각인시키는 것이다.

서금석 장편 실화소설 '비얼로 간다'는 극사실주의의 소설로서 원자력 전문가가 실제 경험한 내용과 은하우주선의 존재를 체감하고 현실화시켜 담담하게 기술한 것으로서 소설 구성의 기본 단계라고 하는 '발단 → 전개 → 위기 → 절정 → 결말'과는 다소 거리가 멀게 보이지만 장편소설로서 꾸며지는 담론이라는 측면에서 독자들이 느끼게 되는 잔잔한 감흥이 시종 눈길을 거둘 수 없도록 잡아끌었다.

그리고 그 후속편인 본서 '힐링'도 그 연장선상에서 매우 흥미롭게 기술되어 독자들에게도 삶의 신성함을 일깨우고 있으며, 특히 말기암이나 난치병 환우들에게 새로운 희망을 안겨줌으로써 일단 극사실주의의 체험소설로서 매우 성공적으로 보여진다. 더불어 참으로 열심히 활동하시는 힐러 서금석 작가님께서 소설 창작에도 더욱 노력하시어 저명한 소설가로도 대성하기를 기대해 본다.